"深扎"文丛

YICI XIANGJU

一次相聚

陈宏伟 著

河南大学出版社
HENAN UNIVERSITY PRESS
·郑州·

图书在版编目(CIP)数据

一次相聚/陈宏伟著. —郑州:河南大学出版社,2018.10

(“深扎”文丛)

ISBN 978-7-5649-3543-6

Ⅰ.①一… Ⅱ.①陈… Ⅲ.①短篇小说—小说集—中国—当代 Ⅳ.①I247.7

中国版本图书馆 CIP 数据核字(2018)第 243247 号

总 策 划	侯若愚
责任编辑	侯若愚
责任校对	毛晓旭
封面设计	侯一言
出版发行	河南大学出版社
	地址:郑州市郑东新区商务外环中华大厦 2401 号 邮编:450046
	电话:0371-86059701(营销部) 网址:hupress.henu.edu.cn
排 版	河南大学出版社设计排版部
印 刷	河南瑞之光印刷股份有限公司
版 次	2020 年 1 月第 1 版 **印 次** 2020 年 1 月第 1 次印刷
开 本	889 mm×1194 mm 1/32 **印 张** 8.25
字 数	215 千字 **定 价** 35.00 元

目　录

勾　引

我和曲蔓丽是通过我以前的女朋友冷萍认识的，那时候我还住在申城市剧团那个矮得像狗洞似的房子里。记得那是个阴雨天的下午，我的房子里无比黑暗和潮湿，散发出难闻的霉臭味，我正缩在沙发里研究画报上一个个千姿百态的女人，仔细地打量和品味着她们的身体。曲蔓丽就是在这时候走进我的房子的，她的身体往我的门前一站，我当时觉得眼前亮光一闪，顿时寒舍生辉。这一闪让我感觉到丰满、窈窕、匀称，还有魔鬼等这些常被用来形容女人的词语原来是那么僵硬和乏味，一个有诱惑力的女人给人的感觉实在是无可言喻。

曲蔓丽是我女朋友所在的那个妇幼保健医院的护士，卫校刚毕业的中专生。她们怎样认识并且开始一种亲如姐妹的密切交往我不太清楚，但从那天以后曲蔓丽就常常在休息时间到我们家里玩。大多数时候都是她和冷萍做饭，我跷着二郎腿看电视，吃完饭以后我们三人打一种名叫“画鳖”的扑克，简而言之，就是谁抓的分少就在谁的名字上画，先画鳖壳，再画鳖头，然后依次画四只鳖爪和尾巴，最后画几个鳖蛋。出牌的时候我们都会仔细观察对方脸上流露出的神色，哪怕是稍纵即逝的一缕，企图发现某种潜在的玄机。就这样，有一次我非常惊异地发现曲蔓丽长着两片无与伦比的嘴唇，准确来说是上嘴唇，在灯光的照耀下呈一个俏皮的近乎充满挑逗意味的优美的波浪弧形，这使我不可控制地在冷萍不注意的时候目不转睛地盯着曲蔓丽看，直到意识里似乎感受到她那温暖、湿润、柔滑并且略带甜腥味的嘴唇再将目光若无其事地移开。

大家都明白，我就是从那个时候起喜欢上了曲蔓丽。

打牌的时候我总是尽可能地让曲蔓丽输得一塌糊涂，当她的“鳖”快画成形的时候我再漫不经心地输掉几局，让我的“鳖头”伸着粗大的长脖子远远地和她的“鳖头”亲个吻。我这种故作大方却不怀好意的做法并没有引起冷萍的警惕，她以为不过是一个庸俗的玩笑罢了，曲蔓丽则咯咯咯地笑个不停。我就是在这种气氛里让曲蔓丽觉得我是一个行为无拘无束很随意的人，为我以后勾引她做一个安全稳妥的铺垫。

过完春节后的一天，大约是情人节的夜晚，曲蔓丽来到我们家。前面说我的房子像个狗洞，不仅仅是因为它的破旧和丑陋，更主要的是它狭小无比，客人来了一般都是径自走过小得连母鸡转个屁股都不够的客厅直接走到卧室坐在我们的床上。那天曲蔓丽坐在我的床上以后，冷萍就去客厅的冰箱里给她拿饮料，我无意间看见桌子上早晨给冷萍买的巧克力，就拿起来一块剥开裹在外面的锡纸，径直往曲蔓丽的嘴巴里送，我的举动可能让曲蔓丽觉得有点出格，但她好像是被我的荒唐行为搞糊涂了，不自觉地张开嘴巴含了进去。冷萍拿着饮料进来以后也不失时机地说：“对，吃巧克力，那是他早上起床以后就去花店买的。”言下之意，情人节这天我起了个大早，不仅给她买了巧克力，而且还送给了她玫瑰花。曲蔓丽张开她那充满诱惑力的双唇轻轻将巧克力咬一小块含在嘴里，那时候我觉得巧克力太幸福了，能融化在一个美女的口里。

就在我们没说上几句闲话甚至曲蔓丽嘴里的巧克力还没有完全融化的时候，我们听见有人在敲门，准确点说是在用拳头砸我的门。我去拉开门，一个瘦得像狼狗一样的长发青年站在门前，怒气冲冲地说：“曲蔓丽是不是在这儿？让她出来！”并且不由分说就闯了进来，这时曲蔓丽和冷萍已不约而同地被来人粗重的声音惊得站了起来。接下来让我莫名其妙的是刚刚还笑眯眯的曲蔓丽一见到那个年轻人就立即不声不响低着头走了出去，甚至连个招呼也没有跟我们打。那个年轻人像个神奇的魔术师，一下子把曲蔓丽变成了另外一个人。

“李卫是个变态狂！”他们走了以后冷萍对我说。李卫是曲蔓丽的男朋友，一个在歌舞厅混日子的架子鼓手。一开始我以为冷萍的意思是说他是那种有性虐待倾向的变态狂。接着我才搞明白并不是这样。他对曲蔓丽管得很严，不允许她和以前的任何老朋友交往，哪怕是女玩伴也不行。曲蔓丽每次出去都要提前向他报告时间、地点、人物和事情的起因，得到许可才可以离开，回来以后再详细陈述事情的发展和结局，整个过程就像中学生完成一篇记叙文一样。一旦发现曲蔓丽未经许可就和别人在一起，他就会追到曲蔓丽在医院的宿舍对她大打出手，拳打脚踢，完了以后再跪在地上痛哭流涕，请求曲蔓丽饶恕他。曲蔓丽如果不理他，他就会不停地磕头，直到磕得鼻青脸肿。曲蔓丽就是在他的拳脚和泪水中成为一个没有脾气的人。

我觉李卫真是太幽默了，我几乎有点欣赏他，起码他能够统治住一个漂亮的女人，但事情在之后的某一天有了变化。那天下午我下班回家后迟迟不见冷萍回来，我以为她在医院临时顶替别人值夜班，就打电话去问，结果她并不在医院里。我又往申城市里我少得可怜的朋友家打电话，一个个都说没有见过冷萍。有一个家伙甚至煞有介事地对我说：“怎么样，以前我就说冷萍是那种水性杨花的女人，现在失踪了吧！一定是和别人一起出去鬼混了。”我把电话啪地压住，差点没给那家伙气晕过去。我从冰箱里找出冻饺子下锅煮了煮，就着一瓶啤酒胡乱吃下去，然后就倒在床上看电视。

大约夜里十二点的时候，我忽然听到楼下有人喊我的名字，仔细一听是冷萍的声音，我故意等她喊有十来遍的时候才懒洋洋地从窗户里伸出小半个脸和一只眼睛，我的声音也沉沉地向楼下传去：“什么事呀？”冷萍听见了立即大声喊：“你快下来，曲蔓丽在下面!”我一听忙伸出整个脑袋,借着路灯的光亮我看见曲蔓丽正蹲在地上,而冷萍正高举着一个坤包拼命地向我挥舞,像只狂躁的长臂猿。我急匆匆地穿好衣服跑到楼下,才发现曲蔓丽原来是坐在地上,并且双手撑地,早已吐得面目全非,其状丑陋不堪。很明显,她们上街喝酒去了。

我一手抓起曲蔓丽的胳膊,另一只手搂起她的腰就把她往楼上拖,冷萍则像个做错事的孩子一样跟在后面。这一次我才发现漂亮女人并不像想象中的那么轻,她的身体简直就是一个沉甸甸的米袋子!我费了九牛二虎之力才把她拖到楼上,然后扔在我的床上。这时冷萍抓住时机对我说:“我下班之后她喊我一起去大排档吃烤鱼,谁知道吃着吃着她竟然要喝酒,喝着喝着就哭了……”“停停停!”我粗暴地打断了冷萍的话,“我不想听你解释,你先把她给洗洗,OK?”冷萍怔怔地望着我,似乎很不甘心的样子,然后又吞吞吐吐地小声说:“李卫提出和她分手,她太痛苦才一个人喝了两瓶啤酒的……”

我一下子愣在了那儿,前面说我有点欣赏曲蔓丽的男朋友,那个叫李卫的家伙,现在我简直佩服他了,几乎五体投地。把一个女人彻底地俘虏过来,可以随心所欲地对她拳打脚踢,然后再潇洒地像丢弃一个矿泉水瓶子一样丢弃她,毫不可惜,让她到街头一边悲痛欲绝地流眼泪一边大口大口地往肚子里灌失恋酒,最后再吐得一塌糊涂。这是一种什么滋味,我没有品尝过,但作为旁观者我可以想象出这种滋味一定美妙无比。

被冷萍擦洗干净的曲蔓丽仰面躺在我的床上,或者说躺在我和冷萍的床上。我可以看见她一脸桃红,双目微闭,斜斜地叉开双腿,这是一种让人惊心动魄的放荡姿势。也就是在那一刻我做了一个大胆的决定:抓住时机,立即实施勾引她的计划。

突然,曲蔓丽挣扎着跳起来摇摇晃晃地扑向冷萍,疯狂地撕扯她的头发,一只手甚至还狠狠地掐住了冷萍的嘴角,同时她嘴里恨恨地低声骂道:“贱……”我被眼前的情景惊呆了。冷萍似乎早有防备,一只手和曲蔓丽争夺着自己的头发,另一只手猛地去推曲蔓丽的下巴,曲蔓丽一下子就被她推倒在床上。但曲蔓丽似乎仍然很不甘心的样子,在床上痛苦万分地扭动着,双拳紧握但又软弱无力地捶打着床。冷萍愤愤地说:“你自己心里难受,拿我出什么气,真是个疯子!”这时,曲蔓丽的眼角无声无息地流出了两行泪水,整个面颊又变得一片狼藉。我有点狐疑地问:“她这是怎么了?”冷萍一边用镜子照着自己发紫的嘴角一边厌恶地瞟着曲蔓丽,说:“你别管她,她简直不可理喻!”

那天夜晚我被冷萍赶到客厅里睡沙发,不过这正合我意,我需要好好想想,这件事情于我而言比较重要,我相信你也深深认同这一点。我点燃香烟,一口接一口地吞云吐雾,直到烟雾在屋子里漫开来,什么也看不见,只剩下我在寂静的夜晚里焦渴的欲望。我知道过几天元宵节的时候申城市将举办一场名为“申城之光”的灯展,并且灯展的第一天冷萍刚好值夜班,我可以抓住这个机会请曲蔓丽看灯展,就像很普通的朋友之间很普通的邀请一样去约她。

我先陪她看灯展,看完后我再请她吃饭,去台湾我家冰排屋或者美国肥牛火锅城,吃着吃着再叫上几瓶啤酒,她不是喝两瓶啤酒就一团烂醉吗?那我得想办法起码让她喝一瓶下去。如果她警觉地对酒保持充分的理智和冷静,那就先和她聊聊往事,给她讲讲我的初恋故事,在CD机流淌出来的悠扬的轻音乐中营造一个浪漫的倾诉氛围,激起她的浪漫情怀。有很多故事都可以证明,女人在这种时候最容易喝酒,而且一喝就醉。就这样把时间拖延到午夜,估计医院的大门关了的时候我就可以不露痕迹并顺理成章地把她带回家。

我先陪她看灯展,看完后我去买一大堆烟花,和她一起到申城广场上燃放,我甚至可以想象曲蔓丽放烟花的时候兴高采烈孩子一样的表情。放完烟花我再请她到世纪影都看电影,在凄美缠绵的爱情故事片中我轻轻抓住她的手，并且只限于这一点很有分寸、很温暖的接触。这是一个美好的开始，看完电影我会很绅士地送她回宿舍。我相信在以后的交往中我有足够的时间和机会俘虏她，就像文火炖鸡一样，总有一刻会炖得香味扑鼻。

…………

那天夜里我像一头烦躁的困兽辗转难眠，想出了几个完整可行的计划，只等着最后时刻的来临。但我知道，对于这些计划的具体实施来说，往往没有丝毫准备的临时决定反而更有可能实现，这需要机遇，也需要灵感。

灯展开始的那一天下午，在妇幼保健医院三楼冷萍的值班室里，我一会儿无所事事地翻翻医学杂志，一会儿心神不宁地走出走进，眼睛却时刻留意楼下值班室里曲蔓丽的行踪。我发现想象（或者说计划）和实践之间总是不可避免地存在很大差距，那么完美的想象（或者说计划）临了却不知从何开始。最后，就在我焦虑不安地走到楼下大洗脸间想洗把脸清醒一下的时候，事情有了转机。在那里我看见了曲蔓丽，她正在洗衣服，我走过去洗了洗手，然后面带笑意很轻松地说："曲蔓丽，夜晚一起去看灯展吧？"

"真的假的？"曲蔓丽一脸清纯。

"当然是真的。"我仍然故作轻松。

"好呀，到时你来找我。"她说。

事情就这么简单，简单得让我不愿意相信，因为如果这样它将证明我的一切想象与计划都是一个可怜的小人物在浪费时间。正因为如此，我离开洗脸间的时候还保持着足够的冷静和一颗平常心，我实在不愿意相信事情会如此顺利，我需要做好平静地应对即将发生的任何变化的准备。

夜晚七点钟的时候我又去了医院，走进二楼曲蔓丽的值班室，她和另外一个护士正在就某种品牌化妆品的使用心得聊得兴致勃勃，看样子丝毫没有注意到时间的流逝。我怀疑她是否忘记了我们白天的约定，当我用目光向她示意的时候，她则一脸意味深长的表情，让人捉摸不透。过了一会儿，那位护士到病房查房去了。

我再次邀请她："待会儿一块儿去看灯展？"

"真的假的？"她竟然再次问我。

"当然是真的。"我认真地说。

"好，我下午不是答应过你吗？"她故作顽皮状。

"他妈的！"我在心里骂道。她这是在调戏我。好像有谁说过女人在被征服之前是一只骄傲的大公鸡，跟她上床以后就会立刻变成一只驯服的小绵羊。要想验证这句话我现在只能忍气吞声。

我又到冷萍的值班室里玩了一会儿，她似乎对我在她值班的夜晚忽然出现在医院里感到有些奇怪，因为每逢此时我总是有许多乱七八糟的事情要做，比如要写一些她认为一文不值的狗屁文章，或者要看她厌恶至极却被我称为火星撞地球般的足球比赛等等，但她好像对此并没有兴趣深究。我在她的值班室百无聊赖地坐到八点多，才漫不经心地起身离开。

出门以后，我绕过冷萍的视线溜到曲蔓丽的宿舍门前，她正在洗脸架前对着脸盆刷牙。我站在门前，笑着说："走吧！"曲蔓丽抬起头看着我，她似乎已经脱掉外衣准备睡觉的样子，细长的脖子显现出来，颈部下面的一片天地崎岖不平，充满了动人心魄的骨感美，肌肤粉白，性感逼人，让我看得发呆了。曲蔓丽好像很茫然似的，眨了眨眼睛，然后吐干净嘴里的白色泡沫，说："就咱们俩吗？""对呀！"我点头。"你神经病哟！"曲蔓丽忽然大声说道。她的声音里透出一种拒人于千里之外的冷漠。正像冷萍说的，我发觉曲蔓丽真的有点不可理喻，让人捉摸不透，我仍然不死心地笑着说："夜晚实在闲得无聊，走吧！"曲蔓丽漱了漱口，收拾完毕，也笑着说："今天太晚了，改天吧！"事已至此，我知道一切都完了，彻头彻尾地被她给耍了一遍。为了保持风度，我强忍住内心的怒火，反而彬彬有礼地说："那好吧，以后有时间再约你出去玩。"我知道鱼儿今晚肯定是没有了，只剩下满身的腥味，那么还不如装成根本不在意的样子呢。“何况原本就是一个贱货！”我在心里骂道。就在我要转身离开的时候，曲蔓丽却叫住了我。

“你是真不知道还是假不知道？”她的声音清脆而明亮。

“什么？什么真的假的？”我不明白她的意思。

曲蔓丽淡淡地一笑，忽然温柔起来，轻声说：“我看你一直以来跟没事一样，真的吗？”

“有什么事？你在说什么？”我还是听不懂她的话。

曲蔓丽叹了口气，似乎很同情我，示意我进去说话。一走进她的宿舍，我立刻感受到了扑面而来的包围全身的温暖，鼻腔里充满一种女性居室独有的清香。曲蔓丽转身轻轻将门关上，低声说：“冷萍的事你真的不知道？”我被曲蔓丽问得越发糊涂了，说：“冷萍怎么了，你别吞吞吐吐的。”曲蔓丽又叹了一口气，下定决心的样子，说：“你呀，我感觉你好像什么都不知道，如果真是这样，他们做得也太绝了！”她转身指了指自己的单身钢丝床，愤恨地说：“那天晚上七点的时候，我就是在这张床上将李卫和冷萍抓住的。我们出去又打又吵，在街上闹到半夜，到最后我才喝醉的……”

在曲蔓丽的宿舍里我感觉她好像在讲一个传奇故事，故事有点似真似幻的神秘意味。在柔和的台灯灯光的映照下，曲蔓丽的嘴巴一张一合，她的话像一颗颗子弹铺天盖地射向我的头部，渐渐地我的耳朵什么也听不见了，大脑一阵阵发空，简直要呕吐起来，隐隐约约可以看见她的眼睛在冬夜里发出一种神奇的蓝色光亮，熠熠闪烁……

事情本该已经结束，但今天又发生了一个需要补充的情节。夜晚七点左右，我接到曲蔓丽打来的电话。我们之间很久没有来往了，我也搬离了剧团的那间破房子，另外租了新的住处。在电话里我同曲蔓丽约定今天夜晚她到我家里玩。需要说明的是曲蔓丽是在知道我早已同冷萍分手的情况下提出要到我家里来玩的，至于玩什么，我也感到很疑惑，我们之间的确早已没有什么好玩的了，但是，玩在很多时候表达的是一个很宽泛的概念，对吧？现在是夜晚九点钟，在她来之前我讲了上面你所看到的仅存于我们之间的故事。小说写到这儿，我忽然听到了咚咚咚的敲门声。

原载于《芒种》2000年第3期

鸵　鸟

四年级上学期，申城大学机电系开设了一门叫《焊接分析》的选修课，既然是选修课，其实修不修都是无所谓的，班上的学生不太重视这门与专业并无太大干系的课程。开学初的某一天，教室里一片热闹，大家都在兴致勃勃地交流着暑期生活的枝枝节节。这时候教室里走进来一个人，大约四十岁，矮矮胖胖的，戴着一副黑框眼镜。他径直走到讲台上，并不比圆弧形的讲桌高出多少，因此很不显眼。

教室里的学生们仍在聒噪着，谁也没有注意到他。在教室的前排，甚至还有一对热恋中的男女，他们久别重逢，如胶似漆，正面对面地坐在一起打花巴掌。他们那么投入，那么忘情，又那么不知羞耻。那个女生叫寇小燕，是校广播电台的播音员。她在节目中给自己取了个昵称叫扣，她的声音又浪又飘，好像给她的名字安上了翅膀，使她在校园里声名远扬。

那个人站在讲台上用严厉的目光看着教室下面，平静中透露着威严，不过他的眼神显然是被大家忽略了，教室里并没有安静下来的意思。他拿起一截粉笔头在黑板上写下两个龙飞凤舞的汉字，然后转过身来，用更加严厉的目光直视着下面，终于，他发现自己锐利的目光对班里的学生实在没有威慑作用，他们根本就熟视无睹。于是，他就抓起教棍啪啪啪地拍打着讲桌，在他的拍击声中，讲桌上沉积的粉笔灰升腾而起，他的面目变得模糊不清。扣和那个男生的花巴掌大约拍到第七节，被惊得倏忽停下了，教室里终于慢慢安静了下来。由于他不合时宜的击打，他的眼镜片上落满了飞舞的粉尘。他掏出一个脏兮兮的皱巴巴的看不清颜色的布团——大约是他的手绢吧——擦拭着他的眼镜。没有了眼镜，他的目光变得空洞而缺乏神采。

他戴上眼镜以后，往教室里重新扫视了一遍，说："这学期由我来讲《焊接分析》这门课，我的名字叫——"他用教棍敲了敲黑板上那两个潦草的汉字。

"鸵鸟！"一个突兀的声音在教室的后排响起。

"哈哈……"教室里一下子炸开了锅，所有的人都乐不可支，女生们笑得涨红了脸，一个个花枝乱颤。

那个人气得瞪大了眼睛，他大声质问道："是谁念的？刚才是谁念的？"

教室里的笑声渐渐平息了，他刚才的声音也消失了，像是沙滩上的一枚贝壳被退潮的海水卷走了，无迹可寻。

那个人直接用手蹭去黑板上的字，又一笔一画写了两个刚劲有力的大字：邬鸣。然后转过身来，严肃而镇静地说道："我叫邬鸣，毕业于哈尔滨工程大学，金属材料及热处理专业硕士。这学期由我来和大家一起学习《焊接分析》这门课程。"可能是气愤所致，他的声音变得异常洪亮。

从那天以后，机电系的一些男生开始称邬鸣老师为鸵鸟。"这节是谁的课？""鸵鸟的课！"这样一问一答，沉闷的教室就像被打了一针兴奋剂，一下子活跃起来。其实，《焊接分析》这门课本身就是特别轻松的，因为它很注重实践，凡是需要实践的课程都是活泼轻松的。邬鸣老师非常重视实习这个环节，用他的话说，学习《焊接分析》如果不进行实习，就是望梅止渴，就是画饼充饥，寸步难行。

实习的费用需要由学生们平摊。邬鸣老师向机电系每位学生收取了一百元钱的实习费，由他负责掌管，用于检修设备、购置钢板和焊条等支出。大四的生活是忙碌的，时间在忙碌中悄然流逝，学子们很快走到大学生涯的尽头。然而，事实情况是，在《焊接分析》课的教学基本结束的时候，邬鸣老师只组织了两次实习，发给每人两块镇纸状的窄长的钢板和几根焊条。大家各自将两块钢板并排焊接在一起，形成一条狭长的焊缝，实习的操作部分就算完成。

在邬鸣老师的主持下，焊接分析开始啦！在宽敞的实验室里，大家围成一圈，女生在内圈，男生在外圈，邬鸣老师坐在中间，形成众星拱月之势。邬鸣老师一块一块地端详着钢板中间的焊缝，分析每个人运条的动作，这个动作是画圆圈，这个动作是画三角，这个动作是画月牙。邬鸣老师像一名出色的烹饪大师，看一眼桌上的菜肴就能知晓厨房里炒菜的路数。女生们一个个聚精会神，听得津津有味。邬鸣老师指着焊缝行走的细微纹路耐心地讲解，直到他身旁的每一个女生都弄懂，都理解透彻为止。说到兴奋处，他还亲自拿起锤子把焊缝敲打一番，使其露出真实面目，然后指出这一个有气泡，那一个夹渣，后面一个虽然没有气泡也没有夹渣，但是焊接后的两块钢板已经不在一个平面上了，像是海鸥的翅膀，这叫焊接后变形……如此种种，每一条焊缝邬鸣老师都能够指出其中的不足，女生们都钦佩不已，隔一会儿发出一声惊叹或是一阵清脆的笑声，课代表夏冰发出的声音总是最为响亮。女生们的热烈表现让男生们觉得不可理解，甚至引起了他们的反感，他们觉得女生们真是太装腔作势了，让人直起鸡皮疙瘩。有一个男生的不锈钢饭缸的把手掉了，他试着将其重新焊上，结果一不留神将饭缸焊穿了，他笨拙的动作吸引了更多的男生去围观。最后，邬鸣老师的身边只剩下一圈女生了，但他显然并没有注意到这些。相反，由于全身心地投入，他的鼻梁上冒出了汗，眼镜一次次地往下滑，他不时地用脏兮兮的手指往上扶一下眼镜，鼻梁因此被染上了一片黑迹，使他的面孔变得很可笑。他坐在女生中间兴致盎然，滔滔不绝，像一个正在表演的滑稽的小丑。

如此两节课，《焊接分析》的实习算是完事了。作为工科专业的大学生，闭着眼睛也能够算清这一笔账，邬鸣老师的全部支出，分摊在每个学生身上，往多里说也只有四十块钱。鸵鸟对实习经费的觊觎之心，学生们不约而同地都看出来了。

随着毕业的临近，机电系的学子们即将踏出校门，邬鸣老师为期一年的教学任务也即将完成，到时实习费用的收支差距问题自然就会不了了之。这时候，在教室里，在寝室里，在校园的林荫路上，在有机电系学生活动的任何一个地方，关于邬鸣老师的种种流言蜚语四处蔓延。

最后班上的学生分成了两派：一是主战派，他们认为应向学校揭发邬鸣侵吞实习经费的劣行，要求他退还结余的实习费；这一派大多是男生，主要代表有刘俊飞、李卫和周松等。另一派是主和派，他们认为应息事宁人，几十块钱事小，万一把这门课的学分弄没了，反而得不偿失；这一派主要是班干部和大多数女生，主要代表有班长冯杰、课代表夏冰等。

一天早晨的自习课上，上着上着教室后面议论开了。

一个人先拍着桌子喊了起来："我受不了啦！我要举报鸵鸟！"

听到他充满压抑的喊叫，周围的学生都笑了起来。

刘俊飞故作深沉地感叹道："沉默的人啊，我们正在遭受一个愚人的愚弄！"

周松说："鸵鸟在一天天拖延时间，最后就算实习材料弄回来了，我们也毕业啦！"

更多的人参与了议论，大家的情绪互相感染，激愤之语此起彼伏。

"不揭发鸵鸟难以平民愤！"

"要给鸵鸟点颜色瞧瞧，不然太窝囊啦！"

李卫挥着一把锁跳起来说："起来造反啦！都出去，我来锁门，老子要罢课！"

班长冯杰说："罢课绝对不行，那样做学校处理的不是实习费的事，而是我们罢课本身。"

李卫说："那怎么办？任凭鸵鸟摆布吗？"

冯杰甩了一下头，没有了言语。

课代表夏冰说："学校多少年来都没管过实习费的事，你们瞎嚷嚷有什么用？"

刘俊飞说："不是不管，是学校不知道！"

夏冰嘴一噘，脸上的一颗颗粉刺更加醒目："哼，几个愣头青！"

刘俊飞急了："你说谁是愣头青？"

夏冰扭回脸，没有理睬他。

刘俊飞走过去说："你说清楚，到底谁是愣头青？"

夏冰偏过头去，嘴里吐出四个字："不可理喻！"

男生们都怪笑了起来。

当天晚上自习课的时候，刘俊飞把李卫和周松从教室里叫了出来，他们走到教学楼走廊的尽头，一起商议着向学校告知机电系实习费的使用情况，揭穿鸵鸟卑劣的伎俩。

刘俊飞说："现在我们要搞到鸵鸟发下来的钢板，焊条我们按他发的牌子去买几根，准备齐他所发材料的样品，我们到学校才有凭据。"

李卫说："实习以后鸵鸟把发下来的钢板全都收上去了，谁不交就不能及格嘛！"

周松跺了一下脚，说："他妈的，鸵鸟当初收上去的目的，莫不就是为了避免我们轻易就能拿着钢板找他算账？"

李卫摇着头说："他才没那么聪明，他收上去是想再拿去卖掉！"

刘俊飞说："现在的问题是怎样才能搞到钢板。"

周松说："鸵鸟收上去的钢板都放在焊接实验室隔壁的仓

库里。”

刘俊飞说:“你怎么知道?”

周松说:“仓库和焊接实验室原来是实验工厂的一个车间,中间用墙隔开了,但隔墙不到房顶,可以从焊接实验室翻过去,焊接实习的时候赵剑就翻过去了,还从那儿扛了一把靠椅出来,他看见先交上去的钢板都堆在那儿。”

刘俊飞问:“赵剑拿出来钢板没有?”

周松说:“没有,都是焊过的,他拿那做什么?”

李卫说:“夏冰有焊接实验室的钥匙。”

刘俊飞摇着头说:“她是不可能把钥匙借给我们的。”

李卫踹了一下墙脚,说:“我们只有偷了!”

刘俊飞说:“现在也只有这个办法,自习课结束以后我们分头准备工具,晚上睡轻些,到时候我叫醒你们,不要惊动了其他人。”

因为是一次夜晚行动,三人都穿着暗色的衣服,在十二点的时候轻轻地溜出了寝室。寝室楼的大门在晚上十点钟就由公寓管理处上了锁,但这幢楼一直有一个“暗道”可以出入,男生们如果出去喝酒或者跳舞玩晚了就由那里回来。这个“暗道”在一楼厕所的玻璃窗户上,窗户外面原本焊有铁栅栏,目的就是防止学生从那里翻越。乍一看铁栅栏完好无损,实际上用手一摸就会发现有两根横向钢筋是松动的。那两根钢筋不知被谁撬了下来,在两头拧上了铁丝钩,然后又挂在原来的位置上。男生们在“暗道”这件事情上有着罕见的默契,无论是谁翻越了之后都会使其恢复原状。

三个人从“暗道”翻出来后,最重要的是躲避治安巡逻队。学校里正在推行素质教育活动,轮到某系进行素质教育时就停课一周,全系学生分为不同的小组开展各种各样的活动。活动之一是成立治安巡逻队,由系里分派一组男生日夜在校内巡逻,维持治安。虽然名曰“维持治安”,实际上就是抓谈恋爱的。巡逻队员的胳膊上都戴着红袖标,上面印着“纠察”两个字。他们白天没什么事情，主要精力都放在晚上，每人手持一把手电筒，一遍遍地在校园的角角落落里搜寻，最有兴致的是在黑暗处将鬼鬼祟祟的男女抓个现行，然后对他们进行一番义正词严的审问，一男一女在干什么？是什么关系？手上有什么越轨的动作？直至将男生审问得服服帖帖，女生粉面绯红，甚至泪花四溅才肯罢休。

夏夜的月光很明亮，把一切都照得白花花的，校园空旷而寂静。三个人心里都很激动，好像在进行着一项紧张而严肃的地下工作。为了躲过巡逻队员，他们没有走人行道，从寝室楼西面拐进小礼堂与校围墙的夹缝，绕过男生、女生寝室楼旁边的主干道走了出来，然后又钻进女生寝室楼东边的一片树林子里。树林子里有一座小山丘，他们沿着小山丘脚下穿出树林，就可以隔着一条人行道与实验工厂相望。

他们轻轻翻过树林子外面的铁栅栏，李卫就要穿过人行道，刘俊飞一下子拉住他，指了指人行道的尽头。他们仔细一看，一点闪烁的亮光在移动，比萤火虫的亮光大一点。不一会儿，就传来了缓慢的脚步声。李卫转身要重新翻入树林子里，刘俊飞又拉住了他。李卫轻声说："不行，他们可以看见！"刘俊飞说："别说话，只能这样了！"他们静静地站立在人行道旁边的垂柳下面，敛气屏息，一动不动。巡逻队员排着纵队走了过来，那亮光原来是领头的队员手里夹着的烟头发出来的。由于夜深人静，巡逻队员们无精打采，慢吞吞地走了过去。一个跟在后面的队员忽然停了下来，四处看了看，对着路边的花坛呼啦啦撒了一泡尿，然后一抖屁股追了上去。

夜，又安静了下来，他们左右仔细观察了一会儿，见再没有动静，就疾步穿过人行道，进入实验工厂。他们还是不敢走人行道，从厂房与围墙的夹缝间溜到了焊接实验室门前。实验室门口有几棵粗大的梧桐树，明月当空，梧桐树的树冠在地上投下了一片黑影，他们一下子就被遮蔽在了里面。

仓库安装的是卷闸防盗门，他们毫无办法。实验室安的是两扇铁门，挂着一把铸铁大锁，他们也无计可施。但实验室的窗户外没有铁栅栏，仅仅是铝合金窗户上装着玻璃。李卫从裤兜里掏出一卷胶布，撕成条状横七竖八地贴在玻璃上，然后用一根木棒猛击玻璃，玻璃竟只发出轻微的破碎声就烂了。在玻璃破碎的一瞬间，李卫顺势把木棒往前一捅，穿过击烂的窟窿接住了玻璃，因为有胶布粘连，没有一块碎玻璃掉下去，也就没有一点声息，动作之精巧干练，让刘俊飞和周松直竖大拇指。三人只顾着高兴，突然有一束手电筒的亮光照了过来，他们急忙伏在地上，吓得都快灵魂出窍，幸亏手电筒只是照了照实验室的门，没有发现情况，一阵脚步声之后就过去了。

过了一会儿，三个人从地上爬起来，李卫把手伸进窗户里拨开窗闩，轻轻推开窗户首先跳了进去，刘俊飞和周松也跟着跳了进去，并轻轻关上窗户。实验室还是原来的样子，里面的环境三个人很熟悉。实验室和仓库原是同一个车间，后来中间用一堵墙隔开了，但由于车间非常高，隔墙只过房子高度的一半，可以轻松地翻过去。让人高兴的是上学期检修电路时用的铝合金梯子还在里面，刘俊飞和李卫把梯子挪过来，靠在中间的隔墙上，李卫率先爬上了梯子，刘俊飞次之，周松则在实验室里等着。

李卫把随身携带的手电筒打开，一束淡黄色的光洒在仓库里，他们惊呆了，那是一种遭电击般的无法想象的感觉，那一瞬间没有了声音，一切都沉沉的，恍若走进了迷幻的梦境。

那天晚上，刘俊飞、李卫和周松三人没有偷到钢板。他们经过商量，决定不再要求邬鸣老师退还结余的实习费，并且严守一个秘密，就当那天晚上的事情没有发生过。

原载于《青春》2004 年第 1 期

千 条 计

“千条计”是我朋友的朋友，他名字叫李镖，其实他父亲原本给他取的名字叫李彪，他自己改成飞镖的镖。李镖聪明机智，满腹心计，亮晶晶的眼睛滴溜溜一转，一个鬼主意就涌上心头，因此周围的朋友送他“千条计”这个绰号。我和他只在一起玩过一两次，就感觉到他的计谋的确非同凡响，这个绰号并非浪得虚名。

我们一大帮子朋友到超市购物，说购物，其实是瞎逛，我们都是穷光蛋，只有一身没处打发的旺盛精力，在别人眼里属于那种不学无术游手好闲的人。我们一起装作冷酷的样子，前呼后拥着走进超市。超市里面有中央空调，还有着装时尚的女孩，我们认为空调吹出来的凉丝丝的冷气有益于身体健康，而各式各样的漂亮女孩有益于保护眼睛。我们有时也买一些东西，主要是香烟和听装的啤酒，然后手里夹着香烟，一起讨论着哪个女孩的胸部够大，哪个女孩的屁股够翘，或者一起惊呼哪个女孩不正经。我们认为不正经的女孩有以下几个特征：喜欢穿花里胡哨的短裙，露出身体的很多白肉，一头黄毛，化着浓妆，脖子上一般挂着小巧而精致的手机，最关键的一点是毫不吝啬地大把大把地往超市里扔着花花绿绿的钞票，好像她们扔出去的是一张张废纸一样。我们都身无分文，她们为什么出手不凡阔气十足，只有是做小三了，净赚那些贪官污吏脑满肠肥者的钞票。当我们看到这样的女孩时，就由一人先高喊一声：“鸡——”然后由别人接着说：“公——山！”因为在我们这个城市有个旅游景点叫鸡公山，据说是国家四大避暑胜地之一。被喊作“鸡”的女孩恨恨地看我们几眼，却毫无办法。我们就哈哈坏笑着朝超市的出口走，临付款的时候我们看见李镖手里拿着两样东西，一只烟灰缸，一个太阳镜，价格分别为 4 元和 25 元。从超市里出来，李镖诡秘地笑着说："这只烟灰缸原本 38 元，太阳镜 165 元，我把上面的条形码撕掉，从别的东西上揭两个便宜的条形码贴在上面，那个笨蛋收银员竟然没有看出来。"我们站住说："再回去买几个。"李镖说："要去你们去，我不再去了。"我们几个想了想，终究没敢回去。前几天《申城晚报》上说这家超市的保安将一个小偷按在治安室里一顿暴捶，还把他的手指头剁掉一截，听起来让人脊梁骨后面飕飕直冒凉气。我们虽然好打个架、斗个殴什么的，但都是以多打少，以强胜弱，尤其是揍那些只身带着两个或两个以上小妞出来浪的人，找个茬将他扁得鼻青脸肿跪地求饶，将小妞吓得声声尖叫掩面而泣，这让我们觉得自己很勇敢，觉得很刺激，可是谁也不敢拿手指头去试保安手里的菜刀。

与我们的不务正业不同，李镖会修理摩托车，在申城市郊开有一个摩托车修理部，同时承接电焊业务。我们在街上逛够了，就决定到其中一个叫大毛的朋友家里去上网，据说他的电脑里存储有很多从网上下载的港台和日本艳星的照片。我们很想去看一看。李镖说："大毛那儿我不想去了，我到工区路摩托修配市场去买零件，店里还有摩托急等着修理。"我们说："要去就一起去，你刚才占便宜了，要请大家的客。"李镖听了无话可说，我们就一起到了工区路。

李镖带着我们东转西转，最后进了一家只有一个大肚子女人看店铺的修配部。李镖要了一个什么配件，左掰右看的，然后又要来一支圆珠笔，在手掌上记下老板的电话号码，说是方便以后打电话来问问一些配件的价钱。折腾了半天，李镖突然指着零件上贴的价格标签叫道："这零件我在别处买都是八块，你这儿怎么卖九块五？"大肚子女人接过去看了看标价，很糊涂的样子，然后又肯定地说："一样的货得看质量好不好，我进的都是正宗货，这上面标多少就是多少，一直按这个价钱卖的。”李镖听了装着一副懒得理论的样子，挥着手说：“算了，算了，九块五就九块五吧！”大肚子女人听了立即满脸堆笑，她笑起来时脸上的妊娠斑就显得更加难看，如同大花狗的屁股一般。从店铺里出来，走到僻静处，李镖指着零件上的标签得意地说：“这东西其实值九十五，中间的小数点是我趁她不注意时用圆珠笔点上去的。”我们听了都恨得咬牙切齿，但又佩服不已，真想揍他几记老拳。最后拉着他给我们每人买一包三五烟才完事。

有一次，我们约在一起到申城监狱去钓鱼。监狱里有一大片水塘，塘塘相挨而又各自独立，号称十八塘，劳改犯在塘里面养了鲢、鲤、草、青四种鱼。我们的朋友二庆家住在申城监狱，他父亲是监狱第五监区的政委，二庆托他父亲提前给看鱼塘的老头打招呼，我们才被允许在鱼塘里放钓竿。

那天天气晴朗，艳阳高照，我们起个大早紧赶慢赶，到鱼塘边时已经九点多钟了，开始忙乱地准备家伙。二庆指着鱼塘说：“冬天最冷的时候，监狱组织劳改犯用拉网在塘里捞鱼，有时候拉网在水里被枯树杈子挂住了，就随便派一名劳改犯跳进水里去解开，水深的地方还得扎猛子才能摸得到。”李镖蹲在地上整理着鱼线，说：“那不得穿着高级防水衣呀！”二庆说：“穿个球，脱得只剩下裤衩下去，那些鸟货冻得要死，最后连个鱼鳞也吃不着！”大毛听了哈哈大笑起来，笑罢了说：“你老爸在这儿挺厉害吧？”二庆说：“不怎么样，不过你们要有兄弟被押在这儿，跟我老爸说一声起码可以让他当个号长，吹吹哨子记记账，再也不用干活啦！”

我们说笑着分别在树荫下面选定位置坐下来，打下窝子，握着钓竿，目不转睛地钓了起来。钓着钓着，我们不约而同地发现此时在此地钓鱼实在是个错误：一是天太热，一丝风也没有，坐树荫下面仍然燥热难忍；二是塘太大，有六十米宽，一百多米长，鱼们肯定都躲在塘中间水深处凉凉快快地睡大觉呢！这么大的池塘，水面竟然静如一潭死水，鱼漂浮在水面上一动也不动。这样一想我们几个几乎成了一群傻子，还等着钓大鱼，简直是癞蛤蟆想吃白天鹅。二庆和大毛先撑不住了，他俩将鱼竿轻轻地放在水面上，开始在背包里找东西吃，方便面两个家伙咽不下去，就剥开火腿肠大嚼。接着我也沉不住气了，提起鱼竿开始跑窝子，东钓一会儿，西钓一会儿，最后干脆也将鱼竿浮在水面上，掏出香烟来抽。一只蝉在树上叫得让人心烦，我捡起石块朝树荫深处砸了几次，它才噤了声。只有李镖仍然目不斜视地盯着水面上的鱼漂，一副机会难得而郑重其事的样子，让人直想发笑。

大毛伸了个懒腰，说："老子想跳进水里洗个澡，这个塘我闭住气一个猛子能游过去。"

二庆鄙夷地说："你扎猛子要能游过去，我站在这儿一泡尿就能尿过去！"

李镖回头恨恨地说："你们两个闭嘴，要比就到别的塘比去！"

二庆伸了一下舌头，做了个鬼脸，冲我们眨了眨眼睛。

大毛低声说："换成别的塘我可不敢保证能扎过去。"

二庆笑嘻嘻地说："换成别的塘我也不敢保证能尿过去。"

太阳似乎越来越毒，我们头皮一阵阵发炸，浑身直冒火，带来的几瓶矿泉水很快喝完了。李镖也终于失去了耐性，他将鱼竿支在一个露出水面的枯树杈上，站了起来。他在岸上来回走了几步，又朝水塘对面看了几眼，看守鱼塘的老头正坐在小棚屋前的一个矮木凳上，悠闲地用苍蝇拍东一下西一下地打苍蝇。我们看见李镖慢腾腾地往塘那边走了过去，远远地他就朗声跟老头打着招呼，并且掏出烟来递给老头，还凑过去殷勤地点着火，然后他就在老头跟前蹲了下来，很亲热地说着什么，一副阿谀奉承的下贱样子，不知道搞什么名堂。不一会儿，老头竟然起身关好小棚屋的门，朝两里开外的街上走去。这时李镖飞一般地跑过来，变魔术似的从他的背包里掏出来四个自制炸弹钩。所谓炸弹钩就是在易拉罐上缠上几十米鱼线，鱼线的那一头拴有一个由六七个鱼钩组成的钩群，外面可以包裹上大团的诱饵，是专钓大鱼用的。李镖说："我给老头五块钱叫他帮我们买西瓜去了，赶快把炸弹钩下到水里。"我们没想到李镖还准备有这一招，都兴奋不已，七手八脚地解开鱼钩，裹上用糠麸和香料拌成的诱饵，由李镖将它们一个个扔到了水塘的中央，然后我们把易拉罐固定在岸边大树的根须上，还在鱼线的末端分别夹一个鱼上钩时能报警的小铃铛。

准备停当，我们蹲在水塘边轻轻撩水洗干净手上粘的黏黏的鱼饵，坐在岸上掏出烟来抽，仔细听着塘边的动静。李镖不时地拿眼睛瞟着两里以外的大街。大约两支烟的工夫，一根鱼线上的铃铛响了起来，几乎与此同时另一根鱼线上的铃铛也响了起来。我们既兴奋又紧张，此时的李镖宛若一个沉稳的指挥家，他自己牵着一根鱼线，同时指挥着我和大毛牵另外一根鱼线。我们站在岸上和水里的大鱼展开拉锯战，鱼紧我们松，鱼松我们紧。大毛不时地怪叫着，说大鱼使劲挣脱时拽着鱼线勒了他的手。不一会儿，李镖已将自己的鱼线收至跟前，二庆抄网下去将鱼抄了上来，是一条六七斤重的大草鱼，倒在路边一阵扑腾乱蹦。李镖又接过我和大毛手里的鱼线，这时我们才发现李镖手上不知何时绑裹着一条毛巾，难怪他不怕鱼线勒手。他三下两下就把水里的鱼拉到塘沿，露出青青的鱼脑壳，二庆瞅准时机抄网下去，抄起一条五六斤重的大青鱼，倒在路边又一阵扑腾乱蹦。我们几乎惊呆了，没想到大鱼来得如此容易。李镖一边叫我们将鱼放在路边的草丛里藏好，一边把水里的炸弹钩全部收上来藏回包里。做完这一切，我们才远远地看见老头肩上扛着一个硕大的西瓜，正一步一摇挥汗如雨地走回来。

李镖身上还有很多富含"妙计"的故事在朋友中间口口相传，不断丰富着我们的谈资。每次有人讲一个他的故事，都会让我们或捧腹大笑或拍案叫绝，先是佩服他的机智聪明和胆大细心，然后又众口一词骂那货不是个好鸟，一肚子坏水。

前几天，我忽然听说李镖出事了。他的店铺经常收购别人低价处理的旧摩托，经过一番修理和伪装以后再寻机转让。大毛没有摩托车骑，就死皮赖脸地向他借了一辆。那天晚上申城大桥上出了交通事故，一个家伙骑着一辆川崎 400 载着三个小妞飙车，迎面撞在了一辆趁夜色偷偷进城运建筑垃圾的破四轮拖拉机上，川崎车的车把断作两截，油箱与车身脱离，飞在了一边，坐在前面的小妞当场就死掉了，剩下的几个跌在桥面上，胳膊和腿乱动，只有出气没有进气。大毛当时路过大桥，就将摩托车停在桥边看热闹。这时一个警察突然指着大毛的摩托车高声喊道："这是谁的摩托？"大毛走过去说："是我的，怎么啦？"警察问道："你的车牌照是从哪里弄来的？"大毛不解地说："这一直就是我摩托车的牌照，怎么了？"警察说："你老实说，你到底是从哪里弄来的？"大毛没好气地说："这牌照一直就是我的！多奇怪似的！"警察正色道："挂你这个车牌的摩托上个月就被盗了，我们已经立案，这个车牌的来历你要想清楚！"大毛一急，信口说道："这个牌照是我捡来的。"警察当然不会相信他的鬼话，当晚就把他带回了局子。

我一直想不明白，李镖不是"千条计"吗？就算收购别人的赃车，怎么会犯这样的低级错误？大毛不以为然地说："川崎 400 都能撞到破四轮上，他为什么不能犯错误？"大毛想了想又说："川崎 400 毁了真是太可惜了！"

原载于《安徽文学》2004 年第 3 期

蓝琳女士的大衣

对于田野的那点儿心思蓝琳早就看透了。蓝琳在公司不是最惹眼的，她毕竟已经三十二岁了，怎么能跟那些刚刚二十出头的小姑娘比呢，她们花样年纪，走起路来一个个挺着乖巧而精致的胸脯，鞋跟像鸡啄米似的把楼道的地板啄得嘭嘭响，一副盛气凌人的姿态。蓝琳则内敛了许多，不动声色的，不过这并不能遮掩她的光彩。她的皮肤保养得很好，几乎不需要刻意地用化妆品去打理，每天也就是简单地搽一些大宝、蛇油膏之类，皮肤却依然光滑细腻，如同一件胎色润白的瓷器。而那些小姑娘呢，简直是天生的泥瓦匠，每天清晨的大好时光全部浪费在往脸上涂一层又一层的粉底上面了，尽管这样，她们的肤色也好似一个远古时期的陶罐的颜色，怎么伪装也无法掩饰其质地的暗黄。虽然在言谈举止上并不张扬，蓝琳还是吸引了男人的注意，这个人就是田野，一个二十八岁的单身男人。毫无疑问，作为男人他的嗅觉是灵敏的。

蓝琳是公司行政部的职员，工作其实就是打打字，整理一下文件。在企划部的田野经常找蓝琳，刚开始是拍拍她的肩膀："蓝琳，这个文件给处理一下，急等着用。"蓝琳就放下手里的事，坐到电脑前噼里啪啦地敲起来。田野则站在她的背后开始讲段子，那些半荤不素的段子无疑是他在众多流行的段子里精心筛选出来的，刚开始平淡，结束时猛地抛出一个包袱，像一枚枚催笑炮弹在耳边炸响，任何人听了都会忍俊不禁的。蓝琳也笑，但笑得不动声色，笑得很沉静，敲击键盘的动作并不停下来。田野就说："蓝琳，你在做面膜呀？"蓝琳一下没明白过来，转过头看他一眼，说："没有呀，谁发神经呀，现在做面膜！”田野说：“那你怎么一直绷着脸，我还以为你脸上敷有面膜呢！”蓝琳就扑哧一下子笑出声来，说：“死田野，真是讨厌！”田野也哈哈大笑起来，在难以自持的笑声里蓝琳不自觉地变轻松了许多。她觉得，不管怎么说，田野是比较幽默的，很会逗女人开心。

两人自此好像有了一点默契，田野在走廊里迎面碰见蓝琳的时候，冷不丁地掐一下她的胳膊，掐得并不重，重了就像恶意开玩笑，顽劣而浅薄，也不轻，轻了就没有味道了，容易让人觉得不明所以。田野的那一下掐得不轻不重，力度掌握得恰到好处，让人觉得发火都够不上由头，似乎隐含着一点挑逗，一点暧昧，而更多的是一种温情和关怀，在蓝琳还没回过神来的时候，田野已疾步走下了楼。

田野的胆子是一点点变大的，胆子变大倒也无所谓，问题是量变的同时也发生了质变，变成了一颗色胆。一次办公室没其他人的时候，田野鬼鬼祟祟地走了进来，在门口就斜着眼睛瞅着蓝琳。蓝琳正在铁皮文件柜里找一份资料，略微瞥了一眼就发现了他，却故意嗔着脸，说：“看什么看，神经病！”头仍然探在文件柜里。田野笑嘻嘻地说：“人家想你了嘛，当然要仔细看看！”“想你个头！”蓝琳嘴上说着，并不理会他。田野从背后看着蓝琳的身体，同那些小姑娘比虽然略有发胖，但胖得圆润，胖得柔滑，起伏有致的轮廓显出一种成熟女人的韵味，尤其是那两瓣还算紧凑饱满的屁股，如同香味馥郁的西瓜，散发着诱人的光彩。看着看着，田野猛地一巴掌拍了下去，同时嘴里喊道：“叫你不相信我！”拍完转身就跑，办公室的地板刚刚用湿拖把拖过，田野脚下一滑，头一下子撞在了门框上，咚的一声响，田野却并不停，捂着额头龇牙咧嘴地跑了。蓝琳还没来得及恼火，一阵慌乱脚步声之后人已不见了踪影。蓝琳却忍不住笑了，田野的拙劣表现，反而让她感觉到一种可爱，一种率真，田野比她小几岁，虽然心怀鬼胎，却掩饰不住身上固有的孩子气。

对于蓝琳，田野也是有一点分寸的。在很多细微之处他毫不掩饰对蓝琳的好感，但仅仅是一种若即若离的关切，再未做出更加过分和粗俗的举动。公司在瑞德丰酒楼搞聚会，大家在一起喝酒唱歌闹腾得很晚，蓝琳担心儿子的作业，提前离席走了。仲夏的夜很清凉，沿河大道上垂柳依依，凉风拂面，路边有很多年轻的情侣。他们或是坐在草地上交缠在一起，窃窃私语；或是相对立于路旁，男孩子一手叉腰作霸道状，似乎是不想让女孩回家；或是三三两两在路边散步，悠闲自在而又情意绵绵。蓝琳一下子想起了自己和大军谈恋爱时的情景，那时候自己何尝不是如此呢，眼睛里只有浪漫，对未来生活的勾画是长相厮守永不变心，是坐看黄昏一起变老。不过现在已经过去十年了吧，蓝琳轻轻摇了一下头，年华似水，时光不可留，自己眨眼已经变成一个三十多岁的妇人了。丈夫大军在民权路开了一间家电专卖店，生意做得越来越火，而夫妻生活则越来越平淡，日复一日，越来越简单，简直程式化了！生活原来是如此具有魔力啊，多么富有激情的心灵在它的磨砺下都会变得迟钝，失去光泽，不着痕迹地坠入庸常岁月里。

“蓝琳，快上车！”田野骑着摩托车冷不丁从身后冒了出来。蓝琳刚要说话，田野又挥了一下手：“快上来！”一副不容置疑的口吻。蓝琳只好犹犹豫豫地坐了上去。田野说：“抱紧我！”不待蓝琳说话，田野一脚油门，摩托车轰轰地叫着蹿了出去，引得路边的情侣们纷纷注目。蓝琳的腰猛地往后一闪，不由得紧紧抱住了田野。耳边的风呼呼地响，蓝琳贴着田野的后背，扯着嗓子喊：“你要带我去哪儿……”田野略一回头，大声说道：“去兜风！闭上眼睛……”

田野骑的是一辆野狼150，跑车款，拐弯的时候他故意玩一些赛车手的动作，将车身压得很低，一会儿往左歪，一会儿往右歪，让人感觉大厦将倾，简直要崩溃了，转瞬又恢复自如，一切尽在掌握的样子，蓝琳吓得早已闭上了眼睛，心里恨恨的，双手却将田野抱得更紧了。

摩托车驶离了市区，拐上公路，城市的亮光一点点地向后退去，渐渐地只剩下一团模糊的光影。柏油路路况很糟糕，时不时出现一条条巨蟒一样的裂纹，向上耸起着，像是被雨水泡涨了肚子，面目狰狞。摩托车被田野驾驭得服服帖帖，速度并没有降低，左晃右晃，半个多小时后跑到了鸡公山下。鸡公山是申城的一处旅游景点，著名的避暑胜地。紧靠山口是一个热闹的夜市，沿路簇拥着两排密集的大排档，每家大排档门前支锅砌灶，长长的竹竿上挑着一盏昏黄的灯，灯下的厨师是一个个光膀的汉子，肩上搭着一条毛巾，铲子上下翻动，或烧或烤，或煎或煮，烹制着各色小吃。大排档内已经坐满了人，有的还戴着旅游帽，看样子大多是夜宿鸡公山上的游客。他们或喝着啤酒低声聊天，或高声猜拳，喧哗不已。大山脚下被无边的夜色所包围，仅此一片光亮，气氛于热闹之中透着宁静。

田野显然经常光顾这里，他停好摩托车，挑了一家大排档，一边找位子拉蓝琳坐下，一边熟络地跟档主打着招呼："老板，给我们来一盘炒螺蛳，一盘烧龙虾，再来一碗藕粉，一碗冰镇绿豆汤，外加一件啤酒！"蓝琳说："你发神经呀，刚刚吃过饭！"田野掏出烟盒，潇洒地弹出一支，点着深深地吸了一口，又徐徐吐出来，说："我早就想带你来吃这里的炒螺蛳了，这里的炒螺蛳堪称天下第一美味！"说着眯上眼睛摇了摇头："那滋味简直妙不可言！"蓝琳撇了一下嘴，不以为然地说："一盘炒螺蛳，市里面到处都是，至于如此吗？"田野说："不懂了吧，这里的螺蛳是鸡公山山涧泉水里的野生螺蛳，个头小，壳壁薄，肉质嫩，一吸入口，而且一点儿也不垫牙，市里面的螺蛳能跟这儿的比吗？"看着田野一副认真的样子，蓝琳忍不住笑出声来，说："行了，行了，说起道理来一套一套的，快成美食家了！"田野笑道："是呀，美食家，喜欢让美人陪着进食的家伙！"蓝琳瞪了他一眼，似乎有些愠怒的样子，田野则狡黠地一笑，端起啤酒杯说："来，干杯！"

那天晚上，蓝琳本来隐约感觉要发生点什么的，也说不太明白，但田野只是不停地喝着啤酒，一杯接一杯，似乎唯一的目的是要把自己灌醉，别无其他。蓝琳几次想把他的啤酒瓶夺下来都不成功，有点恼了，她蹙起眉头，脸色也沉了下来。田野不说话，微闭着眼睛，他抬手轻轻拍了拍蓝琳的脑袋，然后摩挲着她的长发温柔地一顺而下，在脖颈处掐了掐，接着又抬手拍了拍她的脑袋。蓝琳立刻像被施了魔法，变得温顺而安静，宛如一个初恋时依靠在男友身旁的小女孩。田野甩了甩自己的头，又兀自喝着啤酒。夜越来越凉，十一点多的时候，田野忽然很清醒地冒出一句："不行，你该回家了！"

第一片雪花飘落下来时，田野送给了蓝琳一件羊绒大衣。

公司给了田野一次到北京出差的机会，一个多星期后回来时，第一股冷空气已经抵临申城，伴随着寒流，申城下了第一场雪。田野给蓝琳带了一件大衣，用一个灰暗的塑料袋装着，说是王府井某商场的处理品，当时他在商场里胡乱转着，发现一堆人围在那里抢购羊绒大衣，才一百多元，就糊里糊涂地买了一件，回来的路上想，算是给蓝琳捎的吧。田野说得很平淡，一副漠然而随意的样子。蓝琳却觉得很可疑，不过她也不想细究，点破他反而没意思了。不管怎么说，她觉得田野是很懂女人的心的，偶尔出差，能有这种牵念，已经很让她感动了。丈夫大军长年累月往武汉、广州跑，从未给她买过一件衣服，而且还振振有词，说是怕买得不合身，白花冤枉钱。蓝琳其实并不是想要什么衣服，她也不是一个特别注重穿着的女人，问题是哪怕一个十几元钱的小小的饰物大军也从未送给过她，相反，一回到家里就忙不迭地感叹疲乏，倒头便睡，一觉醒来什么都忘了。

在办公室里瞅个空隙，蓝琳打开了大衣，她不由得眼前一亮，新颖简洁的款式，柔软顺滑的质地，精细考究的做工，处处显露出非同一般的精致，淡淡的灰色正是蓝琳所喜欢的，简简单单的几枚木雕扣子，衬托出一种清雅而内敛的气质，那样式朴素极了，所有的装饰性配饰在此都会显得花哨。看看牌子，天呀，茜茜牌的，蓝琳当然知道这个牌子，这是个任何女人都会为之心动的品牌，在中百商厦里要两千多元呢，旁边还用不锈钢架举着一个纸牌，冷傲地写着“非买勿试”四个字，时尚华美的大衣硬是被商家装扮出一副盛气凌人的姿态。平时蓝琳也只是远远地瞟一眼，经过那里时从不作片刻停留，连试穿一下都不被许可的衣服是最让她反感的。

窗外的雪簌簌地往下落，一片雪花飘过窗户时停顿了一下，在那一刻闪出动人的光芒，接着晃悠悠地翻转着，一下子吸在了窗沿的瓷片上，慢慢地暗淡了下去，化成一滴水珠。蓝琳出神地看着那一片雪花渐渐地消逝，心情也变得黯然起来。羊绒大衣装在一个灰暗的塑料袋里，塑料袋上印着一种不知名皮鞋的广告，猩红的字迹凌乱、斑驳而刺目，但这并不能削弱大衣自身的光华，如同田野平淡的语气并不能掩饰他的良苦用心一样，这样一想，蓝琳竟然心生一丝难过。

想了想，蓝琳给田野的手机发了一条短信：“你要明白，这件大衣我承受不起。”很快得到回复：“请原谅，还没来得及告诉你，我准备下个星期离开申城，这件礼物就当我们几年来同事之谊的纪念吧！”蓝琳刚刚看完，又收到一条短信：“今朝别离，永远想念你！”蓝琳心里一惊，连忙拨打田野的手机，却被语音告知对方已经关机。蓝琳神情落寞地看着羊绒大衣，伸手所及如同触到一只毛茸茸的小动物，绵软、柔滑而有质感，怅惘中，往事一幕幕地浮现开来，稍一凝眸，在蓝琳的眼前化作一团光影。倏然，她发现大衣的商标有些异样，仔细一看，在商标的四个角上分别用圆珠笔写了四个很小但很工整的单词：I——LOVE——YOU——FOREVER。蓝琳鼻子一酸，眼泪慢慢地涌了出来。

雪没有一点要停的意思，纷纷扬扬的，飞舞的雪花迎面扑来，又在身后缓缓落下。人行道上积着一层雪,脚已经踩不透了。马路中间的机动车道则一点雪花也没有,不仅如此,地面上还冒着淡淡的白气,很蒸腾氤氲的样子,雪花飘落之后,汽车一过,就什么都没有了。蓝琳踏着路边的积雪,每走一步,都能听见雪在鞋底下发出的轻微的嚓嚓的声响,响声之后,洁白的雪就变成了暗黄色,留下一串深浅不一的脚印。

雪花并不大,夹着些雨水,落在蓝琳的头上,慢慢地浸润开来,化成水沿着头发一滴一滴地掉进脖子里,冰冷的感觉瞬间袭遍全身,使她不自觉地打了个寒战。街上的行人大多是结伴而行的,片片雪花簌簌落在他们撑着的伞上,一个个欢快的背影随着有节奏的脚步声从身边渐渐远去,不知怎的,蓝琳感觉有些凄清。她拎着那个装着大衣的袋子不知不觉地走进了西亚超市,超市里熙熙攘攘的,空调里吹着热风,蓝琳觉得暖和了许多。她在超市入口的物品寄存处将大衣存了,把寄存牌上的橡皮筋套在手腕上,然后随着人流踏上电梯上了二楼。这是申城最大的一家超市,有事没事蓝琳喜欢来逛一逛。蓝琳并不想买什么东西,她随便走着走着就走了进来,或许仅仅是为了躲避外面的风雪吧,接到田野的短信之后她有点蒙,走出公司时竟然忘记了拿伞。超市吊顶上的日光灯管很密集,投射下来的白光有些灼目,穿梭其间的人看起来杂乱无序,细看又一个个脚步匆忙,目的明确,反衬出她的百无聊赖和神思茫然。她忽然觉得到这里来是个失误,她本是想清静一下的,她要好好想一想,而超市恰恰是个热闹喧腾的场所呀,她感到自己越发迷乱了。儿童游乐园门口摆有几张塑料椅子,那是家长的休息处。蓝琳在那儿坐了下来,她看见里面大一点的孩子在玩蹦床,小一点的孩子在滑滑梯,还有一个两三岁大的男孩陷在了一堆五颜六色的彩球里面,看上去憨态可掬。蓝琳不由得淡淡地笑了,儿子明明今年八岁,上小学二年级,平时最喜欢到这里来玩,蓝琳不知不觉看得入了神。

冷不丁地看看表，呀，已经快到下班时间了！蓝琳是提前从公司溜出来的，得赶快回去给明明准备午饭，小家伙每天一到家就喊肚子饿，像一头吃什么都消化得极快的小野牛。现在大军为减轻她的负担，安排店里的导购员小倩接送明明上学，她只需要照顾好明明的吃穿就行了，接送孩子上学，是一件挺麻烦的事情呢！

超市里的人很多，寄存处的女服务员被一个个或存或取的客人叫得晕头转向，手忙脚乱。蓝琳举着自己的寄存牌，叫了几次也没人顾得搭理她。旁边一个等得更久的男士忽然文质彬彬地朗声道："小姐您好，请问您不觉得我已等待得太久了吗？"蓝琳看了他一眼，忍不住笑了一下。笑过之后，她觉得心里如同打了一次闪电，猛地豁亮了一下，于是疾步走出了超市。

推开门，大军正在家里看 NBA 的转播，噢，又是星期五，这种比赛大军每个星期五上午都要看的。蓝琳一直想不明白，几个又黑又猛的男人，你来我往地比着往同他们身材相比并不太高的篮框里一次次灌球有什么好看的，大军却看得津津有味，尤其到了加时赛阶段，说是五分钟，往往二十分钟也打不完，而大军更是目不斜视，片刻不敢耽搁，连饭也不吃的。蓝琳换上棉拖鞋，走到卫生间里用毛巾擦了擦湿漉漉的头发。大军在客厅里叫道："真是的，成了垃圾时间！"蓝琳走出来，从包里掏出一个塑料牌，笑着说："大军，我刚才在西亚超市里捡到一个寄存牌，不知是谁挤掉的，你去看看寄存的是什么。"大军看了看蓝琳，说道："别人发现牌子丢了一定会到寄存处挂失，还能领得出来吗？"蓝琳耐心地说："丢失的人想不起来自己寄存牌的编号呀，一时半会儿领不出来的，你去看看吧！"大军眨巴眨巴眼睛，恍然大悟的样子，说："好，真是的，今天的比赛没一点熊意思，我去！"说着，抓起寄存牌换上皮鞋就跑了下去。

蓝琳的脸上荡起了笑容，她走回卫生间，对着镜子拍了拍自己的脸颊，脸上不知何时微微泛起一点绯红，她的心怦怦直跳。她放出热水，洗了洗脸，心里说一定要镇静，同时开始酝酿表情，待会儿要不露痕迹做出一副惊喜万分的样子呢。她在公司的那一点薪水大军了如指掌，那件羊绒大衣是无论如何也没法向大军解释清楚的。当然，就算她把大衣挂在衣柜里最显眼的地方，粗心的大军也不会发现的。问题是，蓝琳很想现在就穿那件大衣，她要让田野在离开的时候能看到她身穿茜茜牌羊绒大衣的样子，这或许是她现在唯一能做到的事情了。而再过二十分钟，那件大衣就将名正言顺地属于她了。

门外响起了几声沉闷的声响，蓝琳正在厨房里做饭，她知道是小倩送明明回来了，明明够不着门铃，每次都是顽皮地用脚踹门。蓝琳跑去打开门，两个人只打了一把伞，小倩的头发被雪水浸润透了，湿淋淋的，而明明的身上不见一片雪花。蓝琳感到很不好意思，留小倩一起吃午饭，小倩轻轻一笑，说店里面忙得很，没有进来就走了。

饭菜已经做好，一样样端到桌子上，大军还没有回来。蓝琳拿起电话拨打大军的手机，听到听筒里传来嘀的一声后就挂了。大军不用接电话，只要听到手机短促地响一下，就知道家里在催他了。

又过了一会儿，终于听到咚咚咚上楼的脚步声。大军一进门就说："害得我白跑一趟，里面就这样一个破袋子！"蓝琳一看，是自己寄存的装羊绒大衣的塑料袋，外面印有粗劣的皮鞋广告，袋子却瘪瘪的。大军伸手一探，掏出半块面包；又伸手一探，掏出了一本女性时尚杂志，杂志是旧的，封面的边角皱皱地翻卷着，露出了内页的口红广告，页面上还有一些污痕；再伸手一探，完了。蓝琳几乎不敢相信自己的眼睛，失声尖叫道："就这些东西吗？"大军眉头一皱，说："对呀，你以为是什么？"蓝琳发觉了自己的失态，很快镇静下来，轻声说："那你怎么去这么久？"大军翻着眼睛无辜地说："我总要观察观察吧，这是盗领他人物品，要是被人发现了怎么办呀!”蓝琳垂下眼睛,不吭声了。大军狐疑地问:“你怎么啦?”蓝琳抬起头,笑着说:“没什么,快吃饭吧,菜都凉了。”

雪一下,天就一天比一天冷了。

公司里的很多人先后走了,当然也来了许多新的面孔。作为一名普通的文员,蓝琳的生活如同平静的湖水,不见一丝波澜。上班、下班,打字、复印,日子平淡而琐碎,她感觉自己就像一辆老式滑板车,在寂寥无人的公路上靠着惯性枯燥地前行,路边目光所及之处不见一片风景,单调而无趣。雪一直断断续续地下。有时在空中看见了雪花,雪花落在地上却变成了雨水。有时匆匆忙忙下一阵,窗外有些白了,刚刚让人生出一点兴奋,倏忽停下,铺在地上的薄薄的一层雪立刻变得脏兮兮的,惨不忍睹。城市里的很多人都穿上了大衣,棉质大衣的灰暗与落魄,牛皮大衣的过时与僵硬,羽绒大衣的肥硕与臃肿,羊绒大衣的奢华与时尚,款式不同的大衣彰显着不同人的生活际遇。蓝琳却并不觉得天有多冷,又不是沈阳、哈尔滨,作为一个中原小城,申城的冬季并非一定要穿大衣的。

路边不知不觉摆出很多绿色的尖塔形塑料树,一个长着浓密雪白胡须的老人的画像贴在了一家家店铺的门口,各种各样宴会、舞会的海报让人眼花缭乱。啊,快要过圣诞了,整个城市好像被注入了一针兴奋剂,陷入了让人沉醉的节日气氛之中。大军提议平安夜全家人一起到外面吃饭。明明高兴得一蹦老高,他要到迪欧咖啡去,他已经好久没有吃到迪欧咖啡的比萨饼了。“还有香喷喷的炸鸡翅!”明明的眉头皱了一下,接着像个小大人似的说,“嗯,我还要叫上小倩姐姐,让小倩姐姐跟我们一起过平安夜!”

迪欧咖啡的门店在申城广场旁边,装修豪华精致,一派欧式的风格。大军挑了一个临窗的座位,一家三口坐在一起,透过落地玻璃窗可以看到街上的景观。外面华灯初上,很多店铺的门廊边都摆着圣诞树,树上缠绕着密密麻麻的小灯泡,忽闪忽闪的,像是眨动着的眼睛，渲染出一片祥和热烈的气氛。天很冷，雾蒙蒙的，然而没有下雪，感觉平安夜缺少了最重要的元素。路上的行人都脚步匆匆，可能由于太冷的缘故，平时繁华的申城广场上也鲜见人迹。

大军给小倩打电话，说他们已经到了，让小倩快点过来。小倩却说临时有点事，晚一会儿到，让大家先吃。蓝琳说等她一会儿，出来不就是玩嘛。明明却已经急了，嚷着要吃新鲜的炸薯条，还有炸鸡翅！“我们就先吃吧！”大军说，“肯定是被男朋友缠住了，我们不等她。”

透过迪欧咖啡的玻璃窗，可以看到对面酒吧、茶座的灯光晦暗暧昧了许多，紫的，绿的，深紫偏红的，绿里泛蓝的，一律影影绰绰，朦胧而神秘。不知从何处断断续续传来萨克斯管幽幽的声音，混沌不清，呜呜咽咽的，好像是吹奏者被人捂住了鼻子。

明明到底是小孩子，虽然吃得兴高采烈，但炸鸡翅吃了一个，比萨饼只啃了几口，就已经饱了。蓝琳用揶揄的口吻说：“我们家明明天天吵着要来迪欧咖啡，原来只能吃这么一点呀！”明明却装着没听见，伸了个懒腰，跑到大军身边说：“爸爸，你以后别卖家电了，开家迪欧咖啡店吧，那样我就天天有炸鸡翅吃啦！”大军捏捏明明的小嘴，笑着说：“好，以后爸爸也开一家，让你天天吃个够！”蓝琳取笑说：“明明，你就这点出息呀！”明明不吭声了，有点脸红的意思，蓝琳刮了刮他的鼻子，一家人都笑了起来。

正笑着，一个灰色的影子在门口一闪，小倩走了进来。蓝琳看见她穿着一件淡灰色的羊绒大衣，显得别有一番风韵。小倩目光左右一扫，就发现了他们。“小倩姐姐！”明明先叫起来跑了过去。小倩手里挥着一顶红色白檐的帽子说：“明明，来，我给你戴上圣诞帽，呀，真帅！”明明扑到小倩怀里，昂着头说：“小倩姐姐，我爸爸要开迪欧咖啡，让小朋友们都能吃上炸鸡翅！”小倩笑着看了蓝琳一眼，又低头拍了拍明明的脸，说：“是呀，那就让明明当小老板，好吗?”蓝琳连忙拉过椅子让小倩坐下,一边问小倩吃些什么。

蓝琳看着小倩身上的羊绒大衣,觉得有些眼熟,她不由得心里动了一下,说:“小倩,你才买的大衣吗?”小倩笑着说:“是的,颜色不太好,有点老气了。”蓝琳的心怦怦直跳,说:“什么牌子的?”小倩说:“茜茜的,朋友从外地给我捎的,打折的处理品。”蓝琳颤抖地说道:“我看不像,让我看看含绒量……”说着站起身走过去。小倩解开大衣的木雕扣子,翻出商标牌,只一眼,蓝琳就在商标牌的边角上看到几个圆珠笔写的单词:I——LOVE——YOU——FOREVER。蓝琳一下子如同遭受电击一般,觉得一阵尖锐的刺痛传遍全身,简直站立不住了,泪水汪洋而出。小倩不解地问:“怎么啦,蓝姐?”蓝琳哽咽着说:“没什么,我有点不舒服。”说着捂着脸转身往卫生间跑去,眼泪却如决堤的河水恣意地哗哗流淌。

外面响起了零星的爆竹声,一团团烟花在申城广场的上空炸开,宛如夜空盛开的光彩绚丽的花朵,瞬间灿烂,很快又湮灭,炸响的声音也渐渐地消失了。但就是那烟花的一声炸响告诉人们,一个盛大的节日就要来临了。

原载于《延河》2004年第12期

英　　雄

天气冷飕飕的，有淡淡的雾，残损的路面显得湿漉漉的，长途客车很颠簸地行驶着。这是一条孤寂的乡村公路。由于前方的国道正在进行维修施工，两头的车辆堵得很厉害，客车及早绕道而行，七拐八拐才驶上了这条乡村公路。

这是下午三四点钟的样子，由于起雾了，天就显得阴沉沉的，十月份的天气，已经有些冷了。车里的人都恹恹的，有的还打起了瞌睡。窗外的乡村公路不断穿经一些村庄，村庄沉浸在雾蒙蒙的秋天之中，迷迷茫茫的。村庄的旁边通常点缀着一口池塘、几个草垛和一些杂乱无章的树，村子里的房屋也是不规则的，矮墩墩地趴在那里，间或还有十分破败的茅屋。偶尔有一只乌鸦掠过空旷的天空，晃悠悠地立在高高的树梢上，呱呱地哑叫几声。庄稼早已收过了，萧瑟的田野岑寂而清冷。

车上的乘客不算多，只有十三四个人。车厢后半部分坐着的六七个人大约是民工，他们的衣服都脏兮兮的，看不清颜色。其中一个年长的老头，穿着一件小号旧军装，紧巴巴地绷在身上，他衬衣的领子没有扣，灰白色的领角斜着从军装的领口里探出来，像只鸭舌头耷拉在外面，显得很滑稽。除了老头剃着光头外，其他几个人的头发明显都缺乏料理，有卷曲的，有灰蓬蓬的，还有结成了一绺一绺的。他们都在烟雾缭绕地抽着烟，由于烟盒被他们在兜里揣得皱巴巴的，烟夹在手上也就软不拉唧的，使得他们吸烟的动作透出一副馋相。他们偶尔交谈几句，但并不是开玩笑似的闲聊，好像是在心事重重地交流着做活谋生的心得。在车厢的后面竖着几个鼓鼓囊囊的蛇皮袋子,大约是他们携带的行李。

车厢的中部坐着两对中年夫妇,一对夫妇看样子是城里人,神态很文雅,他们中间坐着一个八九岁的小女孩,小女孩戴着一副粉色塑料边框的近视眼镜。另一对夫妇则相反,男的留着一脸胡楂,显得粗粗糙糙的,正靠在椅背上打瞌睡。客车遇见路障的时候一刹车,他的脖子就不由自主地往前猛地一探,紧接着又下意识地缩回来,他眯合着的眼睛往上翻睁几下,左右扭动着身体又迷迷糊糊地睡了过去。女的脸很胖,黑里透着红。他们带着一个十一二岁的男孩,男孩不跟他们坐在一起,单独跑到后排的座位上。男孩长得黑且瘦,两只眼睛特别有神,像是脸上镶着两枚黑色的棋子。他片刻也不消停,总是跪在椅子上扒着车窗往外看,有时候客车开过去了他还把头伸到窗外面,眼睛向后盯着车尾的方向,那位红胖妇女就高声训斥道:“你个小寡种,找死啊!”小男孩做个鬼脸,老实下来。过了一会儿,他又调皮地慢慢把舌头伸得老长,一点一点地探到车窗外面去,这使得车厢里过一会儿就响起一次红胖妇女的咒骂声。

一对年轻的情侣坐在车厢的前面,他们二十岁左右,坐在一个双人座位上,男青年的胳膊从背后绕过去紧紧揽住女孩的脖子,两人很亲密地依偎在一起,难舍难分的样子。他们俩相近的耳朵里分别塞着一只耳机,大约是在用随身听一起听音乐。女孩的脖子上挂着一只时尚小巧的手机,她隔一会儿就将手机拿在手里摆弄几下。女售票员坐在他们旁边,她时不时地拿眼睛瞟一下那一对情侣,眼神里含着鄙夷与不屑。由于是偏僻的乡村公路,路上几乎没有新的乘客,女售票员有点百无聊赖,就从随身背的帆布包里掏出钞票来清点。她的帆布包非常破旧,大约十几年没有洗过一次,上面全是油污,磨得明晃晃的,如同乡村剃头师傅祖传的杠刀布。女售票员掏出一张张皱巴巴的纸币,细心地展开抻平,由大额到小额地码在手里,朝手指尖吐着唾沫数了几遍。

“几点才能到申城呀？”车前面的男青年忽然问道。

他说话的时候耳朵里仍然塞着耳机，眼睛淡漠地看着前方，头动也没动一下，好像是自言自语一样，使他问话的方向显得不太明确。果然，他的声音过后车厢里一片沉寂，司机和女售票员都没有说话。

客车仍然在颠簸中行驶。

“我问几点才能到申城？”男青年这回侧过脸盯着司机，声音也重了许多。

司机是一个体态略胖的中年人，他的胖很虚飘，并不让人觉得健壮。他的眼睛有些浮肿，眼圈呈乌青色，看上去像两只烂熊猫眼。他指着车上的电子表说：“八点，或者九点，绕道走谁也说不准！”

男青年说：“能不能快点呀，我们可是要赶火车的！”

女售票员说：“要搁平时六点就到了，我们也不想这样，都是让路给折腾的！”

那个城里男人插话道：“我都被你们绕糊涂了，现在在哪儿都不知道，得赶快上国道才行啊！”

司机没有搭腔，回头睃了一眼城里男人，脚下却加重了油门。客车轰隆隆地响起来，速度果然快了一点。城里男人掏出手机看了看时间，一边叹气一边无可奈何地摇着头。

乡村公路上有许多坑坑洼洼的地方，客车行驶得很吃力，铁皮车厢和车窗上的玻璃一路响个不停。有一阵儿客车驶上了一个斜坡，车厢倾斜得几乎要翻过来，所有人都猛一紧张，一个个身躯都绷紧了，但客车很快又恢复了平稳，乘客们又放松下来，一脸茫然若失的神情。外面好像起风了，人们清晰地听到风刮过的声音，笼罩着前方路面的雾也变小了，沙子一撮一撮地打在玻璃窗上，好像是被无形的手扔过来的。车厢里的乘客都沉默不言，不动声色，耷拉着脑袋，似乎在眯着眼睛养神。那个胡子拉碴的中年人这会儿斜伸着腿跨过走道，把脚搭在前排的空座椅上，身子随着车厢左右晃动得比别人更加厉害。年轻人觉得已经在这辆破车上待得太久了，他终于感到压抑，忍不住嘟囔道："这是什么鬼地方！"其他人并无反应，一个个都闭口不说话，车厢里一片寂静。

他们上午是迎着薄雾掩盖的朝阳出发的，但太阳明显后劲不足，在云层里晃悠了几下，竟然不见了，只剩下淡淡的雾。午后时分气温降低了许多，空气似乎变得凝重了，清冷的寒气在车玻璃上结了一层雾水。客车一上一下地行驶着，偶尔飞进车窗的沙子刺痛着人们的脸颊。窗外是一条河，由于全省逢上多年罕见的雨水天气，河里的水势比较猛，水流很急。乡村公路延伸到河边，一座石砌的多孔拱桥横跨在水上，水流穿过桥洞后形成一道道狭长的扇形波纹，打着漩儿往下方奔涌，几只黑色的水鸟从水面上掠过。远处有几条采沙船正在作业，嗒嗒嗒的机器抽水声连绵不绝。

"嘭——"突然间一声震耳的巨响，客车像是撞上了什么坚硬的物体，硕大的身躯一撅，像只蠢笨的动物甩了一下屁股，斜着滑了下去……几声令人发颤的尖厉的惊叫声同时响起，声音未落，扑通一声，巨鲸击水一般，客车扑进了河床里，砸起一团巨大的白色浪花。难以置信的事情是瞬间发生的，没有一丝前兆，也没有提前引起人们的警觉。如同山崩海啸，客车轰隆隆地奔向了深渊，立刻被冰冷的河水所吞噬。仿佛世界末日来临，惊悸的尖叫声刚刚炸响车厢，转瞬被浑浊的河水淹没。

河的上游是一座水库，河水蜿蜒而下，流经此处时河面变狭窄了，河水像是睡在一条宽阔的沟壑里，显得孤零零的。河水并不太深，客车顶盖上的行李架仍然隐约可见。最先冒出脑袋的是客车司机，他像一只凶猛的水兽，哗啦一声从水里蹿了出来。司机一仰头，就在水里大喊起来："来人啊！来人啊……"他喊了几声就扑腾扑腾地往岸边游，客车并没有翻跌在河中央，大约在河面的三分之一处，离岸十几米的样子。水流不太急，他扑腾了几下，很快就踩到了河底，从水里站了起来，河水到他的肚脐处。他左右望了望，接着双掌击水，冲着远处的采沙船大声哭喊道：“来人啊！汽车掉河里啦！”他悲怆的声音在秋日里飘荡得很远。司机哭喊了几声，想起了什么似的，号叫着扑向了河里。他的头发紧贴前额，惊恐的眼泪簌簌地流了下来，他哭泣着扑通一声潜了下去，但仅仅过了几秒钟，他又哗啦一声从水里蹿了上来，两手空空的。他游到岸边，双手拍着大腿，孤立无援地大声号哭了起来：“快来救人啊！人快淹死啦！”

寂寞的乡村公路桥一下子热闹起来了，附近村庄里的人如同炸了窝的蚂蚁，呼啦啦地向石拱桥跑过来。最先到达的是采沙船上的采沙工，他们三四个人撑着两个小木划子，像是在水里跳跃的鱼儿，嗖嗖嗖地顺流而下，一眨眼到了跟前，他们顺着水势撑着木划子往河岸上一冲，木划子便僵在那里，他们一转身扑通扑通地跳进了河里，翻起一片浪花没了踪影。

很快有人从水里漂了上来，被采沙工举在水面上，三下两下推向岸边。首先是那个红胖妇女，采沙工把她推到岸边的浅水处，就扔下了她。她的胳膊激烈地拍打着水面，先是呛了几下，吐了几口水，站起来晃了几晃，又扑通一声瘫坐在水里，接着便大哭起来：“我的儿呀！毛毛呀！毛毛还在水里呀！”采沙工们并不理会，客车里的人一个接一个地从水里漂了上来，先是城里夫妇，几个民工，男青年，接着是近视的小女孩和女售票员。几个采沙工如同几只训练有素的鱼鹰，拖着乘客们像是拖着一条条形状各异的大鱼，啪啪啪地扔到河边的浅水处。

近视的小女孩被河水呛晕了，她被托举到水面的时候鼻梁上的眼镜不见了，眼睛直往上翻白，口里一股清水顺嘴而下。城里男人将她抱在怀里，头朝下脚朝上地拍打着，城里妇女——小女孩的妈妈凄厉地号哭起来，她哭得不能自持，站立不稳，跪倒在男人面前，双手扒着小女孩的脸，哭喊道："小蓉儿，蓉儿呀，你醒醒呀！"小女孩终于噗的一声，脖子一梗，吐了几口水，嘴巴动了动，城里妇女泪如泉涌，抱着男人的腿痛哭起来。

那边的红胖妇女已经快哭昏过去了，有一阵儿只看见她坐在水里大咧着嘴巴，嘴角挂着泪水和口水交汇而成的黏黏的混合物，哭到动情处，头还上下一点一点的，但嗓子里却发不出声音。终于，那个胡子拉碴的男人和小男孩露出了水面。男人的额头碰破了，眉骨处有鲜红的血流出来。小男孩一露头，就"妈呀、妈呀"地哭喊起来。男孩刚哭了几声，一低头又被呛了水，嘴里发出一阵呜呜的哽咽声。红胖妇女看见他们，立刻不顾一切地扑过去，三个人在河水里拥抱在了一起。

不知是谁拨打了报警电话，先是一辆白色面包警车一路尖叫着赶来了，车门呼啦一声响，跳下来几名110指挥中心的警察。接着一辆白色桑塔纳呼啸着疾驰而来，从车里跨出了县公安局的局长。最后，一辆黑色的奥迪稳稳驶到，车门一闪走出了县政府的副县长。县里接到客车落水的消息后立即部署，启动紧急预案，实施救援工作。

天气非常阴冷，地面温度还不到十摄氏度，在河水里一泡，更觉寒气逼人，把乘客一一救起来以后，几个采沙工已经冻得嘴唇惨白，浑身颤抖不已。一个采沙工用沙哑的声音问："再没有人了吧？再没有人了吧？"那个穿旧军服的光头民工胯骨受了点伤，走起路来有点一瘸一拐的，他走过去冲着几个采沙工连连作揖，说："没有人了，多谢！多谢！今天我们真是遇见贵人了啊！"

出了水以后越来越冷，几个采沙工牙齿上下咯吱咯吱地响个不停，他们的衣服紧紧地贴在身上，显出精瘦而健硕的身体轮廓。他们已经不能说话，哆嗦着走上自己的木划子，竹竿往河岸上一撑划走了。

村里的人从附近捡来枯树枝，就地生起了火。树枝很潮，开始冒了很大的烟，熏得人们直流眼泪，燃出火苗以后，火势就慢慢地旺了起来。乘客们都脱下身上的外衣，一件件拧干，围着火堆取暖。村里的孩子们从未见过这样的场面，他们都非常热心，一次次跑着捡来柴火，欢快地往火堆里添，火势越来越猛，熊熊燃烧，燃烧着的枯树枝不时传出噼噼啪啪的炸响声。

那个男青年被救出后，踉踉跄跄地走到岸边，往沙地上一倒就匍匐在那里，他的手一直紧紧地捂着肚子，痛苦地蜷缩着。过了一会儿，他缓缓抬起头，指着河面低声地说："燕子，燕子……"女售票员的帆布背包不见了，她的眼睛正在河面上搜寻，听到男青年的声音，她一下子尖叫起来："还有一个人！车里还有一个人！"她指着男青年大叫道："他的女朋友，他的女朋友还在车上！"

110指挥中心的警察正在向司机了解事情发生的经过，陡然听说客车里还有一个人，两名年轻的警察不由分说就往河里跑去，他们衣服也没有来得及脱，扑通扑通跳进了河水里，哗啦哗啦地向客车游去。他们俩大约十九、二十岁的样子，一个剃着寸头，一个留着分头，从发型上很容易分得清他们。

两个警察一前一后，游过去以后，前面的寸头警察吸了一口气，头往胸前的水面上一击潜了下去，接着他的小腿竟然倒立出水面晃晃悠悠地前后踢腾着慢慢沉了下去。他的一只脚上还穿着皮鞋，另一只脚仅剩下袜子，皮鞋大约掉进了河水里，这使他的动作增添了几分幽默，惹得围观的孩子们哄笑了起来。接着分头警察也沉了下去，从河面上可以看见水里不断有水泡往上翻，那是他们在水底吐气的信号。人们屏住呼吸耐心地等待，连最喜欢吵闹的孩子也安静了下来，瞪着眼睛盯向河面。过了一会儿，寸头警察先从水里蹿了出来，虽然河水很冷，但他的脸却红通通的，显然是憋气时间太长了，他一浮出水面就大口大口地喘气，接着分头警察也从水里蹿了出来，一露头就用手顺着额头往下捋脸上的水，同时也大口地喘气。

“你们俩怎么样？发现人没有？”公安局长站在岸上大声喊道。

两人并没有回答，调整了一下呼吸，又一先一后地潜了下去。河岸上的人重新陷入了漫长的等待。趴在河岸沙地上的男青年可能感觉好了一些，他挣扎着站起来摇摇晃晃地扑向河里，被村民们拉住了。他的嘴里沙哑地喊道：“燕子，燕子……”“没事的，很快就救上来了！”有人低声地劝慰着他。终于，水面上翻起一片浑浊的水花，两个警察拖着那个名叫燕子的女孩露出了水面。女孩很快被抬到岸上，她的脸呈乌紫色，双目紧闭，嘴唇翻着，已经没有了气息。那个时尚小巧的手机还挂在她的脖子上，一晃一晃地往下滴着水。公安局长立刻指挥110警车火速将其送往县人民医院抢救。副县长也掏出手机给医院的领导打电话，要求医院要不惜一切代价挽救落水乘客的生命。警车本来顾不及带上男青年，但是他哇哇地哭着扑了上去。

这时，一辆采访车驶来，县电视台的记者闻讯赶来了。一个年轻的女主持人举着话筒边走边说，对现场情况进行了详细的报道，另一个男摄像记者扛着摄像机进行了实地拍摄，他还特意将镜头对准柴火堆旁的落水乘客一一拍摄了特写。唯一遗憾的是警察在河里救人的场面已经无法捕捉，过去的已经过去了，刚才近处还喧腾的河面已经恢复了平静，只有远处主河道的流水在哗哗作响，仿佛什么事情都没有发生过一样。摄像记者找到了公安局长，向他提出了一名职业记者的要求。

公安局长和副县长聚在一块儿商量了一会儿，立刻做出了决定，要求两名跳水救人的警察重新下到河水里游一番，让记者补拍两个镜头。两名警察刚从河里上来，警服还没来得及脱掉，浑身湿淋淋的，不断有水从身上流下。他们弓着腰，耸着肩，浑身上下直打哆嗦。凛凛的寒风刮得他们的脸一阵阵生疼，皮肤几乎要被冻裂了。他们非常不情愿重新下到河里面去。他们觉得河里已经没有落水的乘客，光警察泡在水里也说明不了什么问题。公安局长却并不这么认为，他率先配合了记者的工作，对着镜头铿锵有力地说：“这是我们人民警察履行自己的职责，奋勇抢救人民生命的典型事例，通过这一事例说明我们的警察队伍素质是过硬的，是来之能战，战之能胜的！”副县长没有接受记者的采访，但他作出了指示，他说记者同志要把报道工作做好，这条新闻不仅要在县电视台播出，还要往市电视台和省电视台推荐，争取能在省台的新闻节目中播出！

这时候摄像记者已选好了机位，他甚至像拍电视剧一样撑起了摄像机支架，指挥两名警察从预定的位置跳入河里。虽然身上很湿，寸头警察的头发经冷风一吹却像已经干了似的，一根根地竖了起来，分头警察的头发仍然紧紧地贴在头皮上。他们俩在地上蹦了蹦，以此来增加点热量。分头警察的皮鞋里有水，脚踩在地上的时候吧唧吧唧地响。蹦了一会儿，他们俩一前一后跳进了河水里。他们的动作显然已不如刚才有力，扑腾扑腾的响声很大，但游得并不快，他俩往河中央游了一阵儿，就回头看了看摄像记者。

摄像记者正弯着腰看着镜头里的画面，他头也没有抬，手不断地往前挥，口里大喊：“还游，往前游！别看我！”

两个警察接着往前游了一截，又回头看了看。摄像记者直起腰，往回招着手喊道：“回来，游回来！”

两个警察爬上了河岸，立刻朝河边的火堆跑过去，围坐成一圈的乘客连忙闪出一个豁口。他们俩哆嗦得比刚才更加厉害，站在火堆旁直接把冻得通红的手伸进了上下跳跃的火苗里，仿佛他们的手已经没有了知觉，感觉不到火焰炙烤的疼痛感。他们张着嘴巴，打着冷战，大口地往外吐着气。

摄像记者找到公安局长，要求两个警察再下到河里游一遍。原因是他们在河水里的时候总是回头看摄像机镜头，使画面缺乏真实感，拍摄效果非常差。公安局长没有预料到会出现这样的情况，他有点不知所措地看着副县长，副县长这时刚接完一个电话，他说:“我在县里还有一个重要会议,现在要赶回去,你们要配合记者的工作,务必把这条重要新闻拍好,拍成精品!”副县长说完,手机又响了起来,他一边接听一边冲大家挥了挥手,坐进了那辆黑色奥迪。

两个警察得知还要再到河里游一遍的时候几乎傻了。那个寸头警察的鼻涕淌得很长,他用警服的袖子擦一下,很快又流了出来,透明的鼻涕挂在他的鼻尖上,像冬日里屋檐下悬垂的冰棍。分头警察冻得更惨,他的眼泪不断地流下来,好像一个爱哭的孩子,止也止不住,泪痕经火一烤在脸上形成一道道发白的印迹。

摄像记者耐心地解释说:“你们俩在水里的时候不要回头看我,看我干什么?你们是在救人,我是根本不存在的!”

两个警察看了看公安局长,局长的脸沉静而严肃,他走过来拍了拍两人的肩,说:“你们俩就再游一次,仅此一次!你们虽然很年轻,但代表着我们县整个公安系统的荣誉,这条新闻县领导很重视,我们一定要拍好!”

看来重拍镜头已经不容商量,寸头警察提出要脱下身上又湿又沉的警服,在河水里一泡警服实在是个累赘。他宁愿光着身子跳进冰冷刺骨的河水里,也不愿意穿着这身累赘的衣服。但摄像记者不同意,他说只有穿着警服画面才有真实感,同时也更具有感染力。

两个警察携着手摸索着一步一步地走进了河水里,水淹到腿弯处的时候,他们咬着牙猛地往前一扑,在河面上砸起一堆水花,便融入了河水里。他们慢慢地往前游去,这次他们没有再回头张望。他们的手脚在水里扑腾的声音很小,游速也比刚才更加缓慢了,几乎是慢慢地往前漂去。摄像记者紧盯着摄像机镜头,口里不断地大喊:“好,非常好!就这样往前游!”

两个警察继续向河中间游去,他们在水里吃力地昂着头,从而使嘴巴抬在水面上。摄像记者站在岸上喊道:“远些,再游远一些!”

两个警察快游到河中央了,人们只能看见两个黑点一晃一晃地漂在河面上,好像是冬雪过后的清晨两只在河水里嬉戏的野鸭。摄像记者又看了看镜头里的画面,然后站在岸上大喊:“再远一点点!”

人们看见河中央的两个黑点有点儿异样,不似刚才那般前后游动,而是一上一下的,忽然,两个黑点不约而同地随着河中央哗哗的水流斜着往下游漂去。岸上的人顿觉不妙,公安局长大声吼道:“回来!你们赶快游回来!”

但两个黑点已经不听指挥了,或者根本没有听见,如同河水里顺流而下的漂浮物,在水里一翻,被水流裹挟着,打着漩儿,漂向远方……

经过两天两夜的抢救,落水女孩燕子还是没有睁开她美丽的眼睛。男青年痛不欲生,他们那么相爱,而爱是那么短暂。女孩永远离开了这个世界,但并不为人所知。这个县城正在举行着有史以来最为隆重的一次葬礼,各级领导几乎全部参加了,他们一个个神情肃穆,面目严峻。他们正在沉痛地哀悼两位英雄,两位舍己救人英勇牺牲的人民警察。

原载于《四川文学》2005 年第 5 期

突　围

苏书记决定周末时大家一起到宣化店玩一次。他跟我说时，我问还有谁，他低声说还有梁明伟。我就知道，去宣化店玩的主意也一定是梁明伟的建议。他嚷嚷着我们三个一块儿到湘西凤凰玩玩，说了半年了，仍然未能成行。

梁明伟在申城司法界算个人物，倒不是说他的法理学有多么出类拔萃，而是他的关系学，真可谓高深莫测。他对申城市每一个法官的基本情况，包括履历、婚姻、专长、酒量、牌技等，均了如指掌，对他们的个性偏好，甚至隐私秘闻都如数家珍。他经常自吹自擂道："这是我革命的本钱!"我刚认识他时，他自我介绍说："在下梁明伟，香港巨星梁朝伟他大哥!"后来发现他每次都这样，多少年一成不变，简直有点厚颜无耻。

我第一次听到"宣化店"这个地名，是在二十多年前。祖父一生都对这个地名津津乐道，但那时我误以为是"鲜花店"。从我隐约记事的时候起，祖父在宣化店的战斗经历就一直在耳边响起。每次提到宣化店突围，祖父就变得精神振奋，表情丰富，语言鲜活，仿佛在进行一场总统就职演说一样，整个人都焕发出别样的光彩。我们家孙辈有六七个孩子，一般都是在周末时到祖父家里去玩。刚开始我们都被他讲述的突围时的曲折情节所吸引，第一句话一般是："宣化店，它位于河南省罗山县……"但后来发现每次都没什么不同，一遍遍地重复，老生常谈而已，没有什么新鲜的。如果任由祖父将他的故事讲完（祖父的演讲常常因各种各样的原因被打断），最后一句准是气宇轩昂地总结道："……宣化店突围，打响了解放战争的第一枪，从此将蒋家王朝埋葬！”因此，时间长了，有时候他刚讲了上半句，不识字的祖母也能接出下半句。在祖父诧异的神色中，大家都忍俊不禁。祖父讲述的关于宣化店的故事，在我们家是那么耳熟能详。用祖母的话说，“我们耳朵都听出茧子啦！”祖父似乎并不以为意，每次提到宣化店时，依然饱含着热血澎湃的激情。他的“总统就职演说”之心未死，但我们却渐渐丧失了“观礼”的兴趣。

祖父一生最引以为豪的事情是见过周恩来，那是1946年5月8日，周恩来由汉口来到宣化店，下午与国民党代表在一个地主大宅里进行了和平谈判。祖父说得言之凿凿，激动之余指着桌上一只他平时用来泡茶的破旧搪瓷缸说：“看到没，周恩来副主席在宣化店时曾经用这只搪瓷缸喝过水，别人都不懂它的珍贵，被我悄悄从部队带回来了！”我一个堂弟，正读小学三年级，当时刚学完讲述赵一曼革命故事的《一个粗瓷大碗》的课文，他问道：“这只搪瓷缸岂不比赵一曼用过的粗瓷大碗更珍贵吗？”祖父理直气壮地说：“当然！”堂弟撇嘴说：“那你这只搪瓷缸怎么没有选入我们的课文呢？怎么没有被北京的博物馆收藏呢？”祖父的脸色就不自然起来，嗫嚅道：“选入课本的，不一定都……”在一旁的祖母打断祖父的话说：“别听他胡扯，他真见过周总理，还至于像现在这样当个生产队的会计吗？旅长他都不认得！”祖父的脸色就有点儿虚白了。后来，祖父再讲起他在宣化店突围的传奇故事，当他手一指桌上的搪瓷缸，还没来得及开口时，祖母就抢白道：“是的，周恩来在宣化店时曾用它喝过水，但你给我闭嘴行了吧！”

祖父已经去世了很多年，老家的房子也早已经不在了。这些年我偶尔回到故乡，发现已经与记忆中的面貌完全不同，全无幼年时的痕迹，甚至祖父也仿佛没有存在过一样。这让我觉得，我们怀念的故乡，其实大概不确指某一个地方，而是我们童年时光的那一段难忘记忆。祖父的许多东西都消失了，但他的形象仍然存留在我的记忆里。我收藏了祖父的两件物品。一件是他的私章，可能是因为他当过生产队会计，需要经常在各种票据上盖章的原因，他的印章刻得比较漂亮，“陈世颜”三个字自然拙朴，又刚劲有力，现在似乎难以找到这样的刻字匠了。另一件就是那只搪瓷缸。全家人都把它当作祖父吹牛的一个笑柄，但我却因此觉得它具有另外一种宝贵的味道，我把它看作祖父曾经存在于我们身边的标志。不过我从未用它泡过茶，由于搪瓷脱落，缸底早已烂了个洞。这只搪瓷缸如今就摆在我书桌旁边的博古架上，每天都陪伴着我看书或者上网。我爱好收藏，家里收藏有铜器、瓷器、玉器和各种古钱币。祖父的搪瓷缸左边是一只清中期的朝天耳宣德炉，右边是一只同治粉彩盘，描绘着精美的萧何月下追韩信图案，在它的上方是一尊清代镏金绿度母造像，下方则是一只民国铜制蛐蛐盒。搪瓷缸摆放在这些古玩中间，看上去竟然没有什么不协调，也从未引起过曾在我博古架前欣赏古玩的客人们的特别注意，看来它真的差不多可以当古董了。我很佩服祖父的经历，读书的时候认为一旦将他的故事写出来并发表，他将获得应有的肯定。如果可能的话，我希望代替祖父到宣化店故地重游一次，看看他说的那个“打响解放战争第一枪的地方”。苏书记要带我去宣化店，感觉就像要实现一个遗忘很久的梦。

我们约定周日早上八点钟在浉河桥头碰面。

八点一刻，我刚到桥头等候不久，梁律师就开着他的那辆福特车如约而至。我拉开副驾驶车门，愣了一下，苏书记竟然坐在后面。他身着一套迷彩服，简直有点认不出了。而且，苏书记出门，从来都是坐单位的那辆帕萨特的。因为他有洁癖，别人的车子他坐不习惯。单位的司机基本上每天要洗两次车，才能避免他皱眉头。对苏书记而言，不坐单位的车是难以想象的。我们皆知他对车的依赖程度，如果单位厕所门前没有台阶阻挡的话，如厕他大约都会选择坐着帕萨特进去。正在我迟疑的时候，苏书记摆摆手，示意我快点儿上车。“我们的司机呢?”我问。梁律师笑着说:“不让别人参加,今天的行动必须保密!”

一坐进车里,我闻到一股浓浓的霉味,似乎还夹杂着发馊的酒味,好像醉酒的人在里面呕吐过,气味难闻得让人窒息,真不知道苏书记是如何忍受的。看来他的所谓洁癖,在特定的环境之下,也是可以妥协的。我注意到后面还跟着一辆棕色的荣威,就问:“今天还有谁呀?”苏书记低声说:“区委群工部的刘主任,你认识的。”车子驶出申城郊外,沿国道往南开去。我摇下车窗,让空气更多地吹入车内,掩盖那让人喘不过气来的难闻味道。“为什么要搞得这么神秘啊?”我忍不住说,“我们到宣化店玩,又不是去搞坏事儿!”“等到了地方,你就知道了!”梁律师眨眨眼睛,过了一会儿,又意味深长地说,“老弟,宣化店是个神奇之地啊!”我不知他想说什么,也懒得多问。

这时车子行驶到柳林镇,著名的板栗之乡。梁律师指着国道旁边说:“当年宣化店突围,李先念所率主力,就是从这儿穿过平汉铁路,向西挺进的!”

我对那段历史并不熟悉,也没多大兴致。但听他这样说,还是忍不住朝铁路那边看一眼。正是深秋的天气,早晨的太阳光很柔和,路边的板栗树叶上点缀着露珠,亮晶晶地从眼前飞快地闪过,偶尔还可以看到几个挂在枝头像仙人球一样的板栗果。树丛那边的山脚下,一列和谐号动车正急速而平稳地从铁轨上驶过,像一条硕大的海豚在水面上滑行,悄无声息。如果是外地路过的行人,不留心的话很难发现那些浓密的板栗树下隐藏着今天的京广铁路——当年的平汉铁路。

“刘峙是个饭桶!”梁律师说。

山雨欲来风满楼,黑云压城城欲摧。祖父说,在《汉口协议》签订之前,中原军区早已被紧张的气氛所笼罩。从各方面得到的情报都显示，国民党每天都在调集军队和修建工事。蒋介石想要吃掉中原军区，已经尽人皆知。事实上，中原军区的根据地正在一点点地被侵占。中原军区解放军5万余人，被国民党军队约30万人封锁围困在宣化店附近——方圆不足百里的狭长地带之中。中原军区就像一个蚕蛹，被蜘蛛网状的国民党军队紧紧缠裹住。就在这时，他们得到了周恩来将赴宣化店实地调查的消息。“5月8日的夜晚，真难忘啊！”祖父说，“我们有幸目睹了周副主席的风采，真是潇洒极了！”那时候，在全家人的质疑声中，我总是好奇地问祖父关于周恩来在宣化店的一些细节，比如周恩来说了些什么话。祖父说：“周副主席讲话，真是太有水平了，不愧是我们后来的首任外交部部长啊！”祖父兴致好时，还会模仿周恩来的语气说道：“我今天既是主人，又是客人。我以主人的身份欢迎来宣化店谈判的客人和参观的记者，欢迎你们为维护和平做出贡献。我以客人的身份感谢宣化店的主人，你们做了许多有益的工作。和平的道路很曲折，我想只要为人民的利益着想，目的是可以达到的！”说到结尾的时候，祖父还像模像样地把手一挥。神啊，他的话让我的心为之一震，冲这几句话，我愿意相信祖父所言不虚。

“娘的，这路怎么有点儿不对劲儿呀！”车子拐了几个岔道之后，梁律师忽然说。

苏书记幽幽地说：“那就问一下路吧，中午前要赶到，免得耽误事。”

苏书记叫苏为民，调任我们贤山开发区任书记已经五年了。原来说是过渡一下，那时贤山开发区刚刚成立，圈了一块土地，如同一张白纸，没有一家像样的企业，待开发区初步成形就可以提拔了。现在的开发区，不能说名企林立，也称得上初具规模，在申城市的几个开发区中算是像回事的了。但苏书记年年说调动，组织部也年年来考核测评，却只打雷不下雨，一直未见动静。转眼间，苏书记四十多岁的年纪，已经两鬓斑白。贤山开发区原归浉河区管辖，最近却传闻将并入相邻的位置更偏远的南湖区。一时间，区委办公楼内弥漫着一种紧张而又颓废的气氛。并入南湖区，无疑大家将失去以往的一切资源、人脉、关系……以后办事可就不灵了……说不定还有小鞋穿……都想在合并之前能够调走。尤其是苏书记，去向至今不明朗，他觉得如鲠在喉，心急火燎，怎一个愁字了得。我作为开发区的一个副主任，全区一抓一大把的副科级干部，早就泄气了。天要下雨，娘要嫁人，随它去吧！

路边有一个老农民，正在田间锄地。梁律师停下车，向车窗外大声问道："老先生，前面的路通向哪里？"

"你们没有走错！"老人停下来，看了我们几眼，冷淡地说。

我们几个面面相觑，莫非是异人，能看出我们此行的目的地。

老人往前一指，肯定地说："这条路就通向武汉！"

我和老梁都忍不住笑了起来，真够要命的，没说我们要去武汉啊！但后座上的苏书记却不为所动，一言不发，眉头紧锁。

十一点一刻，宣化店终于到了。这时车往右一转弯，顺着斜坡向下，拐上一条尘土飞扬的石子路，颠簸着驶进了一个集镇。虽然已近中午，集镇上仍然非常热闹，各种农用车辆和行人挤在一起，车行驶得很慢。梁律师向街上的行人问了一次又一次，才弄清楚宣化店纪念馆的大致位置，需要穿过一座石桥，在集镇的里边。我们过了石桥，发现后面的荣威没有跟上来。梁律师说："他们别不知道拐弯，直接开过去了！"

我说："我下去等他们一下吧！"梁律师停稳车，把我放下来。

集镇只有一条街道，不大，非常拥挤。我蹲在桥墩旁边，掏出一支烟来抽。如果从天上往下俯瞰的话，这个集镇大约就像一个繁忙嘈杂的蚁窝。每个人似乎都在忙碌着，买菜的，问价的，聊天的，过秤的，热闹异常，忙而无序。偶有前后追逐的孩童，尖叫着从人群中穿过。有一个农妇，支了一口柴锅，正在煎白鱼，旁边竹筐里码放着已煎好的小白鱼，焦黄而坚挺，直接可以吃的样子，甚至还有几条半斤左右的季花鱼。第一次见到这样把鱼煎熟再卖的，大约是为了防止鱼肉变质的无奈之举吧！这时我忽然闻到一股怪怪的味道，才发现路边拴着几头水牛，拉了几团牛屎，一下子觉得反胃。我站起来，正要掏出手机给刘主任打电话，看见棕色的荣威汽车已慢慢从人群中开过来。

我和刘主任以前曾被抽调在一个工作组共过事，也算熟人了。刘主任按了下车喇叭示意，我一边冲他招着手，一边往桥下引路。穿过石桥，有一片空场地，旁边正在施工，遍地瓦砾，高低不平。刘主任将车开至梁律师的福特车旁边停好，走下车，却先不和我打招呼，立刻绕过车头去拉开右后侧的车门。从后座上下来一个女人，身着红色的风衣，看上去高挑而优雅。我心里一惊，原来是她！不错，是她。我都有点傻了。那女人看到我似乎也很吃惊，她略微迟疑了一下，却很快侧过脸，装着不认识我的样子。但看她有点回避的表情，一定是认出了我。苦寻了这么久，感觉她好像从申城消失了一样，没想到会在这里遇见她。

刘主任笑呵呵地说："老弟，我给你介绍一下，这是李瑶。"又转过脸说："这是陈主任，贤山区的，收藏家哦！"我又是一惊，我认识她时，她叫李琼呀，现在怎么成了李瑶？但我仍镇静地说："美女，你好！"李瑶有点冷淡，侧着脸，眼神躲避着，只轻轻点了一下头。

眼前一片低矮逼仄的民房，中间是一条狭窄弯曲的小巷，穿过小巷，就到了宣化店纪念馆。这是一幢三进三间的古式建筑，门楣上悬挂着李先念手书的匾额。我们走到最里面，已经有讲解员指着墙上的老照片、旧报纸等给苏书记讲解。苏书记回头看到我们，只是轻轻颔首，又转过去认真倾听，气氛安静得有点压抑。刘主任也没吱声，我们跟在讲解员身后，听她讲宣化店突围的战斗历史。

我偷偷观察李琼，不，是李瑶。去年的李琼，今天的李瑶，真迷人。一年时间没有见到她，似乎变得更漂亮了。她鼻梁高挺，狭长的眼角充满英气，皮肤粉嫩白皙，真是性感迷人。一年多前，我跟朋友在本色酒吧里唱歌，她是夜总会的陪侍女。一见到她，我就被她深深吸引了。可惜她是个小姐，让人相见恨晚。后来我又去找过她几次。我也一直计划，想给她找一份正经工作，挽救她于灯红酒绿之中。但是，本色酒吧一夜之间突然关门倒闭了，听说酒吧老板因为贩毒被公安机关逮捕。我再打她的手机，已成为空号。后来我几乎去过申城所有的酒吧，零点、宝马会、翡翠明珠、糖果、魅力四射……但再也没能见到她的踪迹。我一度想，果真是婊子无情啊，一次也不给我打电话。

我在回想往事的时候，李瑶也侧过脸悄悄看了看我。在别人没注意的时候，她的眼神一下子变得非常胆大，意味深长地看了我一眼，那眼神既熟悉，又含着一种警告的意味。

讲解员说，1933 年宣化店从河南省罗山县划归湖北省礼山县(后改为大悟县)管辖，这宣化店纪念馆原为湖北会馆旧址。我忽然发现祖父犯了一个低级错误，他一辈子宣称的“宣化店，它位于河南省罗山县……”其实是一个错误，在他于宣化店突围的 13 年前，宣化店就已经归属于湖北省了。

祖父说，1946 年 6 月 26 日晚，驻宣化店的军调执行小组官员们正在观看文艺演出时，中原军区部队已经秘密集结，决定突围。祖父当时在中原军区第一野战纵队第一旅第一团，中原军区部队主力越过平汉铁路后，他们第一团大张旗鼓地向东行进，摆出一副坚决御敌的阵势，迷惑和牵制敌人，从而掩护主力部队突围。第一团开始突围不久，电台就坏掉了，与上级失去了联系。祖父被抽调出来，参加一支侦察队。每天提前出发，沿途查看敌情、地形和社情，搜集相关信息和情报，为中原突围的胜利做出了巨大贡献。

“我们连续行军 24 个昼夜，行程 1500 里，最后胜利到达苏皖解放区！”小时候祖父每次讲到宣化店突围的故事时，都会这样铿锵有力地说。我不以为然道：“你们真能那么久不睡觉吗？也太吹牛了吧！”祖父说：“睡，当然睡，我们一边走一边睡！我牵着马缰绳，一点儿不耽误睡觉，睁开眼睛就打仗！”我就没话说了，对祖父佩服得简直五体投地，敬仰之情难以言表。

讲解员开始讲述周恩来到宣化店谈判的经历。1946年5月6日，周恩来与国民党代表王天鸣、美国政府代表白鲁德等一行从汉口出发，前往宣化店。车行至黄陂十棵松河边，遇到河水暴涨，临时搭建的木桥被冲毁，无法过河。王天鸣建议返回汉口，等河水退了再启程。周恩来坚持原定计划，执意前往宣化店。附近的老乡们听说党中央的周副主席来了，去宣化店和平谈判的，一下子拥来一百多人，生生将国民党的吉普车抬过了河。周恩来自己却脱掉衣物鞋袜，举过头顶，蹚着齐腰深的河水过河，随行记者拍下了一张非常珍贵的照片……

我真佩服苏书记，他是非常珍惜时间和讲究效率的人。平时我们向他汇报工作，得提前打好腹稿，绝对不能超过3分钟。我和我的同事们，如果3分钟时间还没将事情汇报清楚，他准是轻轻一摆手，低头不语，我们就得立即打住，灰溜溜地离开他的办公室。但今天面对讲解员滔滔不绝的讲述，他竟然如此认真、有耐心，表情严肃、庄重、虔诚，眉宇间充满了无限的敬意和神往之色。可惜一身迷彩服使他看起来有点滑稽。

围着大厅转了一圈，宣化店突围的故事讲完了，讲解员提议大家照相留念。在大厅里，按当年谈判的情形摆放着谈判桌椅。桌上席位签分布两旁，里面是周恩来、李先念和王震，外面是王天鸣和白鲁德，两侧是翻译和秘书的座位。大家无一例外地坐在里面，说照张合影。刘主任坐李先念坐过的座位，他拉着我坐到王震坐过的座位上，梁律师连忙让苏书记坐周恩来坐过的座位。

苏书记却执意不肯，说他不照相，让我们大家照。梁律师劝了半天，仍不奏效，只好作罢。李瑶拿起相机，咔嚓咔嚓地给我们拍照。照罢，准备离开时，苏书记却说：“也罢，给我照一张吧！”但他没坐周恩来的座位，而是另搬了张椅子，小心翼翼地摆在周恩来的座位旁边，轻轻地坐了上去。他还特意扶了一下周恩来的席位签，将它摆放得更为端正。苏书记一副严肃而又谦恭的样子，仿佛他真的坐在周恩来旁边一样。

照完相，苏书记站起来，低沉而有力地说："总理坐过的椅子，我不敢坐。"

我们一愣，不知说什么好。

苏书记今天的行动言语都有点儿反常，说不出来，怪怪的感觉。从纪念馆出来，已是中午一点多钟。我们在镇上找了家餐馆，刘主任一进去就嚷着要吃宣化店的土菜，说季花鱼非常有名。这时，气氛不像在纪念馆时那么凝重了，苏书记也不再那般严肃。菜上来后，梁律师打开一瓶白云边酒，倒酒时苏书记却不喝。他非常善饮，平时都是半斤或八两的酒量。刘主任让李瑶站起来给他敬酒，苏书记连连摆手，坚持以茶代替。刘主任和梁律师都要开车，因此只剩我和李瑶两个。我端起酒杯，说："今天认识李瑶美女，非常荣幸，来，我敬你一杯。"我想暗示李瑶，我不会说破我认识她，毕竟我曾经很喜欢她，也占有过她。

李瑶一下子变得非常高兴，立刻笑了起来，说："好呀好呀，陈大帅哥，我也敬你！"

李瑶喝白酒竟然很厉害，以前我们在酒吧，都是喝红酒或啤酒，没跟她喝过白酒。一瓶白云边很快被我们俩喝完了。我都有点儿晕了，李瑶却没事儿，一直笑哈哈很开心的样子。倒是苏书记，比平时沉默，一个劲儿地喝鱼汤。

吃过饭，刘主任要带着李瑶先走，说他们去武汉办事，过两天再回申城。更奇怪的是，苏书记要自己留下来，让我和梁律师先回。我头有点发蒙，还想要问原因，梁律师却连连使眼色，示意我不要说话。他去车里取出一个背包，交给苏书记。我看到那是一个户外运动的背包，两侧各有一个外挂兜，分别插着茶杯和手电筒。苏书记背上背包，像一个要外出自助游的驴友。他一言不发，站在餐馆门口，冲我们摆了摆手，然后转身向小镇街道的尽头走去。

我和梁律师开车离开，原路返回。

集镇上没有什么行人，一些农用车和摩托车乱七八糟地停放在街上，路面依然有很多尘土，车驶过去，尘土便飞扬了起来。梁律师将车开得很慢，只有 40 迈左右。我说："你又没喝酒，怎么开这么慢啊！"梁律师说："不急，咱有的是时间。"我说："有时间也不能耗费在路上啊，还是早点回去好。"梁律师诡秘地笑着说："老弟，你真不知道今天来宣化店的意思？"我更加狐疑了，怎么今天所有的人都怪怪的，我不以为意地说："不就是来宣化店玩嘛！"

"没那么简单！"梁律师摇摇头。

今天从一开始，我感觉好像陷入一个迷阵，所有人都变得难以捉摸，有点儿神经兮兮的。"到底什么意思？"我想搞个清楚。

梁律师感叹说："老弟，苏书记让你来，就是没把你当成外人啊，可不是让你来白玩的，是让你来帮忙接应的！"我越发糊涂了，看着他，没好气地说："你急人不，这关子卖的！"

车子无声无息地行驶，梁律师好一阵儿不说话。我也不吭声，转脸看向窗外。天慢慢变得阴了，雾沉沉的，放眼田野，一派深秋特有的萧瑟气象。"苏书记应该提前告诉你！"梁律师忽然用手砸了下方向盘，一副豁出去的样子，说，"今天他是来宣化店突围的！"

"突围？突什么围？"我不解，看着苏律师，但他目视前方，若无其事地开着车。外面似乎刮起了风，公路上旋起了一团团的灰尘，裹着飞舞的落叶。过了一会儿，梁律师声音低沉地说："我们开车先走，苏书记在后面，像当年中原军区的士兵一样，按当时突围的路线，徒步回去。当然走累时也可以让农民帮忙，但总之不能坐我们的车，必须自己想办法，独自抵达柳林镇——中原突围时在平汉铁路的突破口。我们俩晚上在那儿等他，把他接回去，这样，他就完成了一次宣化店突围！”

天啊，还有这样的事儿，这有什么意义，没见过这样参观革命纪念地的。“你们是不是神经了？不，你们都疯了！”我诧异极了。

梁律师不以为然地摇头道：“你不明白，苏书记今天对宣化店的一次突围，实际上也隐喻着他自己完成了一次仕途的突围！”说着习惯性地眨眨眼睛：“咱们浉河区的好几个书记，来宣化店突围一次，回去都提拔了！”

仿佛一股电流击中全身，我几乎呆住了！想不到来宣化店玩，竟然有着这样奇特的寓意。“我上次带区法院的一个副主任科员来突围，他回去不久就当上副院长了！”梁律师说着拍拍我的肩膀，“老弟……”

我一下子明白了苏书记今天的反常做派和举止。

五点钟，我们到达柳林镇，梁律师将车停在铁路旁边，早上他指给我们看的地方，到处都是板栗树。我们从车上下来，想在路边找块草地坐一会儿。天色越来越暗，时不时刮起一阵冷风，简直寒气逼人。转了一圈，梁律师在僻静处撒了泡尿，颤抖着跑回来，说：“太冷了，我们回车上吧！”

坐进车里，依然很冷，可是不能摇起车窗，车里有一股难闻的臭味，梁律师的烟瘾又很大，一直不停地抽，车内烟雾缭绕的。我想起李瑶，就问：“刘主任和李瑶是什么关系啊？”“什么关系？原来是情人，听说快要结婚了。”梁律师说，“刘主任其实早就离了，我们都不知道。”原来如此，不过和我想象的也差不了多少，他们是情侣关系，这一点不言自明，但准备结婚又在我意料之外。梁律师喷了一口烟雾，说：“那女人真漂亮啊，老刘有艳福！”

忽然，滴滴答答的声音响起，外面一片昏暗，什么都看不清楚。“坏了！”梁律师大叫道，“下雨了，天下雨了！”我把手伸出窗外，可不是嘛，先是稀稀拉拉的大雨点，紧接着就是密密麻麻的雨滴。梁律师皱着眉头道："这可惨了，老苏倒霉了！今天有雨，真没有想到！"

我掏出手机，说："给苏书记打个电话吧，问他走到哪儿了！"

"打个鬼，他没带手机，突围必须参照当年中原军区解放军官兵的行头，那时可没有手机！"梁律师说着，打开挡杆后的储物盒，摸出一个手机，"看，上午苏书记放在车上的。关机了，就是怕打扰！"

我接过来，不错，是苏书记的手机，诺基亚的，挂一个红绳子，说是辟邪的。真不可思议啊，什么破突围，简直像一个荒诞的笑话。雨越下越大，密密地打进车里，我只好关紧车窗。外面什么也看不见，只有无边的雨声，四处冷飕飕的。"就是有手机，我们也不能打扰他。"梁律师放倒座椅，紧抱着双臂，半躺着嘟囔道，"他在突围，现在我们谁也不能救他，只能靠他自己。"

我按开苏书记的手机，一阵悦耳的开机铃响，紧接着嘀了一声，拖着长长的尾音，手机显示收到一条信息。我说："苏书记收到短信了！"梁律师连忙坐起身，凑过头来看。我按下信息键，是一条订阅的天气预报短信：

"受冷空气南下影响，今明两天中部地区将有一次降雨过程，河南南部、湖北北部有中雨，局部地区有大雨，偏北风 4～6 级，气温下降 5～9℃，局部地区降温可达 10～15℃。"

原载于《文学界》（原创版）2011 年第 11 期

U 形 转 弯

无论是白天，还是夜晚，只要醒着，阿明就感到没完没了地头晕，晕得他几乎分不清是白天还是夜晚。因此，他总是将窗户紧紧关上，并拉严窗帘，让屋里不透一丝亮光，这样他更容易忘记时间。如果可能的话，他甚至愿意忘记自己的存在。大多数时候，他都在床上躺着，却无法入睡，头晕时刻提醒他，自己还活着，还存在于这个世界。

他挣扎一下，从床上坐起来，轻轻下到地上。他起床时一般不用再穿衣服，因为他睡觉时基本不脱衣服。自从患病以后，他浑身无力，似乎脱掉衣服都很困难，渐渐就懒得脱了。他打开窗，天色虽然很灰暗，但他仍然觉得有点儿刺眼。一丝冷风刮进来，他不由得颤抖了一下，差点儿一个趔趄摔倒了。外面风很大，正是深秋，片片树叶随风一起飘舞。有的淡黄，有的紫红，更多的是深褐色，它们随风扬起，转着圈儿，在空中飞扬。阿明观察过那些树叶，无论它们怎样飘荡，无论它们飘荡多久，最终都无法摆脱落地的命运。阿明觉得自己就像某一片树叶，正在空中挣扎，挣扎着晚点儿落地。

阿明是再生障碍性贫血患者，这是个一般人会觉得有点拗口和陌生的名字。在患上这种奇怪的病症之前，阿明也从未听说过。他知道白血病是一种可怕的疾病，觉得自己患上的贫血症不算什么大病，服用些补血的东西就能好。很多女士贫血，不是吃吃乌鸡、红枣、黑米粥之类的东西就管用吗？久病成医，后来他才明白，再生障碍性贫血是一种比白血病更加可怕的病，不仅可怕，而且可恨。很多白血病,化疗就奏效,但这种贫血症,只能通过骨髓移植才能根治,用药、换血等方法都是缓兵之策,只能暂时维持生命。骨髓移植,听医生说,需要四五十万元,而且成功率只有三分之一。对阿明而言,这是个不可企及的愿望,像美梦一样难以实现。他现在每一两个月需要换一次血,只要一换血,立刻就来了精神,像枯木逢春,发出新叶。但撑不了几天,就又开始头晕了,如同树叶还没绿透,就开始变黄,转瞬飘落。他感到自己的生命荒诞而悲哀,竟然依靠不断地输入别人的血液,才能够勉强维持,苟延残喘。母亲经常骂他是黄鼠狼转世,上辈子没干好事,这辈子专吸血。他觉得母亲说得没错,其实不只像黄鼠狼,简直是活脱脱的吸血鬼,专吸人的血。

他走进厨房,铁皮桶制的灶上,支着一口锅,灶膛内烧的是柴火,还闪着暗红色的光。这是母亲早上出去帮工前给他温上的。他揭开锅盖,里面坐着大半碗汤,烩着几块鸭血,一个乌灰色的馒头。他端起汤来喝,仍然温温的,散发着一种怪怪的接近于肉汤的香味,虽然没有肉,只是一些让他难以下咽的鸭血。他咬了几口馒头,没有什么胃口,就放下了。厨房的案板和饭桌都是旧家具,桌面黑乎乎脏兮兮的,阿明看了一圈,案板上有盘母亲吃了一半的白菜,他把馒头放在了盘子沿上。

自从患病以后,阿明就变得孤独了。他原来有几个很好的朋友,大华、二毛、阿勇都是他的铁杆兄弟,用母亲的话说是一帮狐朋狗友。他们一块儿打电子游戏,一块儿在网吧玩通宵,也一块儿打架,关系铁得很。阿明血液化验报告出来的那天,他还没意识到是怎么回事儿,只是有点儿郁闷地在家里睡觉。大华和阿勇一块儿来找他,说二毛已在巴山蜀水火锅城等着,兄弟们要好好喝一杯。那晚大家一块儿喝得烂醉,二毛说有兄弟们的情分在,有堂堂男人的精气神在,一点儿疾病算不了什么,人吃五谷杂粮,还能不生点毛病吗？阿明感动得痛哭流涕。

但过后不久，二毛慢慢知道，阿明的病竟然需要一次又一次地换血，像个无底洞，就开始疏远他了。头一次，三个人给阿明掏出五千元，算是慷慨相助。第二次，三个人给阿明凑了一千元，说是尽力帮忙。再后来，这些家伙就开始躲着他了。阿明几次打电话给二毛，想跟他一块儿玩，但二毛都说有事儿，忙得很，匆匆挂掉电话。给大华、阿勇打手机，都说不在本地，回头联系。阿明叹口气，却没有悲伤。他理解他们，自己是个瘟神，不躲着自己才怪。

阿明的母亲姓黄，附近的人都喊她黄阿姨。她在东关菜场给一家生鲜店帮工，有人买鱼，她就帮着刮鳞剖肚，清洗干净；有人买鸭，她就帮着杀好，拔去鸭毛。生鲜店的男主人接接电话，往外面送送货，闲时就在旁边打牌，女主人负责称重收钱，剩下的活儿全由黄阿姨包了。女主人同情黄阿姨的苦处，很照顾她，鸭血随便拿，反正也卖不上价。以血补血，阿明吃了肯定有好处。鸭血很腥，没有肉汤压不住，黄阿姨就配以蒜瓣、葱花和辣椒一块儿炖，放许多盐和味精，但家里仍然每天充斥着一股浓重的鸭血味道，甚至比生鲜店的味道还难闻。剖鱼杀鸭的间隙，黄阿姨就在菜场捡菜，尤其是做批发的，最后都会遗弃一些货底子菜。黄阿姨把它们拾到一起，装进袋子带回家。一次有个菜贩子不明就里，笑着问她："你拿去喂兔子吗？"黄阿姨有点想哭，说："不喂兔子，喂黄鼠狼。"菜贩子很吃惊，问道："养黄鼠狼？它不吃青菜吧？"还要再问，旁边就有人使眼色，小声嘀咕道："她儿子可是抢劫犯，离她远点儿！"菜贩子就"唔唔、哦哦"着，收拾家伙离开。又有一个声音传入耳边："不是白血病吗？怎么会是抢劫犯呢？"黄阿姨垂着眼睛，泪水在眼里闪烁，却没有流出来，脸上露出一种习惯了被羞辱的麻木表情，又像是悲愤过后的轻松。

街坊说阿明是抢劫犯，其实也不为过。阿明的确抢劫过，而且还抢劫了两次，这使他在东关一带臭名远扬。此前他只盗窃的，活儿没少干,称得上劣迹斑斑。但搞抢劫,他既没那胆子,也没那能耐。为了换血,阿明一直靠偷电动车生存。一台电动车可卖五百元,偷两台就够换一次血了。阿明需要换血时,走路都头晕,弱不禁风的,为避免被男车主捉住了挨打,他只敢偷女式电动车。

那次,他瞄上了一辆簇新的黄色女式电动车,刚撬开锁,被女车主撞上了,阿明骑上去就跑,女车主从后面一把抓住了车座,她像个疯子一样,被阿明带着跑,却死活不松手,一副豁出命来的架势,嘴里哇哇地哭喊着抓小偷……阿明最终没有跑掉,由于和女车主有抢夺行为,案件被定性为抢劫。阿明才搞明白,犯罪行为原来是可以不断变化的。明明是盗窃,瞬间转化成抢劫。抓住阿明的警察姓张,叫张雷,是东关的片警。张警官把阿明带回派出所,还没来得及讯问,阿明竟然低低地呼叫一声:“快,去医院……换血……”然后一下子栽倒在地。警官张雷当时都吓愣了,打120都来不及,出动派出所的巡逻车把阿明急急送到医院,经过紧急输血才抢救过来。黄阿姨赶到医院,哭得昏天黑地的,却无钱支付输血费,最后派出所只好垫付。抢劫属于刑事犯罪,但看守所听说阿明的情况后,坚决不肯收他。看守所所长正经八百地说:“我们看守所可没钱给他输血,你们让法院快点儿判,直接送监狱吧!”这样,折腾了一圈,派出所只好把阿明放了。

张雷对阿明的境况很同情,不仅亲自送阿明回家,还和村委会的人一块儿提着米面油到阿明家表示慰问。阿明家的情况,村委会早就了解,为他和黄阿姨解决了最高额低保,每人每月一百九十元。张雷说:“这点钱哪够啊,不是有新农合医保吗?”村委会的人说:“新农合住院只报销百分之六十,还要自己先垫付。他们没钱垫,再说他换血后就可以走了,也没有住院手续!”张雷翻着眼睛说:“不是还有很多救济吗?”村委会的人说:“还有大病救助,民政局已经一次性救助过了,给了五千元,他们很快就花干了。”张雷问:“还有呢?”村委会的人说:“没有了,只能等到年底,政府会发放一些救济物资。”张雷眉毛皱了几皱，嘴上却没词了。

吃过饭，阿明去抽屉里翻腾，翻了几下，找出一把刀来。这是一把弹簧刀，以前阿明跟二毛一块儿在胜利路夜市上买的。轻轻一推按钮，刀锋就嗖地弹出来，让人心惊。买的时候，阿明装着用来打架的，其实他知道，打架绝对不敢用刀的，一使刀就容易出大事儿。买把刀，主要是自己玩，顺带吓唬吓唬人。阿明看了看，刀锋依然锃亮锐利，闪着寒光，只有螺栓处生了一点儿锈迹。真是一把好刀啊！阿明回忆起没有患病时神仙一样的逍遥日子，像做了一场梦，醒来就变成了鬼。阿明把刀揣进兜里，推开门，走了出去。风刮得很大，除了飞舞的树叶，还有一些扬尘，阿明有点儿睁不开眼睛。这几天头晕越来越厉害，他知道，必须换血了。他想好了计划，今天就要彻底拯救自己。

经过第一次盗窃变抢劫之后，他忽然明白，只要被看守所关起来，或者进入监狱坐牢，就能得到免费的换血治疗，从而保住性命。这让他茅塞顿开，豁然开朗。他决定来一次真抢。抢着东西就抢，抢不着制造下声势，就算被当作抢劫犯抓起来，也不算坏。总之不论何种结果，他都是可以接受的。这一次，阿明挑了个夜晚，他寻到一根木棒，像电警棍一样粗细。他觉得木棒比较安全，起码不会伤着别人，伤人不是他的本意，他只图财不害命。他见到银行的保安都把电警棍挂在屁股后面，一晃一晃的，让人心生怵意。但他不可能这样招摇，而是把木棒揣在怀里。这使他看起来怪怪的，不像是揣着什么凶器，更像是一个蹩脚的小偷，藏着刚刚窃取的赃物。他跑到一家银行的自助取款室门口等着，像警察一样蹲点守候。他见到很多人大把大把地取现钞，可左看右看，觉得有的人比较粗壮，有的人比较凶恶，有的人结伴而行，他害怕不仅抢不到钱，还会遭到一顿毒打，迟迟不敢下手。

等了两个多小时，终于来了一个年轻的女孩，一看身形就是清纯柔弱型的，手无缚鸡之力，阿明精神一振，就是她了！女孩刚将钱从取款机里拿出来，阿明推开玻璃门，一下冲了进去。他从怀里掏出木棒，由于动作太猛，木棒的上端捣了一下自己的下巴，生疼生疼的，这使他话都说不利索，变得结巴起来："打……打……劫！快……快把钱放……放下！"

女孩回过头来，阿明才看到她非常漂亮，皮肤白皙，眼睛明亮，很像他的女朋友阿珠。阿明的心颤抖了一下，一瞬间有点发愣，不知所措。哪知女孩一看到阿明，竟然惊慌地尖叫起来，把手中的一沓钞票抛在地上，捂着耳朵哇哇叫着跑了出去。阿明还在地上捡钱的时候，就被人从后面按倒了。

这次警察没有饶过他，把他送进了看守所。他被告上了法庭。

阿明脸色惨白，两腿发抖，哆嗦着站在法庭上。他知道自己急需要换血，一刻也不能等了。他看到主审法官侧耳和旁边的陪审员说着什么，以为他们在商量判多少年刑期。阿明一冲动，犯了一个低级失误。他在下面举着双手作揖，高声喊道："法官，求你给我多判两年！"

阿明手腕上带着明光锃亮的手铐，这使他高举的双手看起来非常扎眼。主审法官惊呆了，他们从未遇到过要求给自己多判刑的人，以为他吃错了什么药。阿明的举动，让公诉的检察官也大为惊异，刚才他们还在铿锵有力地控诉阿明的罪行，现在也有点犯傻了，阿明的话让他们觉得很泄气。但让他们没想到的是，阿明一激动，头一昏，喊了声"血……"，当即晕倒在法庭上。

阿明仍然没能坐上牢。

他被法警手忙脚乱地送到医院急救，经过一番输血抢救，又捡了一条命。但法官也因此把阿明看透了，觉得他犯罪情节比较轻微，改造意义不大，因此判刑三年，缓刑两年。阿明不太懂这个刑期的意义，听上去像五年。在病床上听到这个消息，当时他还挺高兴的。但在医院里换完血，他就被直接释放了。

之后他又去过看守所，试图进去接着被关押起来。他觉得挺对不起看守所的。他上次进去，由于头晕得厉害，在看守所里不能像别的嫌疑人那样劳动，只能干一些手工活儿，白吃白喝还动不动昏倒，整个看守所早就烦透他了。但当阿明走到看守所门前，见到站岗的武警挎着步枪，威严地来回走动，枪管乌亮乌亮的，阿明什么话也没敢说，就灰溜溜地离开了。

今天，阿明决定实施第三次抢劫。

他觉得这次和以前的抢劫有着本质的区别，他使用了真正的凶器，一把锋利的弹簧刀，应该不再是法官说的“犯罪情节轻微”，而且是在缓刑期内再次犯罪，理当重判。患病这几年，他已经充分认识到，只有进入监狱，他才能得到免费的治疗，才能拯救自己，对自己是一种解脱，对母亲也是一种救赎。监狱，已经成为阿明心中的一片圣地。

刚出家门时，不觉得天气冷，走了这一段路，阿明竟然觉得寒气袭人，直打哆嗦。患病以后，阿明的身体越来越瘦，也变得越来越怕冷，动不动就发抖，像虚弱的老人一样，抵抗力每况愈下。走过申城大桥，就是沿河路，路边栽种的是漂亮的垂柳，有些年头了，构成申城市的柳堤春晓。阿明在路边的椅子上坐了一会儿，一阵风起，他看到有无数褐色的柳树叶子，萎缩成皱巴巴的一团，飘落在河里。他觉得自己就像那褐色的叶子，不可救药，即将化为污泥。有时候，他想自己真应该双眼一闭跳进浉河，淹死算了，一了百了。在患病之前，他觉得死亡没什么可怕的，人固有一死，是人都是要死的，谁也无法逃脱。但自从他患病之后，竟然生出巨大的求生欲望。他的生活目标，似乎只剩下一个，那就是活下去，哪怕是像狗一样活下去。阿明紧紧地咬住牙齿，不让自己哭，但泪水还是悄无声息地流了出来。他觉得人真是奇怪的动物啊！

阿明从椅子上站起来，面向马路，有几辆的士路过，司机都一边减速一边看向他，似乎在等待他招手的动作。但阿明一动不动，的士就轻快地跑开了。直到看到一个女司机，驾着一辆红色铃木的士开过来，阿明挥了一下手。

坐进车内，一下子就感觉到了温暖，和外面像是两重天地。女司机戴着一副白色手套，手套和方向盘接触处已经发黄。她一副驾轻就熟的老练样子，侧脸看了阿明一眼，并不说话。阿明知道她的意思是问自己去哪里，就说："翡翠明珠。"女司机仍然一声不吭，一踩油门，车子就冲了出去。

翡翠明珠是申城市的一家大型夜总会，现在是上午，不是夜总会的营业时间，但阿明忽略了这个情况。他并没有想好要去哪里，在他看来，其实去哪儿都一样。他并不是真的要去哪儿，只不过随便找个地名罢了。看到女司机的一瞬间，他想起了女朋友阿珠，脱口就说出了翡翠明珠。

女司机似乎没有意识到这一点，目不转睛地看着前方，开车的动作简洁而干脆。

车上的收音机正播放着歌曲。阿明很久没有和人说话了，在家里，母亲要么一天到晚地叹气，要么坐在床头呜呜地哭泣，阿明都很少和母亲说话。

他很想和女司机聊聊天，因为和一个异性聊天，对他似乎都是一件难得的事情。可他看得出来，女司机似乎并不喜欢说话。

收音机里放着陈升的《北京一夜》，以前在卡拉 OK 里玩时，阿明经常和阿珠对唱这首歌。闷了一会儿，阿明没话找话地问："这歌是谁唱的？水木年华吧？"

女司机直视前方，说："是的。"

阿明有点失望，拍了一下腿，说："不对，应该是李宇春唱的，听声音像。"

女司机用鼻子哼了一声："嗯。"

阿明不死心，轻声说："与夜晚有关的歌都比较好听，你听过《白天不懂夜的黑》吗？"

女司机眉梢往上一挑，瞥了阿明一眼，却一声不吭，连"嗯"一下都没有。

"还有邓丽君的《夜来香》……"阿明喃喃道。他像是自言自语，又像是给自己解围。

阿明很泄气，再也找不到话了。

他忽然有点儿后悔，觉得自己的计划应该跟母亲说一声，或者留个纸条。他一声不吭，就这样决定出来抢劫了，而且要将事儿搞得大一点。对母亲而言，有点儿残酷。

但是只能这样了。

就算现在下车，放弃抢劫计划，但他连车费都没钱付。阿明在心里叹了口气。

这时的士经过师范学院门口，从一座小桥上穿过浉河，阿明知道女司机想从河对岸的滨河路上掉头拐到翡翠明珠。这条线路呈一个U形，的士正行驶在U形转弯的底部。这让阿明有种上当的感觉，一瞬间，他发现自己被欺骗了，女司机绕了一截冤枉路。想到这儿，阿明从兜里掏出了弹簧刀。

他一推按钮，"嗖"地弹出刀锋。

"打劫！快，把钱包拿出来！"阿明恶狠狠地吼道。

女司机吃了一惊，猛地踩了一脚刹车，阿明身子一晃，头差点儿撞到前面的风挡玻璃。忽然，一阵眩晕感从脑内炸开，天昏地暗地晕，整个世界都在旋转……与此同时，阿明的刀锋划过女司机的手臂，血立即溅了出来，溅在了阿明的大腿上，也染红了女司机的白色手套。阿明怔了怔，弱弱地说："我打、打劫，你可以报警……"

女司机有些惊慌，但在一片混乱中，她很轻易地夺过阿明手中的弹簧刀。

"噗"的一声，阿明眼前寒光一闪。

他没有感到疼痛，只是眼睛有些模糊，一切那么遥远，又那么虚无。

原载于《飞天》2011年第23期

爱吃薄荷糖的女孩

1

李雷第一次见到戴晓雪时,她正和余虹并肩站在南湾湖大堤旁的垂柳树下拍合影。夕阳斜照在她们带着微笑的脸上,泛着淡金色的光泽。林枫左腿前蹲,右腿后撤,举着炮筒般粗大的单反相机,眼睛紧紧贴在镜头后面的观察孔上。搞摄影的人都一样的做派,拍照时像瞄准射击似的,恨不得把头削尖了插进相机里去,似乎如此拍出来的照片就叫摄影作品了。

余虹看到李雷,把手举到脸颊旁,姿态可爱地挥了挥。林枫转过头见到他,说:“快来,我给你们拍个合影。”李雷说:“我先给你们拍吧!”说着走过去,接过林枫沉甸甸的相机。

林枫指着余虹旁边的女孩说:“认识一下,这是戴晓雪,广州回来的记者,咱们申城人啊!”李雷冲戴晓雪点了点头:“美女,美女!”然后自我介绍说:“我叫李雷,雷人的雷。”戴晓雪扑哧一笑,眼神灵动,顾盼生辉,说:“你的话才有点雷人!”一股清凉而微辣的气息溜入鼻腔,李雷嗅出了淡淡的薄荷糖味道。

戴晓雪的脸蛋说不上漂亮,但身材不错,皮肤很白,一头淡黄色的直发,额前剪着齐刘海儿。她穿着绿色横条纹的 T 恤衫,白色的牛仔裤。T 恤衫的领子很低,领口缀着一朵蝴蝶结。在姿色平平的余虹的衬托下,她显得时尚而迷人。李雷学着林枫的样子拍照,他悄悄拉近镜头,透过观察孔偷看被放大的戴晓雪,一瞬间他有点心动。心一动,忍不住有点儿紧张了。

林枫下午打电话，说从广州来了一个美女记者，一块儿去南湾湖吃地锅饭，让李雷过去认识认识。这种情形，一般都是来了外地客人，林枫接连招待几天，招架不住了，喊李雷过去救急，其实就是埋单。林枫业余喜欢摄影，作品曾获过全国大奖，开了一家广告设计公司。余虹是他公司唯一的女职员，对外称作文秘。

南湾湖畔有很多圆形的小木屋，簇拥在水边，小木屋由几根木柱支撑着，顶棚搭着就地取材的蒿草。远远看去，像一个个氏族时代遗留下来的简陋茅屋，现在变成了农家乐餐馆的包厢。旁边不远处支着土灶地锅，主人用民间手艺烧制地方土菜：焖罐肉、红烧季花鱼、油煎青虾、清炒地皮菜……城市里的人，酒店菜品吃腻味了，都会驱车来此吃顿农家饭。就算请客，到这种地方也不会感到失身份。因为有一个冠冕堂皇的理由：品尝乡野风味嘛！

吃饭时林枫拿出来一瓶洋河海之蓝。他不喝白酒，只喝一点儿啤酒。余虹喝自带的一瓶汇源果汁，一会儿品一口，跟喝咖啡似的。林枫对李雷说："你把戴晓雪陪好，美女记者是海量。"李雷笑了笑，有点不以为意。大家用同样大小的玻璃杯喝酒，一杯大约可以盛二两。林枫给戴晓雪倒白酒时，她正在和余虹小声地说笑，只用眼睛的余光扫了一下，仍旧说笑着，任凭林枫将酒杯倒至似溢非溢的程度。李雷心里一震。他不太能喝酒，别人给他倒酒时，他历来都是紧盯着酒杯，至半高处即予以阻拦，能少倒一点，就像占了便宜似的。戴晓雪熟视无睹的淡定表情，让他陡生佩服。

大家边吃饭，边聊天，谈论南湾湖哪儿最美。林枫说："南湾湖的芦苇最美，我每年都要专门来拍几次。"李雷摇摇头："南湾湖是申城的眼睛，它的美无处不在！"余虹撇着嘴，尖刻地说："你俩别太酸好不？让人牙根发麻！"戴晓雪咯咯地笑着，没有了开始时的矜持。李雷喝酒很慢，保持一定的节奏，每一口喝的量都差不多。戴晓雪则无节奏可循，刚开始喝一大口，之后李雷和林枫频频碰杯时，她一直和余虹说话，声音很小，很私密的样子。说的什么，李雷和林枫都听不太清楚，酒再也没减少。李雷心里暗想，有点傻啊，无论多隐秘的话，和余虹说了，跟和林枫说了有什么两样？他俩可是通的，穿一条裤子啊！李雷快喝完的时候，林枫举起啤酒杯，催促道："我们干了吧！"戴晓雪眉头一挑，恍然发觉自己的酒还剩许多的样子，冲他们笑了一下，拿起酒杯一口喝了下去。林枫连连鼓掌叫好，他的手抬起过猛，碰倒了桌上的啤酒瓶，啤酒瓶"啪"地掉在地上，滚了几个滚，幸好是泥地，并没有摔碎。但他的滑稽之态，惹得戴晓雪和余虹一阵大笑。戴晓雪的牙齿整齐而洁白，在灯光下闪耀着迷人的光彩。

李雷喝酒上脸，倒上第二杯酒时，不知不觉已经面红耳赤。一轮圆月升起，倒映在南湾湖中，波光粼粼。李雷不断地走到湖边，捧起湖水洗脸。湖水清凉，扑在脸上，他感觉到一种洗不掉的油腻和黏滑，心想不能再喝了。

一瓶海之蓝，可以倒四杯，相当于李雷和戴晓雪一人半斤。戴晓雪一直和余虹嘻嘻哈哈地说笑，并且时不时地一齐看一眼李雷，似乎在讨论李雷如猪肝一般的脸色。林枫举着从地上捡起来的小半瓶啤酒，说："我们一齐喝完吧，我对瓶吹！"李雷捂住自己的酒杯，喘着粗气说："我、我是真不能喝了，再喝就出洋相了！"林枫笑着说："在女人面前可不能装熊啊，干了！"李雷死死压住酒杯，不停地摇头。或许是快醉了，他摇头的频率很慢，像电影里的慢动作一样。戴晓雪忽然笑眯眯地说："我替你喝吧！"说着，站起来端过李雷的酒，干脆地倒进自己的杯子里，然后举起来和林枫的啤酒瓶碰了一下，灿烂地笑着说："Cheers（干杯）！"一仰脖喝了下去。她的脖颈很白，仰起头时，锁骨凸现，性感而迷人。

放下酒杯，戴晓雪轻轻地坐下，仍然面不改色，仿佛刚才喝的是啤酒，不，是纯净水。如果说她喝第一杯时让李雷心生佩服，现在简直是五体投地了。戴晓雪从旁边的椅子上拿过自己的手包，在里面翻了一下，掏出一个彩色的圆柱体。她剥开圆柱体的包装纸，从顶端掰下一颗环形的东西，说：“你们谁吃薄荷糖？”大家都忍不住笑了，觉得她有点孩子气。“酒味太重了，吃颗糖。”戴晓雪把糖含进嘴里，看了眼南湾湖的夜空，笑着说：“我知道南湾湖什么最美了，是月亮。”

2

第二天中午，林枫给李雷打电话，说和余虹、戴晓雪说好了，下午去西峡买恐龙蛋，晚上住在南阳，问李雷去不去。李雷连声说：“去，去，怎能不去！”林枫坏笑着说：“你小子，怕没安好心吧！昨天开局不错，要抓住机会。”李雷嘿嘿笑着说：“嗯，你得帮忙哦，不然我只能干瞪眼。”林枫说：“太远了，我开车觉得累，让金钺开他的车，他管行，我管吃，你就管住吧！”李雷说：“没问题。”

金钺是搞书法的，也通一些篆刻。在林枫以前召集的饭局上，李雷见过他。

在一亿五千万年前的白垩纪，西峡地区是鸭嘴龙、禽龙、原角龙、肉食龙等十余种恐龙的乐园，现今地下埋藏着许多恐龙蛋。当地农民经常偷偷盗挖出来，几百元一颗往外地贩卖。林枫从一个在申城工作的西峡人那里得到消息，想去买几颗，摆在书房里附庸风雅一番。恐龙蛋化石，其实就是石头，就算未经孵化，里面带着胚胎，普通人也难探其究竟。李雷的心思不在恐龙蛋上，他一直暗中留意戴晓雪。

戴晓雪的头发绾了起来，戴着一副粉红色的太阳镜，白色的镜架，看上去时尚而前卫。金钺开着一辆破丰田，李雷坐在副驾驶位，林枫、余虹和戴晓雪坐在后排。李雷说：“我在研究《易经》，学会了看手相。”林枫似乎很快明白他的意思，把手伸过来说：“是吗？给我看看。”李雷看了看，煞有介事地说：“生命线、爱情线都不错，财富线差点儿，整体还行吧！”戴晓雪和余虹立刻尖叫起来：“真的假的啊？”戴晓雪也把手伸过来：“快，给我也看看。”戴晓雪皮肤很白，手腕处淡紫色的血管像细小的蚯蚓，微微透明，分外性感。触到戴晓雪的手，李雷的心咚咚直跳：“生命线、财富线和爱情线都不错，很完美啊！”戴晓雪眉头一蹙：“真的吗？有没有看错啊，我可没感觉到。”李雷想了想，茅塞顿开的样子：“噢，搞错了，男左女右，得看右手才行。”林枫和余虹哈哈大笑起来，戴晓雪拍了一下李雷的头：“你搞什么呀，真懂还是假懂啊？”李雷重新审视了一下戴晓雪右手的掌纹，说：“这回看明白了，生命线特别长，财富线也不错，就是爱情线差点儿！”由于戴着太阳镜，李雷看不清她的表情。戴晓雪沉默了一会儿，说：“就是嘛，难怪都没人追我，还真灵！”林枫说：“灵什么呀，我看不见得。”余虹说：“就是，说晓雪爱情线不好，我看李雷是看岔了。喜欢你的人多了，远在天边，近在眼前，我看到处都是。”戴晓雪的脸微微涨红，不说话，却使劲掐了一下余虹的胳膊，惹得余虹啊呀呀地尖叫。

目的地名叫丹水镇，西峡恐龙蛋的主要产地。到达地方时，天已经黑了，车子停在镇口，林枫打了一个电话，让对方出来接应，却被告知县公安局正在镇上查案，打击盗掘、贩卖恐龙蛋行为，进村子只有一条山路，很容易被警察发现，接应人不敢出来，让他们赶快撤退，取消交易。金钺去路边小解，转过来听说情况，跺了一下脚，说：“我是奔恐龙蛋来的，这搞的什么事儿啊！”林枫点了一支烟，蹲地上抽，抽完了，站起身来，吁了一口气：“算了，这玩意儿有风险，买不到也是好事。”说着他怪笑了一下：“偷人的最高境界是偷不着，回南阳吧！”

话虽如此，大家还是有点儿失落，但戴晓雪仍然情绪高涨，一副没心没肺的样子。她就是出来玩的，顶多看看稀奇，原本也没打算买什么恐龙蛋。车进入南阳市区，戴晓雪忽然指着车窗外喊道：“你们看，那是什么？好雷人的广告啊！”大家往外一看，是一个霓虹灯广告牌，闪烁着五个大小不一的字：又一片人腿。林枫咂巴了一下嘴："这是搞什么鬼呀！"余虹说："有一些字的笔画坏掉了，显示不完全。"金钺放慢车速，似乎也在想其中的名堂。李雷说："他娘的，莫不是'双汇牌火腿'吧！"大家一下子明白了，哈哈大笑起来。戴晓雪笑得花枝乱颤，又拍了下他的头："是的是的，这个火腿，缺胳膊掉腿的，也太吓人了！"金钺冷不丁冒出一句："招牌不居中，后面应该还有一个'肠'字全瞎掉了。"大家听后都肃然起敬，林枫说："搞篆刻的厉害。"

南阳市区有一条河，叫白河，几个人在河边的大排档吃过饭，就近去了白河国际酒店。在总台登记时，李雷悄悄地对金钺说："我开三个房间，等会儿林枫和余虹住一间，你自己住一间，进房间后立即把门锁上，不要给我进去的机会！"金钺说："明白。"他翻着眼睛看了看李雷，又说："但我感觉你很难搞定。"

开好房间，李雷把钥匙牌分别给林枫和金钺一个，自己拿一个。果然，在他还在找房间号的时候，金钺已"嘭"地关上了门。林枫和余虹像夫妻一样，也消失在他们的房间门口。走廊里只剩下李雷和戴晓雪，李雷的心怦怦直跳，开房间门的时候，手有点颤抖。戴晓雪似乎并未意识到危机，走进房间，她把挎包往床上一扔，感叹道："坐了大半天的车，真有点儿累啊！现在几点了？"李雷掏出手机看了看，说："十一点半了。"戴晓雪说："嗯，我得洗个澡，你去睡觉吧！"李雷走到门口，朝走廊看了一眼，回头说："金钺把门关死了，我回不去了。"戴晓雪的眼睛立刻瞪大了："那怎么办？"李雷咬牙厚着脸皮说："我在你的沙发上躺一下吧，凑合一夜就行。"戴晓雪连连摇头："那可不行，明天他们还以为咱俩有什么事儿呢！"李雷吸了吸鼻子："你闻，好像有什么味道？"戴晓雪也吸了吸鼻子："没有啊，霉味吧，在酒店里很正常。"李雷摇了摇头，说："不，是一种吓人的味道。"戴晓雪扑哧笑了，一字一句地说："李——雷，你别死缠烂打好不，快去睡吧，我要洗澡了。"李雷蹲下身去摆弄墙角的电子除蚊器，说：“这玩意儿可能坏了，晚上蚊子会吃了你。你先去洗澡吧，我把这东西修好就走。”

戴晓雪抿着嘴，又瞪了一眼李雷，似乎想了一下，没奈何地轻轻叹口气：“好吧，你赶快弄好，我先去洗澡了。”戴晓雪走进卫生间，不一会儿，响起了哗哗的流水声。李雷放下除蚊器，躺到沙发上。他的心仍然扑通扑通地跳，戴晓雪没有勃然大怒，已让他感到庆幸。实在不行，就真的在她的沙发上和衣躺一晚吧！

忽然，戴晓雪在卫生间里尖叫起来：“啊，李雷，李雷，快——！”李雷一下子从沙发上跳起来，跑过去推开卫生间的门，里面水汽缭绕，戴晓雪赤身裸体，浑身湿淋淋的。她闭着双眼，双手抱在胸前，急切地说：“我的隐形眼镜被冲掉了，在浴缸里，快找找。”李雷有点儿想笑，连忙把水龙头关住。没有了流水声，卫生间安静了下来。李雷俯下身子，趴在浴缸上，往水里仔细地查看，说：“你的脚把排水口踩紧，当心顺水流走了。”戴晓雪连连点头：“嗯，你快点儿啊！我备用的眼镜没带，找不到就麻烦了！”隐形眼镜是透明的，在水里很难看得清。不过好在水并不深，刚刚淹没戴晓雪的脚背。李雷用手当箅子在水里巡弋，像在捕捞一条看不见的鱼。经过反复过滤，终于将那只鱼鳞状的隐形眼镜捧在手里。

戴晓雪戴上眼镜，一把钩住了李雷的脖子。李雷扯下一条浴巾，将她裹了起来，抱到了床上。

3

李雷大学毕业以后，没有找到过正经工作。他在肯德基打过工，卖过安利，跑过保险，现在在雪佛兰 4S 店里当一名汽车销售员。虽然卖汽车，但他自己却没有车。他对自己公司销售的汽车，还有其他品牌的汽车的性能、参数和价格均了如指掌，如数家珍，但自己却要每天挤公交车去公司。这就像卖西瓜的人，向别人吹得天花乱坠，西瓜不仅能充饥解渴，甚至还能包治百病，其实自己却没尝过西瓜的味道，他觉得充满了讽刺的意味。别说车子，房子他也没有。按一般人的理解，应先解决房子问题，才能考虑车子吧！如此看来，车子离他实在遥遥无期，就像西瓜的种子还没播种下去，吃西瓜的日子只能是幻想。他在民权路东关菜场租了一间二十平方米的小房子，每月租金六百元，几乎是靠吃盒饭度日。当然，他也没有女朋友，这似乎是连锁反应。生活像个连环套，一个套子把他套住了，其他套子就蜂拥而上，把他套成一个死结。白天，他穿着白衬衣、蓝西服，衣冠楚楚地去上班，就算在公交车上，也像个白领。下班回到出租屋内，立刻小心地脱下一身行头，妥帖地挂在衣架上，胡乱套上一身居家服。说是居家服，其实是他几年前的一套牛仔服，很久没有洗了，懒得洗，也不值得洗，腿面上，胳膊肘上，都磨得明晃晃的，像油腻的抹布。有一次他煮面条，顾不得换衣服，急匆匆下楼去菜场买青菜，被菜贩子当成搬运工一把抓住。

两周后的一天下午，李雷洗了个澡，仔细地刮了脸，换件清爽的白衬衣，身姿潇洒地去火车站接戴晓雪。中午他接到戴晓雪的短信，下午五点半到申城。

戴晓雪拉着个皮箱，从人流里走出来，仍然穿着白色的牛仔裤，上衣换成了黑白相间的横条纹 T 恤衫，脖子上戴着一个由晶莹剔透的小珠子穿成的百宝项链。李雷紧走几步迎上去，戴晓雪看到他，却蹙着眉，手软软地松开皮箱拉杆。李雷接过皮箱，说："你怎么啦？"戴晓雪柔弱地说："我有点发烧，可能是感冒了。"李雷心里一紧："厉害吗？我们到市医院看看。"他在车站广场拦个的士，戴晓雪坐上车，斜着仰倒在后座上，蔫蔫的。李雷紧张地看着她，戴晓雪却轻轻一笑说："找个你熟悉的诊所就行了，只是感冒而已。"

在东关菜场诊所，戴晓雪躺到病床上，软绵绵地瘫在那里。她上半截身子靠着枕头，腿却摆在地上，像只受了伤不能动弹的小动物。李雷想把她往上移动一下，戴晓雪摆了摆手，制止了他，似乎连话也不想说。医生量了量戴晓雪的体温，给她输上液。李雷搬个小凳子坐在戴晓雪旁边，摸了摸她的额头说："还有点烧，多久了？"戴晓雪说："一坐上火车，就感觉有点儿发烧了。"李雷看着她的T恤衫，问："你为什么喜欢穿横条纹的衣服啊？上次也是。"戴晓雪微微一笑："我的身材好啊，胖人想穿横条的，还穿不出去呢！"李雷嘿嘿一笑，取笑说："你这是斑马衫，不清楚的，还以为你是尤文图斯球迷呢！"说着他趴到戴晓雪的耳边："你这样躺着，姿势有点太性感好不？"戴晓雪脸色微嗔，一副气恼的样子，拍了一下他的脑袋："你是个很坏的家伙！"然后指着自己的皮箱说："给我找颗薄荷糖吃。"

李雷打开箱子，里面有一台笔记本电脑，几本她杂志社的刊物，还有化妆包、胸罩、内裤之类。在角落里，竟然还有散开的安全套，没有外包装，剩下七八个的样子。李雷觉得心口坠坠的，有点儿不爽，但假装没有看见。他剥开一颗环形的薄荷糖，戴晓雪温顺地含住了。李雷说："你的牙齿真漂亮！"戴晓雪听了，忽然来了情绪似的，抑制不住地哈哈大笑，引得诊所里其他病人纷纷朝这边看过来。李雷说："怎么了？"戴晓雪把她的牙龇了一下，说："假的，烤瓷的！"见李雷一脸狐疑的样子，接着说："两颗门牙，牙缝从里面黑了，就换成了烤瓷的。当时换的差的，两千多一颗，现在挺后悔的。"李雷皱着眉头说："两千多一颗还差啊！"戴晓雪白了他一眼："晕，我同事，一个女孩，换的是德国进口材料的，八千多一颗，真是要多漂亮有多漂亮，真正的明眸皓齿！"说着，叹了口气："可惜我眼睛近视，要戴隐形眼镜，不能再戴美瞳了。"李雷说："不需要了，你的眼睛很漂亮啊！"戴晓雪轻轻一笑："知道你是骗人的，可我还是很爱听。"

李雷拿出一本杂志，翻了翻，里面都是爱情、婚恋方面的故事。“这里面有你的文章吗？”戴晓雪淡淡地说：“每期都有一两篇，多的时候一期我上过四篇稿子。”李雷浏览了一下杂志的目录，只在一侧的发稿编辑栏里看得到戴晓雪的名字，作者名字里并没有她。李雷迟疑地说：“这期没有吧？”戴晓雪看都没看杂志，撇了一下嘴：“你傻啊，我是编辑，自然用化名发稿子，码字儿是为了钱，又不是图名。”李雷嘿嘿地笑了，捏了捏戴晓雪的下巴：“你好厉害啊，不过，稿费估计也都被你折腾光了！”戴晓雪嘴角往上一翘：“你说对了，这个月赚了一万块，买了一副暴龙眼镜，一双史蒂夫·马登的鞋子，只剩一千多块钱度日了，还有两张稿费单子迟迟没到。”李雷说：“靠，有点奢侈吧！”戴晓雪哼了一声：“你不知道我同事那些女孩有多狂，都拿 LV、爱马仕的包。有一个 90 后女孩，钓上一个老板，上来就送她一辆奥迪 TT，轮胎很宽很宽的，停在杂志社门口，好酷啊！”说话时，李雷看到戴晓雪的眼睛变得很明亮，一派心驰神往的样子。

从诊所出来，是晚上八点多钟，没有询问戴晓雪的意见，李雷带着她直接去旁边的中州快捷酒店开房。戴晓雪明白李雷的意思，却装着故意刁难，说：“去开房，你能给我一个理由吗？”李雷眨巴几下眼睛，说：“现在是晚高峰，车好难打的。”戴晓雪眼珠一转，一脸灿烂地说：“呵呵，好的！”李雷拉着她的箱子，走得很快，有点急不可耐。戴晓雪脚步轻盈，甚至偶尔还在马路上跳一下，好像刚才输入她体内的不是退烧针，而是兴奋剂。

…………

“你想吃什么？我去买。”李雷问。

“我想想。”戴晓雪从床上坐起来，歪着脑袋，绞尽脑汁的样子，“我想吃文化宫的阿四炒凉皮，胜利南路的大胡子烤牛肉串，还有九中门口的珍珠奶茶，要木瓜味的。”

李雷有点头蒙，这几样东西很简单，只是店铺地址相距很远，在申城市区画了个大大的三角形，如果和中州快捷酒店连起来的话，又成了一个平行四边形。戴晓雪像一个规划师，随手画了一个圈，把申城市的核心区域圈在了里面。

走出酒店，天不知何时下起了雨，还刮着凉风，有点阴冷的感觉。李雷在路边等了很久，一辆辆的士开过来，但没有一辆是空的。他在公交站牌下躲着雨，想坐三轮车，又觉得耽误时间。这几样小玩意儿，简直和《红楼梦》中的茄鲞差不多了。他设想了一下线路，打车先去九中，买奶茶的时间短，可以让的士在路边等着，然后去文化宫买炒凉皮，最后买烤牛肉串，既节约时间，也能最大限度地保持牛肉串的热辣味道。

回到酒店房间，戴晓雪竟然起床了，裹着浴巾坐在写字台前，在笔记本电脑上写稿子。李雷站在她背后看了看，发现戴晓雪虽然用的是拼音输入法，但指法非常纯熟，噼里啪啦，充满了霸气。她的背挺得很直，全身心投入的样子，很难想象她刚才还在发烧。屏幕上的字，像火车一样微微颤动着往前行进，偶尔停滞一下，也如同火车在小站的短暂停留，接着又迅速恢复了它的速度。李雷说："你好厉害啊！"戴晓雪并不言语，仍然噼里啪啦，声音比外面的雨点更急促、更有力。

过了一会儿，戴晓雪说了声"好了"，重重地敲击了下键盘，保存了文件。转过脸来，她像一下子从梦境回到现实世界，挺拔的背立刻软了下来，身躯变得柔弱可人。看到李雷买回来的东西，尖叫了一声，夸张地说："李雷，你好棒啊！都是我爱吃的。"

戴晓雪一样尝几口，似乎胃口很差，并未吃多少，蹙着眉头说："我想吃米酒汤圆，哪儿有啊？"

李雷简直有点愠怒了，但想到酒店旁边的胡同里有卖的，几十米远，就忍住了，咬着牙淡定地说："我知道有家米酒汤圆做得好，我去买。"不待戴晓雪说话，他就走出了房门。

汤圆买回来时，戴晓雪正躺在床上看电视，她一下子跳起来，站在床沿把汤圆接过去，放在床头柜上，笑眯眯地看着李雷，嗲着腔说："李雷，认识你真好啊！"

戴晓雪只吃了两个汤圆，把碗一推，噘着嘴说："不吃了，你吃完它。"李雷说："我刚吃过了。"戴晓雪眉头一皱："不行，你吃，必须吃！"李雷只好端过碗，其实他不太喜欢吃甜食。

"我想吃糖了……"戴晓雪低声说。

李雷下床从皮箱里找出糖来，剥开喂了她一颗，说："怎么这样喜欢薄荷糖呢？"戴晓雪说："喜欢就是喜欢，不需要理由吧！"

李雷搂着戴晓雪的脖子，两个人像蛇一样缠在一起。李雷感觉她的身体凉凉的，冰肌玉骨，爽滑宜人。吃着糖，戴晓雪轻声说："我在广州认识两个男孩。一个是我喜欢的，正在读博士；另一个谈不上喜欢，但他在法院工作，是个法官。你说我该选哪个？"李雷想了一会儿，说："选你喜欢的。"戴晓雪尖叫起来："指望他什么时候也买不起房子，我可不想当房奴！"李雷沉默了一会儿，说："那，那就法院的吧！"戴晓雪"嗯"了一声，似乎对这个答案很满意，她的手在李雷后背拍了拍。

4

秋天的时候，李雷去了广州一趟。

戴晓雪两个月没有回申城，一直说在写稿，码字儿，昏天黑地的，仿佛她是一个建筑师，汉字就是她手中的砖头，码码码，一座房子就成了。李雷说："悠着点儿啊，熬夜可是要长眼袋的。"戴晓雪说："接了个网上连载的活儿，一天都不能歇，快被榨干了，你来看我吧！"

广州的天气比申城要热许多，找到戴晓雪供职的杂志社时虽已是傍晚时分，李雷仍然一个劲儿地冒汗。离开申城时他外套里还穿着薄毛衣，此刻显得怪异而累赘。毛衣有点旧了，胸前起了许多毛茸茸的球球。李雷想了想，脱下毛衣，塞进了路边墨绿色的垃圾桶。垃圾桶整洁而漂亮，李雷觉得有点像邮筒，不过毛衣塞进去，是不可能邮回申城的。

李雷给戴晓雪发了条短信，说他已到楼下。戴晓雪很快回信："马上下去！"李雷站在门前的一棵榕树下，等了十多分钟，不见戴晓雪出来。他看见门口停着一辆白色的奥迪 TT，单门的，明光锃亮，闪耀着傲人的光泽。它大约就是戴晓雪的同事——那个 90 后女孩的座驾。不远处的另一棵榕树下，有一张固定在路面上的休闲椅，铁艺的椅架，木制的椅面，椅子上坐着一个女孩。如果是在申城，这样的椅子李雷是不会去坐的，他比较知趣，但在广州就顾不得这许多了。他走过去坐在了椅子的另一头，谨慎地与女孩保持着距离。李雷感觉到女孩瞟了他一眼，或是瞪了他一眼，但他装着没看见，背对着女孩，眼睛盯着杂志社的门口。女孩站起来走了。过了一会儿，又来了一对情侣，低声说着话，坐到了李雷旁边。男的贴在女的耳边说了一句什么，女的就嗔笑着掐男的一下。如果在申城遇到这样的情状，李雷会立即起身离开。一张椅子只能坐一对情侣，这似乎已经约定俗成。但李雷较上劲儿了，毫不在意自己的多余。

等了半个多小时，李雷靠在椅背上，昏昏沉沉快要睡着了，忽然有人喊："李雷！"他睁开眼睛，看到戴晓雪站在面前，旁边还有一个肥胖的中年男子，留着长长的头发、浓密的胡子，像传说中的大导演。戴晓雪的头发变了，原来的黄色直发变成了黑色的烫发，额前留了几绺，仍然挑染成黄色，像几片枫叶点缀在绿色的丛林中，增添了几分俏丽。戴晓雪说："走吧，我们去吃饭。"她声音清脆，表情坦荡。李雷看了看他们，有心想去跟长发男子握个手，但那男子却离他更远一点，似乎并没有握手的意思。戴晓雪没给长发男子和李雷做相互介绍，转身就走。她和长发男子走在前面，边走边说着什么，慢慢地李雷就落在后面，有点悻悻的。街两边浓荫遮蔽，掩隐着水果店、烟酒店和一些小吃店。李雷觉得有点无趣，索性压慢步子，故意拖在后面。他想让自己显得突兀一些，其实这也让戴晓雪和长发男子跟他一样突兀。李雷左顾右盼，一个人百无聊赖。戴晓雪和长发男子似乎并未发现李雷离他俩越来越远，过了一会儿，拉开足有一百多米的时候，他俩忽然站住了，一齐回头看着李雷，等待着他慢慢跟上来。李雷仍然压着步子，慢腾腾地走着，快要接近他们的时候，他俩又转回身子，继续边说边走，仿佛李雷是一条跟随在他们身后的狗，只要在他们目光所及的范围之内就行了。李雷闷闷的，甚至有点想赌气转身离开。但一抬头，他俩又在一齐回头看着他。

拐过几条街道，他俩终于走进一家餐馆。餐馆位于一个菜市场门口，装修一般，就餐的人很多，嘈杂而无序。戴晓雪从女服务员手里接过菜单，用手在上面点了几下，口里说："这，这，这，还有这个，好了。"女服务员站在旁边用圆珠笔快速地记着，李雷本来想要瓶啤酒，但看长发男子和戴晓雪都没有喝酒的意思，只好作罢。吃饭时，长发男子和戴晓雪仍然说个不停。谁谁写的是假稿，杂志社打电话核实时，找个托儿糊弄过去了；谁谁最近稿子发得多，赚了十多万；谁谁把某杂志承包了，发行搞得火……李雷一声不吭，快吃完的时候，去趟卫生间，拐到吧台埋了单。

回到桌上，戴晓雪看了一眼李雷，问："你去埋单了吗？"李雷点点头："嗯。"长发男子有点吃惊的样子，说："一共多少钱？"李雷觉得他问得很没意思，说："一百多块。"长发男子不依不饶，接着问："一百多少？"戴晓雪也看着他，似乎在等待他的回答。李雷只好说："一百二。"长发男子立刻放下筷子，掏出自己的钱包翻了起来，他连翻了几个夹层，最后掏出一张五十元的票子放在桌上。李雷有点不知所措，戴晓雪却表情淡然，也低头翻自己的挎包，掏出一张十元的，递给长发男子，长发男子一声不吭地接过去，塞进钱包里。

从餐馆出来，长发男子与戴晓雪和李雷分手，自己沿着街道离开了。

戴晓雪带着李雷，顺着菜场往里走，她指着菜场深处说："我住在最里面。"李雷说："你们掏钱找钱的，搞什么搞？"戴晓雪说："AA制啊，我们同事在外面吃饭全AA制。"李雷"哦"了一声，说："你们好残酷啊！"戴晓雪一笑，说："广州人就这样，我们入乡随俗。你没见过比这A得更厉害的，有时A得找不开了，差一元钱，但下次也记着给你。"李雷摇了摇头，忽然觉得轻松许多，说："他是你们同事啊？"戴晓雪吃惊道："你连他都不知道啊？"然后拍了一下自己的脑门："哦，忘了告诉你，他就是大名鼎鼎的丛林大鳄，著名的网络写手啊，我们编辑部的主任。"李雷说："丛林大鳄？倒挺适合他的。"戴晓雪笑了一下："他取这个名字，可不是觉得适合他。他说在网上打牌时，这个名字可以吓唬人，他就能赢！"李雷摇摇头，觉得有点不可理喻，都是什么啊，乱七八糟的。走到一家便利店门口，戴晓雪忽然站住了，贴在李雷耳边说："你去买那个，我家没有了。"李雷不明所以："买什么？"戴晓雪用手比一个圈圈状。李雷说："哦，好的，薄荷糖。"戴晓雪捶了他一下。

菜市场的角落有一幢破旧的住宅楼，楼道黑乎乎的，俩人像瞎子一样摸上去。戴晓雪打开灯，李雷一下子惊呆了，这是一套一居室，除了厨房和卫生间，只剩一个房间，既是卧室，也是餐厅和客厅。但眼前，活脱脱一个大垃圾场。门前是一堆鞋子，甚至还有冬季穿的靴子，大约从去年冬天起就丢弃在地上。一张小餐桌，上面乱七八糟地放着雀巢脆脆鲨、德芙巧克力、一摞打印的稿件，还散落着数不清的口红。一张双人床，靠里面半边横七竖八地堆着各类时尚杂志，很多都翻开着，像一只只张着翅膀的翻毛鸡。床对面的地上，是堆积如山的衣服，夹杂着一些包装箱和食品袋。床头柜上，放着一个没有盖子的大饼干盒，里面盛着各色装饰物件，全是精品店里的零碎儿。床对面有一个古旧的衣柜，柜子顶上高高地放着一台老式电视机。李雷站在房间中央，说："我的神啊，你怎么是这样邋遢的一个女孩啊！"戴晓雪嘿嘿地笑着："见识了吧，哼，不邋遢不女孩！"李雷二话不说，开始帮戴晓雪清理房间。桌上的口红，李雷数了一下，竟然有十多支。李雷问："你买这么多口红干什么？"戴晓雪正在翻那个衣柜，头也不回地说："一个女同事整天拿着一支香奈儿口红在我眼前晃悠，张口闭口香奈儿，我一下子去买了一盒套装，十六支，花了八千多，她从此就闭嘴了！"李雷摇摇头说："晕，算你狠！"

李雷抖开那堆衣服，靠墙壁立着一张大幅照片，拿起来一看，是戴晓雪笑容灿烂地抱着一只黄色的小熊维尼。照片外面有几个龙飞凤舞的签字：我和我儿子！李雷忍不住爆笑，笑得直不起腰。戴晓雪见了，挤了挤眼睛，很神气的样子。衣服的最下面，有一大塑料桶白酒，大约五斤，是超市里常见的廉价白酒。李雷惊叹不已："这是你喝的酒吗？"戴晓雪从柜子里找出一条裙子，放身上比画了一下："我来秀一下才买的裙子！"她看了看李雷，点头说："是啊，是我喝的。"李雷说："你干吗不喝啤酒呢？喝这么多白酒，也太夸张了吧！"戴晓雪淡然地说："喝啤酒肚子胀！"她的理由，让李雷佩服得想死。

李雷忙活了足足两个小时，戴晓雪的房子，由一个乱七八糟的垃圾场变成了井然有序的小蜗居。戴晓雪在卫生间里洗了澡，裹着浴巾靠在床上，笑呵呵地看着李雷，仿佛看着一个傻瓜。清理完了，李雷也去洗个澡，然后走出来，躺倒在她的旁边，顿觉浑身疲倦。戴晓雪微微笑着，从舌尖顶出一颗化了一半的环形薄荷糖，喂进李雷嘴里……

折腾罢了，已经午夜十二点钟。李雷又去冲个澡，回到床前时，戴晓雪四仰八叉地躺在床上，嗲着腔说："Come on baby, come on baby……"面对她顽皮的挑逗，李雷摇了摇头，认输似的躺到床上。看到李雷的窘状，戴晓雪开心地哈哈大笑。她翻身找出一袋旺旺煎豆，用牙齿咬开口子，倒在嘴里脆脆地咀嚼。李雷困乏至极，倒头想睡。戴晓雪摇摇他："哎，你说我哪儿最漂亮？"李雷含糊地说："鼻子吧！"戴晓雪尖叫起来："天啊，你真是牛人啊，厉害！"李雷说："这算哪门子牛啊！"戴晓雪戳了一下他的脑门："假的，我的鼻子垫过的，不然能有这么挺吗？"李雷摇了摇头："你身上有什么是真的啊？"戴晓雪仍然笑着，似乎开心极了，笑罢，忽然认真地说："跟你说件事儿！"李雷"嗯"了一声。戴晓雪边嚼煎豆边说："一个是年轻的法官，但穷得很，跟我一样穷；另一个是离婚的中年人，带个孩子，但很有钱。我该选哪个？"李雷快睡着了，轻轻哼了一声。戴晓雪猛地捶了他一下，厉声说："你说嘛！死样子！"李雷睁开眼睛，清醒过来，想了想说："法官吧！"戴晓雪鄙视道："没有钱，老子怎么过啊！"那神情，好像李雷就是那个法官似的。李雷说："那就中年人吧！"戴晓雪立刻眉开眼笑，嗲声说："就是嘛，你不知道，中年人，尤其是离过婚的中年人最懂得体贴人了。"话音刚落，戴晓雪的手机响了起来。她从床上跳起来，清了清嗓子："嗯……嗯……现在呀……翡翠明珠？好，那等会儿见！"李雷瞪大眼睛，不知道发生了什么，睡意全无。挂了电话，戴晓雪恨恨地骂道："秦大嘴巴，你妈的！"李雷吃惊地问："发生了什么事儿？"戴晓雪愤愤不平地说："我们总编在外面唱歌，打电话让我过去玩。"李雷一下子觉得胸口坠得厉害，有点疼，说："你就说已经睡觉了不行吗？"戴晓雪并不说话，扔下手机，开始急急地穿衣服。她的动作非常麻利，像军营里训练有素的女兵。最后，她一手提挎包一手抓起手机，头也不回地说："宝贝，你先睡，别等我。"不待李雷说话，就"嘭"的一声关上了门。

也不知过了多久，李雷觉得像有一只猫朝自己胸前拱来，同时闻到一股浓重的酒气。他睁开眼睛，黑乎乎的，但他知道是戴晓雪回来了。她抱着李雷，嘴里呜咽着，手在他的后背上摩挲，像在表达歉意，又像是喃喃自语。

5

冬天来了，第一场大雪纷纷扬扬地飘落下来。申城是著名的宜居城市，如果说冬天的申城也有尘埃的话，那就是满天的飞雪。

林枫给李雷打电话，说："你见到戴晓雪了吧？"李雷很吃惊："没有啊，她回来了吗？"林枫在电话那边说："她没告诉你啊，余虹见到她了，那女人真厉害，买了一辆大众甲壳虫，自己从广州开回来了！"李雷"哦"了一声，他惊异中有点羞愧，心里五味杂陈。

甲壳虫虽然比奥迪 TT 逊色一点，但李雷觉得已经足够惊艳。

不联系就不联系吧，一辆甲壳虫，让李雷觉得戴晓雪的生活步入了真正的快车道，离他越来越远了。

戴晓雪还是给李雷打来了电话，约他到北京路的金帝咖啡见面。

一脚走进咖啡店，李雷立刻感受到迎面而来的暖暖热气。他左右扫了一眼，戴晓雪正坐在一个靠窗户的位置，微笑着冲他招手。桌上有一壶南山咖啡，热气氤氲。

见到李雷，戴晓雪微微一笑，从包里掏出一个信封，递了过来。

李雷皱着眉头说："什么？钱吗？"

戴晓雪扑哧一声笑了："你还是这副鬼样子！"继而脸色一正，说："我这次回来是办去澳大利亚的护照，这里面是资料，我等不及了，你帮我办理好，快递邮寄给我。"

李雷说："去澳大利亚？旅游吗？"

"算是吧！"戴晓雪变得比以前矜持，也多了某种优雅，"先去看看，移民也说不定。”

“哦。”两个多月不见，李雷觉得对戴晓雪有一点儿陌生，一时失语。

窗外的雪花漫天飞扬，坐在咖啡店里，看着街上匆忙的行人，更衬托出店内的温暖。两个人静静地喝着咖啡，不知说什么好，只听见咖啡匙轻轻撞击杯子的声响。

一切像陷入了梦境之中。

“就这样吧，我还有点事，要先走了。”戴晓雪先从梦境中醒来，她站起来，走出几步，又转过脸来，粲然一笑，“拜托你了，单已经埋过了。”

李雷怅然地坐在座位上，咖啡店里的钢琴师正在弹奏一首欢快悠扬的曲子，李雷却觉得有一种莫名的伤感。忽然，他看到戴晓雪的座位上遗留下一样东西。他起身捡了起来，是一卷薄荷糖。是的，隔着包装纸，他都知道是那种环形的薄荷糖。他撕开糖纸，将十多颗薄荷糖全部塞进嘴里，一股浓烈的又辣又凉的味道瞬间刺激得他直想流泪。

原载于《清明》2012 年第 4 期

看 日 出

女儿出生的那一年，李东东觉得他和刘晓娟的那个窝终于像个家了。人们不是把没要孩子的夫妻称为丁克一族，把他们的家称为二人世界嘛。有了孩子，就成了三口之家。可见，孩子是“家”成立的标志。刘晓娟也是，从那时开始，说话喜欢说“全家”如何，“全家”一起怎样，语气中透出轻狂、骄傲与满足，似乎拥有的是整个世界。

刘晓娟有个愿望，全家去鸡公山玩一次，看一次日出。她和李东东是大学同学，毕业后同在申城工作，说来寒碜，她还未去鸡公山痛快玩一回，虽然它离市区只有五十公里。李东东说：“去鸡公山又不是去旧金山，这算什么愿望，不值一提。”

但这个不值一提的愿望，却把李东东绊住了，一想起来就十分沮丧。刘晓娟还没下岗的时候，曾蹭单位的车去过鸡公山一次，但上午沿盘旋山路上去，晕乎乎的，在上面吃了顿饭，还没分清东南西北，傍晚就下来了。过后想想，似乎对鸡公山没什么印象。所谓去鸡公山看一次日出，她的潜台词是要在上面住下来。鸡公山的主峰叫报晓峰，“雄鸡一唱天下白”，是避暑和观日出的胜地。不仅要住下，还要天不亮就起床，登上报晓峰，向东方极目远眺，才能真正看一次日出。

小城的面貌变化很快，不断有高层建筑拔地而起，像巨大的塔吊一般，没留神就在身边某个地方竖了起来。他们买房子的时候，小区周围还是郊乡农民的菜地，但现在已经成了混凝土的丛林。由于紧临一条河，附近被开发成高档住宅区，维多利亚、威尼斯、爱琴之海……单听小区名字，让人以为是在欧洲。他们家住在二楼，别说看日出了，一年中只有盛夏酷暑时，太阳才能真正照进阳台，其他大部分时间里，太阳只从对面的楼顶一掠而过，像挥手打个招呼，眨眼就不见了。刘晓娟洗的衣服，大多数是在阳台上阴干的。偶尔周末的时候，才拿到小区下面晒一回。傍晚她将衣服抱回家，总会吸着鼻子说："哈，太阳的味道！"

李东东去过很多次鸡公山，每年总会有一两趟。因为去的次数多了，他反而觉得全家兴师动众大张旗鼓地去鸡公山，似乎不值得。真要看日出，还不如咬咬牙去泰山、黄山呢。算算费用的话，其实也差不了多少，去哪儿都要掏住宿费，只是去泰山、黄山多点车票钱而已，但它们是名山大川，鸡公山与之相比，简直是穷山恶水了，境界是有天壤之别的。刘晓娟说："行啊，不管泰山还是黄山，重要的是什么时候去？"李东东噎住了，闷头在网上搜索了一番，最后得出结论：如果抱着观日出的目的去泰山、黄山，恐怕多半会失望的。因为受天气影响，成功观日出的概率只有百分之六十。就算天气很好，名山胜景，云层变幻莫测，太阳也可能被遮挡。刘晓娟撇着嘴说："说来千条计，论真是个屁！"目光里充满了轻视与鄙夷。

所幸他们买房子时，房价还没有被炒起来，他们有信心在十年以内还清房贷。在刘晓娟看来，生活的全部就是攒钱。攒钱是生活的过程，也是生活的目的，她似乎要在攒钱中把日子消磨掉。李东东的工资卡交给刘晓娟，自己一分钱不留。他喜欢打牌，牌技还不错，经常和同事们切磋，全指望牌桌上赢点零花钱。

钱包干瘪，腰板也发软，李东东每次接老同学电话都心惊肉跳，如临大敌，往往是同窗路过小城，就算短暂相见，自己也总要安排一个饭局，尽一下地主之谊，而这成了他难以承受的负担。王剑是他大学时睡在邻铺的兄弟，有一次从申城路过，到家里看看。李东东一高兴，对刘晓娟说："机会难得，全家一起去鸡公山玩玩吧！"

刘晓娟不接腔，给他使了一个眼色。趁着刘晓娟在厨房炒菜的空儿，李东东又去说这事儿："一块儿去吧，这回圆你的日出梦！"刘晓娟说："我们不去了，你们上去玩当天可以回来。我们若去，就得住下，开销就大了。"李东东听了，沉默不语，品品是那个理儿，就独自带王剑去鸡公山转了一圈，报晓峰、蒋介石的防空洞、宋美龄的舞厅，几个景点都看了看，告诉他说："鸡公山主要是避暑，并没有什么好玩的，我们本地人，还是更喜欢去南湾湖游泳。"

刘晓娟在市化工厂当会计，生女儿盈盈的时候，休了个漫长的产假，产假期间她去过厂里几次，岗位已被别人顶了，领导让她暂时待岗，发百分之六十工资。在家耗了两年，化工厂不断传来要改制的消息。刘晓娟一遍遍往厂里跑，神情越来越落寞，一天到晚总蹙着眉，恍恍惚惚的，有时吃饭吃着吃着就停住了，甚至喝水也能不自觉地喝呛了，剧烈地咳嗽起来。终于，她下岗了。

职工们认为改制方案对个人补偿得太少，是卸完磨杀驴吃，贪官污吏不去整治，拿广大职工开刀。大家伙制作了横幅标语，去堵市政府的大门，这样的上访活动每个月都会有一次。往往在深夜，刘晓娟接到联络人的电话，跟地下党接头似的，约定第二天几点几刻行动。她一次次被撺掇着跟去，又灰头土脸地回来，虽没闹出什么名堂，性子却越发倔强了。那段时间李东东就负责买菜，想法儿做她喜欢吃的菜，凉拌金针菇、腊肉炒西芹、胡萝卜炒杏鲍菇，或者下班路上给她带一份胡辣汤、炒凉皮。但刘晓娟仍然横挑鼻子竖挑眼，这个咸了，那个淡了。李东东说："天塌下来有大个子顶着，厂里的事咱们不掺和，明儿去鸡公山玩玩吧！"刘晓娟瞪大眼睛看着李东东，似乎在说："这样的情况下你还有心情玩，怎能说出口？"

刘晓娟决计要出去闯闯，找点事情做，不甘心就这样与社会割裂，做一个耳目闭塞的家庭主妇。李东东不同意，说："女人出去做事，是有风险的。"刘晓娟说："有什么风险，出去做事的又不是只我一个。”李东东言辞闪烁：“……女人在外面，可不容易混……”刘晓娟说：“不试试怎能知道，我出去闯一下，就算碰个头破血流，也死了这个心！”李东东闷声不响，逼得烦了，就吼道：“现在的老板没几个好东西，女的在外面端人家的饭碗，能有好果子吃吗？不蜕层皮也舍身肉，我绝不让你出去！”刘晓娟哭了起来，抹着眼泪说：“我都是孩儿她娘了，还有哪个能看上我嘛！”李东东还是摇头：“如果出去开店，我们没钱投入，也承担不起风险。如果你去给别人打工，那能挣多少钱？你报个数，我出去找个兼职，赚回来给你，算我包养了你行吧？”刘晓娟又破涕为笑，但转瞬还是接着闹，一副不出去“闯”一下决不罢休的架势。

李东东单位的领导出于对刘晓娟的同情，找门路给她批了一间报亭，就在离小区不太远的十字路口。卖报刊，也卖香烟饮料。刘晓娟挺满意，可是邮政局规定每个月要完成五千块钱的邮政报刊销售任务，报亭是新开的，没有老客户，压力挺大。刘晓娟每天早早起床做饭。不仅做早饭，还一并将午饭也做了，放在保温饭盒里，中午在报亭吃。每有一单生意，她都在本子上记一笔，像结绳记事一般，晚上关门前再核对一遍。有时候迟迟不回家，李东东去接，刘晓娟还在皱着眉头盘账，像被困在一个数字迷宫里。李东东说：“不用天天算账，肉烂在锅里，算不算就那么回事。”刘晓娟不理他，一副走神的样子，似乎正陷入某种回忆，努力将白天的情形一一再现出来。但是，刘晓娟纵然心里百般惆怅，做生意时却绝不挂在脸上。见人一脸灿烂，不笑不说话，以求赢得客人的青睐，多多照顾自己的生意。

刘晓娟一投身报亭，接送孩子去幼儿园，还有洗衣服、做晚饭等家务活就成了李东东的事儿。他觉得自己很窝囊，但老家乡镇的副镇长却并不这么认为。副镇长知道李东东大学毕业，留在城里工作，老说李东东是家乡的骄傲。一个周末，副镇长打来电话，说到市里来了，要去鸡公山玩玩。李东东手头拮据，深感捉襟见肘，但家乡的人找来了，人活一张脸，只能咬牙挺住，满口应承说："我陪您一块儿上去！"又给刘晓娟打电话，商量说："副镇长找咱，是看得起咱，关键时刻可不能装熊，钱必须花，干脆我们全家一块儿上去吧，副镇长带的有车！""去鸡公山？"刘晓娟还没答应，李东东听见电话那头盈盈已叫嚷开了，叫嚷着要去，刘晓娟说："那好吧，你来接我们。"

离报亭还有一百多米远，李东东就让副镇长的别克车停下来，自己走过去。刘晓娟并没有收拾东西的迹象，盈盈却在角落里捂着眼睛哭鼻子。李东东说："怎么回事，还没行动，快点啊！"刘晓娟不理他，回头恨恨地说："一说出去玩，就这般来劲了，光知道疯，学习怎么没这般积极！"李东东说："这是干吗啊，出去玩别打孩子！"刘晓娟眉梢一挑："生意刚有点起色，走得开吗？"她的手猛拍一下面前的一摞报纸："这是刚刚送来的，关一天门至少损失两三百，再说我们不去，人少一些，钱总可以少花点。"李东东回头看了看副镇长的别克车，面有难色。"我们虽然很想去，但眼下还不行。"刘晓娟推了他一把，"你就说老婆孩子都晕车，盘山路更受不了！"

李东东不断地接到乡下父亲的电话，说是母亲病了，总是眩晕、呕吐，在镇医院、县医院都看了，总不见好。李东东和刘晓娟商量着把父母接过来，在市医院系统地检查一下。见到母亲时，李东东快认不出了，母亲双眼浮肿，面色灰暗，形容憔悴，感觉老了很多。李东东是家中独子，父亲原来是镇政府的一般干部，母亲是农民。父亲退休以后，老两口就住在镇上。李东东逢年过节才能回家一趟，之前他跟父母说得很清楚，过两年自己条件好一点的时候，父母最终是要到市里跟随自己生活的。母亲的化验结果拿回家了，开始时李东东也认识不足，并没意识到严重性，淡淡地说："大部分指标都没什么异常，只是一项阳性，丙肝。"父母对丙肝也不太懂，倒是在沙发上玩耍的盈盈听到了，大声欢呼道："我要吃饼干！我要吃饼干！”

李东东给在医院工作的一个同学打电话，询问能不能介绍个医生，把母亲的病治好。同学说：“丙肝治不好的。”李东东心里咯噔一下，问：“不是说只有乙肝治不好吗？甲肝之类的，来得快，去得也快吗？”同学说：“是的，甲肝是急性的，但丙肝跟乙肝一样，也是无法治愈的，只能终身携带，与病毒和平相处。”李东东愣住了，同学又说：“原发性丙肝非常少，你母亲是不是输过血？”李东东拍拍脑袋，猛然想起，六七年前母亲在镇卫生院做过子宫切除手术，当时输过血。同学说：“那就对了，应该是输血传染的，那时血液制品检测项目不包含丙肝病毒……”一种切肤之痛袭遍全身，令李东东不由得战栗起来，母亲一生就做过这一次手术，怎料会遭遇如此冷酷的现实，太让人揪心了。

李东东回家把情况说了一遍，他的语气尽可能地轻描淡写：“我在网上搜到很多跟你一样因手术感染的人，这种情况可以起诉镇卫生院，要求他们给予赔偿。”“杜二江已经死了，找谁去赔！”母亲怨恨地说道。李东东不知道杜二江是谁，父亲说杜二江是镇卫生院的院长，当年的主刀医生，是他拍胸脯说切除子宫是小手术，他可以做，并且比大医院做得更细致，价格更便宜。但杜二江三年前得病已经死了，而且还是得肝癌死的。李东东说：“就这也可以去告，不是告他个人，告的是镇卫生院。或者去上访，只要敢闹，一定可以争取到赔偿。”父亲摇摇头，叹息了一声：“在镇上混了那么多年，哪能丢那个人啊！”母亲默默无语，暗自抽泣，一家人全都陷入哀伤。“罢了！”李东东安慰母亲说，“都是命啊，你也不要太担心，医生说把转氨酶降下去，病毒只携带没有关系，可以携带很多年的，身体也不会有感觉。”

李东东想让母亲留在城里住着，本来已经说妥了。但吃饭时，刘晓娟给母亲单独准备了碗筷，意思是怕母亲的病传染，也是为大家着想。母亲的面子可能放不开了，跟父亲小声嘀咕，商量了几回，老两口一致说城里的房子见不到阳光，憋得难受，要带着药回乡下养病。

生活还得继续，城市框架不断扩大，市领导豪情万丈，在东部搞产业转移，同时打造中部经济区。鸡公山的命运也迎来了巨大转折，市里引进一家泰国旅游集团，据说拟投入数亿巨资，全面提升景区的档次。以前如果能认识个熟人，打个招呼，或许就可以上山了。现在外资一介入，鸡公山似乎就成了私人领地，变脸为跨国集团的“独立王国”，任何人去景区都得买票，甚至市委书记上去考察调研，也笑呵呵地买了一张，并且上了电视，给全市人民做表率。

鸡公山的宣传片，由某著名导演拍摄，请来一个当红女星身着薄纱在瀑布下戏水，把鸡公山风光演绎得如诗如画，晚上在电视里不停地播出。李东东看到片子，想起刘晓娟去鸡公山上看日出的愿望，就说：“咱们全家去鸡公山玩玩吧，说了好几年了，这次来真的。”刘晓娟当即赞同，其实这个愿望已化为她胸中郁结的块垒，一日不实现，就无法排遣和消除，成为一种持久的折磨。现在看到鸡公山的电视广告，她似乎一刻也等不及了，夜晚就开始收拾东西，洗漱用品、各种零食、保温壶、充电器，甚至连晚上散步的拖鞋也准备了。

第二天早上，李东东给本城的好朋友张庆红打电话，问他想不想去鸡公山玩一下，大家一块儿去。张庆红当头浇了一盆冷水，说：“山上门票涨价了，我才不去玩！”“噢，”李东东愕然，“涨了多少，以前不是三十元吗？”张庆红说：“现在一个人八十，私家车也不让上去，必须坐景区的车上下山，每人再收车费二十，算下来要一百了。”

李东东不太相信，又给另外一个朋友打电话核实，确实如此，不仅门票涨成八十，而且外企已将山上的宾馆全部收购了，垄断经营，统一提价，现在住一晚最少要四百多元。李东东挂了电话，开始从旅游包里往外掏自己的剃须刀，嘴里说：“崩盘了，鸡公山去不成了。”刘晓娟正在刷牙，她瞪着李东东“唔唔”地摇着头，表示不愿意。因为她不仅想去鸡公山上看日出，还想抽签，她听说报晓峰有一个抽签的先生，非常灵，能神奇地预测每个人的命，传得活灵活现的。她想算算自己的命，是不是一辈子就这样耗在那间报亭里，现在的生活到底什么时候是个头儿。李东东咬着牙说：“不去了，那帮孙子太不要脸了！”刘晓娟吐掉口里的泡沫说：“为什么不去？神经病啊，都收拾好了。”李东东把详情一说，气愤道：“鸡公山这回可让外资糟践透了！”刘晓娟冷冷地说：“鸡公山又不是你家的，扯那么多干吗，我们看一次日出，能花多少钱？”李东东固执地说：“不是舍不得那百八十块钱，只是觉得太不甘心了。故宫、长城才多少钱？才四十元。鸡公山去年还是三十，今年一下子就成了八十，涨价也应该逐年递增吧？这是要老百姓啊！”“李东东！”刘晓娟将毛巾往脸池上一摔，愠怒道：“我永远不再去鸡公山了，你也永远别再拿这事儿恶心我！”李东东在客厅里来回踱步，怅然地说：“不看就不看了，绝了这个念想吧！”

母亲吃完药，胃口比以前好一点，但仍然眩晕、呕吐。李东东惴惴不安地把母亲接回来，再去化验，肝功能各项指标已经正常。医生怀疑是颈椎病，骨质增生压迫神经导致眩晕。于是做核磁共振，不错，母亲确实有颈椎病，平时总说脖子僵硬酸疼。按医生推荐，买了牵引器，天天在家里把脖子套上，自己动手做牵引。折腾了两个月，仍然没有效果，眩晕得厉害的时候，任何人都不能碰，觉得天旋地转，呕吐不止。再去找做核磁共振的医生复诊，医生说：“病人虽有颈椎病，但依照她的情况，绝不至于晕得这么厉害，很多比她严重得多的人，都能正常生活。”李东东问究竟是为何，医生两手一摊，一副无奈状。

在办公室里说起母亲的病，李东东忍不住长吁短叹。一个女同事问：“你母亲血压高不高？”李东东说：“不高，我父亲血压高，母亲血压一直正常，甚至偏低。”“美尼尔氏综合征！”女同事干脆地说，“只要血压不高，头晕就是美尼尔氏综合征。”李东东大吃一惊，说：“你如何知道？”女同事笑道：“我母亲就是，躺在床上，还要把床沿紧紧抓住，大叫床在旋转。”

李东东从网上搜索美尼尔氏综合征的资料，打印出来，仔细一读，的确与母亲的病症非常像，忙带母亲去神经内科，找一个退休返聘的老医生看，急不可耐地向他描述母亲的病情，说怀疑是美尼尔氏综合征。老医生说：“你不要说话。”他指了指李东东的母亲：“我问什么，你自己回答。”老医生询问母亲的一些感受，又按按母亲的腹部，弹弹她的手指，再看看拍的颈椎片子，确定就是美尼尔氏综合征。

找到母亲眩晕的病因，李东东觉得松了一口气，恨不得把以前给母亲看过病的医生个个按住痛捶一番，那么多医生都找不出真正的病因，倒是女同事随意的一句话，抓住要害道破天机。

但美尼尔氏综合征也是非常难以治愈的，用药后缓解了一段，停药后还是反复。母亲有肝病，医生说少吃药，以养为主，不是必须用药就尽量不用药。在这种互相矛盾的需求中，母亲留在了城里，她已经无力控制自己的身体，就算心里想回镇上住，也不愿与李东东争辩。晕几天，好几天，重一段，轻一段。母亲晕还是不晕，像第二天的天气一样难以预料。一大朵沉重的云，似乎每天都飘在头顶。

盈盈读了小学，语文作业开始有看图写话，或者是简短的作文。有一次，老师布置的作文题目是《记一次日出》。晚上回到家里，盈盈问刘晓娟该怎样写。刘晓娟一听就来气，不耐烦地说：“问你爸爸去！”李东东看着盈盈的作业本，心想老师怎么出了这么一个题目，孩子到哪里看日出，不是逼人编瞎话吗？就想着在网上搜一篇，读给女儿听听。父亲从母亲房间里走出来，对盈盈说：“写日出应该这样写，太阳刚出来时像盘子一样大，中午时像碗口一样小，所以早晨离我们近，中午离我们远。可是太阳刚出来时很冷，中午时很热，所以早晨离我们远，中午离我们近……”李东东哭笑不得，说：“别拿孔子添乱了，您这是哪儿跟哪儿啊！”

晚上睡觉时，盈盈还在为作文纠结，她抄了李东东从网上给她找的一段话，却仍然忐忑不安，底气不足。刘晓娟靠在床背上，像是对李东东说，又像是自言自语：“我们全家想去鸡公山看一次日出，说了多少年了？你带各种各样的人去过，外地的同学、老家的领导、本地的朋友，还有乡下的亲戚，带各色人等去，怎么带自己家里人去一次就这么难啊！”李东东正在看书，忍不住重重地叹了一口气，当初一个发乎直觉，甚至漫不经心的简单愿望，多年未能实现，现在愿望本身已经变得越来越夸张，越来越荒诞，像一根可恨的毒刺，一旦想起，就蜇自己一下。全家看一次日出，多么明丽清澈的事情，却似乎深陷于生活的泥泞，已经肮脏油腻、憔悴不堪，简直披上了一种梦魇的色彩。“明年吧！”他无力地摇头道，“明年夏天，我们全家一定要去山上看日出。”

刘晓娟的报亭增加了许多琐碎的业务：代收水电费，给电动车充电，卖一些简单的日用品，甚至还帮别人卖摩托车头盔。她每天起早贪黑，面对无尽的鸡零狗碎，一地鸡毛，但日子的内里，还是粗枝大叶的简单，周而复始的寡淡，规律得近乎刻板。老头老太太们交个水电费，往往要掏出上个月的小票存根，眯着眼睛对照半天。刘晓娟也陪着耐心，老人们看不清了，甚至还要接过来，帮他们辨认清楚，说个明白，让他们安心。刘晓娟原有一头乌黑油亮的头发，以前在厂里很引以为傲的，如今变得干巴巴的，带着一股萧索气，她把自己“闯”成了一个彻头彻尾的市井妇女。

母亲的病好转了一些，虽然还时不时眩晕，但已经不再呕吐，精神比从前强了许多。李东东觉得压抑在心里的一种隐痛，慢慢地消减了些，只是仍有一些无法言明的担心。他时常安慰母亲：

“现代医学发现丙肝病毒不过三十余年，这三十余年在人类历史的长河中，不过是弹指一瞬间，短暂得几乎可以忽略不计，过往的人在不能体察该病毒的情形下，不都过得很安然吗？一切都是命，无法掌控、无力改变、不可逆转的命，我们不能因此与这个世界对峙，陷入彻底的绝望……”母亲轻叹一口气说：“我只要头不晕就行了，丙肝不丙肝的，无所谓。”李东东不由得心生酸楚，母亲对丙肝病毒究竟是什么，说到底是懵懂无知的，这是她的不幸，也是她的幸运。

周末的时候，刘晓娟和李东东商量，全家去鸡公山玩一次，并且下定决心住一晚，看一次日出。盈盈跳起来保证，她将写一篇六百字的记叙文。李东东觉得，命运不仅捉弄人，有时也胁迫人，他们全家就是被那个看日出的愿望胁迫了，劫持了，绑架了，到了快让人崩溃的地步。鸡公山宛若一尊雕塑，将他们全家的愿望凝固在了那里，栉风沐雨，岿然不动。

刘晓娟大半夜还在收拾背包，不断打开来，或塞进新的东西，或检查一下还有什么纰漏，那状态似乎将要攀登珠穆朗玛峰，整装待发的过程，就已经是一种享受了。对于李东东而言，全家看一次日出，则像完成一次自我救赎。一旦真正地决定下来，就仿佛卸下了多年来深入骨髓的重负。他关掉手机，暗自决定在出发之前，不会接打任何电话，保证行动不会受到干扰。他心里涌起一种胜券在握的笃定与超脱，晚上睡觉也格外踏实。

这是不同寻常的一天，5 月 26 日，星期六，还是刘晓娟的生日。她很早就起床了，给全家人做好了早饭。

临出门时，母亲还在床上躺着，昏昏沉沉地睡着，似乎半睡半醒。父亲起得早，在阳台上捯饬几盆吊兰。因为母亲，李东东知道叫父亲同去很不现实，话到嘴边，又觉得说什么都是废话，索性也懒得说。父亲似乎看透了李东东的踌躇，摆着手说：“你们去吧，鸡公山我以前去过好多次了。”

最高兴的是盈盈，在她的印象中，全家几乎没有一块儿出去玩过。报亭像个狭小的监狱，把刘晓娟囚在里面，这就像多年来的一次放风的机会。

远远就可以看到鸡公山的山门变了，镌刻上了泰国旅游集团的中英文标志，熠熠生辉，透出一种咄咄逼人的气势。民国时期，鸡公山上兴建了大量不同风格的外国建筑，有“万国建筑博览园”之称。泰国旅游集团似乎为了强化这一特征，又在沿途兴建新的仿古别墅，青石垒砌，像模像样。盘山路上，盈盈一直在分辨哪栋别墅是“原作”，哪栋别墅是“赝品”。山上有两条古街，分别叫南街和北街。街上居住的是当地的山民，大多经营着餐馆或私家客房。

李东东在南街找到一家私人旅馆，其实就是一套住宅，一居室，五十平方米左右。每天一百八十元，相比泰国旅游集团控制的正规酒店，还是要便宜得多。

安顿下来之后，洗漱一下，吃了点水果，一家人慢慢感觉到房间的狭小与局促。李东东说：“我们先去报晓峰那边玩玩吧，探探路，和明天早上看日出并不矛盾。”刘晓娟说：“好，我得换上软底鞋，不然走路吃不消。”

他们沿着南街拾级北上，眼前是一个小湖泊，叫月湖。湖不大，水呈碧绿色，湖边竖了块牌子，写着“禁止垂钓”，但旁边却有两个人正在垂钓，非常悠闲惬意的样子。盈盈大声地读出牌子上的字：“禁——止——垂——！”刘晓娟捂住她的嘴巴：“别念，惹人嫌！”李东东偶尔也钓鱼，他与垂钓者聊了几句，询问怎样抄近路去报晓峰。钓鱼者指着旁边的一片松树林，说穿过树林右拐就是。

松树林里有一条土路，蜿蜒向上，时陡时缓，盈盈非常兴奋，一直跑在前面，倒是刘晓娟，走了一截就喊累，感叹多年坐报亭，胳膊腿儿都坐废了。盈盈一惊一乍的，一会儿为某个树干上趴着一只天牛尖叫，一会儿为眼前嗡嗡飞过一只金龟子惊呼。路过一个开阔处，一群工人正在用混凝土粉刷一尊露天大佛，大佛足有二十余米高，袒胸露乳，硕大无朋，非常突兀。佛像四周正在起地基，嘈杂混乱，污水横流。李东东询问之后，才知原来是在修建庙宇，由于佛像太大，大殿建成后无法搬进去，只得先塑佛像真身，然后再在外围建造大殿。刘晓娟听得直咂舌："怎么这样啊，对佛祖太不尊重了吧？"工人们不以为然，斜觑着他们，笑嘻嘻地说着什么。

拐上报晓峰下的直道，李东东指着岩壁上书写的几个遒劲的大字，说："你看那儿写的什么？"刘晓娟慢腾腾地读出："天下第一鸡——"读完自己忍不住先笑了，沉郁的脸上，终于灿烂起来："怎么写这样的字啊，缺心眼吧！"有女游客站在石壁前照相，手里比着"V"形手势，李东东冲刘晓娟挤挤眼，刘晓娟咯咯笑个不停，心情似乎真的放开了。

"那就是报晓峰，整个鸡公山的鸡头，是观日出的最佳地点。"李东东指着前方凸起的山峰说，"相当于泰山的观日峰，黄山的光明顶。"

刘晓娟瞥了他一眼，说："说得跟真事儿似的，你去过吗？"

"虽没去过，但我一直关注，一直期待！"李东东扮个鬼脸，拍拍盈盈的头，笑着说，"有一句古诗，说的是等会儿登上山顶的感觉，叫'会当凌绝顶，一览众山小'……"

这时候，有个人走过来，问他们照不照相，十元钱一张。

刘晓娟说："明天早上你在吧？我们明天早晨照。"

照相的人说："现在夕阳正好，早上哪有人照相啊！"

"我们明天早上来看日出。"盈盈大声说。

"现在看不成日出了！"照相的人看了他们几眼，淡定地说，"报晓峰不让上了，前面的路都封了！"

李东东有点蒙："你说什么？不让上了？"他快步向前跑过去，跨过几层台阶，往里拐个弯，不错，原来登报晓峰的坡道已经被一道石墙挡住了。再抬头看主峰，上面原有的栅栏也拆除了。

一家人愣在那里，呆若木鸡，望着高处的报晓峰，说不出话来。

"如果我们有热气球就好了！"盈盈天真地说，"可以坐着热气球升到报晓峰上去。”

刘晓娟搂过女儿，眼睛一热，差点落泪。

晚风掠过耳畔，带着一种浩荡而凌厉的凉意。

李东东左手攥住刘晓娟，右手攥住李盈盈，顺着来时的路，往南街走去。照相的人站在远处，仍不甘心地劝他们照一张。三个人都不说话，他们步幅缓慢，节奏一致，像在步测一段距离。

原载于《江南》2013年第2期

关于女诗人睢鸠的谈话录

前日，我和申城诗歌界的三个诗人朋友在茶馆喝茶。申城是茶乡，盛产毛尖。申城人也多有喝茶品茶的嗜好，从下午至深夜，在繁华喧闹的街头，在僻静幽深的巷角，各色古朴雅致的茶馆一般都宾客满座。无论是官商精英、社会名流，还是凡夫俗子、下里巴人，均好在茶馆里泡杯毛尖茶，侃侃历史掌故，聊聊社会趣闻，嬉笑怒骂之间，偷得浮生半日闲。那三人(姑且称之为甲、乙、丙)刚参加完本省的一次青年诗会，他们谈起诗会上一个名叫睢鸠的女诗人。让人惊讶的是，他们关于睢鸠的口述差异很大，甚至矛盾重重，我听后如堕云雾，难辨真伪，但又觉得颇为有趣，特作文记录之。换句话说，下文并非笔者杜撰，属于朋友的谈话实录。至于女诗人睢鸠究竟是个什么样的人，我不认识她，暂无从考证。

甲的口述

睢鸠的诗名，我很早之前就听说过，那时她还不像现在这样声名大噪，仅仅是在诗歌刊物上崭露头角。她的名字让人遐想，关关睢鸠，在河之洲嘛！虽然我从未见过她，但心里一直认为她是个美女，起码不会差到哪儿去。会议报到的那天下午，在参会人员通信录上看到她的名字，我就非常兴奋。此次诗会别的收获不提，能认识当红女诗人睢鸠，我就算不虚此行。

会议第一天上午是开幕式，领导在主席台上手捧讲稿滔滔不绝，我听得头昏脑涨，索然无味，就起身走到会场前面拍照，也借机寻找女诗人雎鸠。不认识她，我只能尝试寻找她的席位签。一个身材肥胖的女士，大约实在无法忍受会议的沉闷无趣，第一个起身离开。她用笔记本托举着茶杯，一副不再归来的样子。我留意到她席位签上的名字叫“南燕”，她的身材非常肥硕，估计足有一百八九十斤。由于走道狭窄，她的通过使整排座位都响起了椅子挪动的声音，有的还十分刺耳。在第二排中间的位置，我终于看到写着“雎鸠”的席位签，但座位上没人，是行程彻底取消，还是暂时耽搁稍后赶到？看着空荡荡的座位，我有点扫兴。

会议从北京邀请了两位评论界的大腕：一位是21世纪诗歌研究所所长何璧，另一位是华夏诗歌学会会长胡镇。之所以说他们是大腕，是因为在诗歌界，几乎每天都可以获知他们的消息。前天何璧和胡镇参加杭州西湖国际诗歌节，刊登他们演讲照片的报纸刚刚收到，今天又听说他们在成都出席某华语诗歌评奖活动的颁奖典礼。明天他们在哪里，只消明天夜晚去网上百度一下其中一个的名字，另外一个保准离得不远。他们俩像一对儿大雕，在天上结伴双飞，随时随地接到某诗歌活动的邀请函，一低头扎下去即可。在领导终于念完厚厚的一沓讲稿之后，第二项议程是何璧的讲座。他身材魁梧，长着一脸浓密的大胡子，那做派像个草原歌手或者流浪画家。他没有讲稿，甚至连面前的笔记本都合上了，看都不看一眼，一副无稿胜有稿的样子，我怀疑他是故意做给领导看的。他讲座的题目叫《断裂与背叛——诗人如何在生存困境与精神困境中突围》，虽然他的语调豪放不羁，声音洪亮清晰，但逻辑好像有点问题，始终没搞清楚何谓生存困境，何谓精神困境。它们的联系与区别在哪里？精神困境不属于生存困境的范畴吗？听来听去，我觉得是一笔彻头彻尾的糊涂账，顿感心烦，就走出了会议室。

回到房间，我躺在床上又开始翻阅参会人员通信录，无意间看到“南燕”的名字，不由得一惊，从床上坐了起来，她竟然是本次会议的特邀嘉宾——《后现代诗歌》杂志的主编！就是那个提前离开会场的胖女人!《后现代诗歌》是国内最权威的先锋诗歌刊物,难怪她如此张扬与洒脱啊! 她入住的房间离我不远,她大约已经回到房间了。我确认无误后,决定单独拜访她一下。临去时我带了几组诗,原想如能遇到诗歌界的厉害角儿,就当面请教一二,现在见到南燕主编,应该给她投稿啊! 想当初,雎鸠的处女作《请把我如洋葱般地剥开》就是在《后现代诗歌》杂志上发表的。她这样写道:"请把我如洋葱般地剥开/只要你能忍住眼泪/我愿意在你面前支离破碎……"当时杂志还特别配发了编后语,对雎鸠的诗歌给予了高度的赞誉,说她的才华无法掩饰,她的诗情无须训练,她是天生的后现代诗人! 女诗人雎鸠因此一炮而红,步入诗坛。

南燕房间的门虚掩着,我轻轻敲了敲,推门一看,房间里还有一男一女两个人,男的和南燕并排坐在窗下的沙发上,女的坐在对面。让我没想到的是,男的竟然是与我同住一个房间的外省诗人开开。这家伙言语很短,头晚入住房间以后,我跟他说过几句话,他的回答都只有两三个字,我就索性不再理他,而他很早就睡觉了。开开看到我,愣了一下,脸上掠过一丝惊讶与尴尬,但转瞬即逝,继而站起来微笑着向南燕介绍我,说这是申城的青年诗人某某……南燕摆摆手,很豪爽的样子,示意我在她对面的沙发上坐下。她似乎谈兴正浓,沙发上已经坐着的年轻女子,正在笔记本上记录着什么。我礼貌性地冲那年轻女子点点头,但她埋头写字,并未看到。南燕见状,介绍说:"这是雎鸠,你认识吧?"我心里一震,雎鸠,我在会场上苦寻不见,居然在这里相遇。我有些抑制不住地激动,说:"你好,久仰诗名,非常敬佩!"但雎鸠只是转过脸来,嘴角轻轻撇了一下,似笑非笑,并不说话,仍埋头写写画画。我瞥了一眼,她在本子上写了许多南燕谈话中的关键词。她两腿并拢,收于胸前,笔记本放在弯曲的腿上,一副恬静优雅的淑女之态。我心想,真不愧叫雎鸠啊,这样温婉可人的美人儿,谁见了都会心生爱慕之心。南燕正在阐述后现代诗人的概念,她认为后现代诗人最显著的特质是追求内心的自由，只有内心极度自由，极度释放，才能写出关照心灵的诗歌，完成诗人灵魂的自我救赎……我插话道："雎鸠的《请把我如洋葱般地剥开》就是关照心灵的作品。"南燕眼睛一亮，似乎放出光来，看着我连连点头说："不错，不错，看来你还是读诗的。"我看了看雎鸠，她仍是朝我嘴角轻轻地一撇，笑不露齿的样子，还是一言不发。我看到她在笔记本上写下了"救赎""心灵"两个词，并在下面画了两道横杠，好像是要加深理解。我接着说："这几年我一直很关注雎鸠的诗歌，她的作品一直是直面内心的。"南燕说："嗯，是这样，所以我们杂志一直把雎鸠视作后现代诗歌的旗帜性人物。"这次我看到雎鸠笑了一下，但她仍低着头，发出一种无声而会心的微笑。由此我知道，雎鸠是个清丽脱俗的女诗人，从她身上可以看出，诗歌能够净化人的心灵，锤炼人的品性。我相信，雎鸠这种化蛹为蝶般的美丽，一切皆因为诗。

乙的口述

那天你提前离开，胡镇的讲座没有听到，真是遗憾，热闹得很哪！何璧讲完之后，会议中途大家休息了一会儿。据说在休息的间隙，胡镇得知一则爆炸性消息：一个叫丁克的"下半身诗人"，在网上发帖攻击他和他的学会，说华夏诗歌学会推出的年度诗歌排行榜像菜市场的猪肉摊，上榜的诗歌都是一块块猪肋条，并且年年都是那几块，现在已如同陈年腊肉，丑陋得让人反胃……而他胡镇，对诗歌界横挑鼻子竖挑眼，活脱脱一个口衔杀猪刀比比画画的屠夫……

胡镇那老头本来就比较瘦弱，听说了这个消息，气得脸色发紫，浑身直颤，说话的声音非常沙哑，像一夜没睡觉似的……"刚才，我听说'下半身诗人'丁克在网上对我们华夏诗歌学会进行了无理谩骂，对我个人进行了无端侮辱，对此……”他摇了摇头，“我毫不在乎！”他话一落音，下面就响起一阵哄笑声，都觉得他显然言不由衷，气成那样了还嘴硬。他戴着一副黑框眼镜，由于颤抖得厉害，眼镜总是往下滑，他索性把眼镜摘下来，甩在桌面上。他的眼睛圆瞪，虽然充满怒火，但没有眼镜的衬托，看上去暗淡无光……“在我们评论界有一条基本的常识——没有价值的批评，构不成真正的伤害！我原计划要讲的题目以后再跟大家交流，临时讲个新题目：《老鼠与汤——‘下半身诗人’在主流诗坛的边缘位置及其可预见的悲惨结局》。”他这个题目一抛出，立刻引起下面听众的一阵哄堂大笑，继而掌声四起，甚至还有口哨声。他的脸色也由绿紫变得微红，情绪似乎缓和了一些。其实我并不在乎他讲什么，会议实在太无聊，相比而言，老头子生气的样子还比较可爱。他扯着沙哑的嗓子说：“丁克号称用下半身写作，说什么上半身已经被文化、传统、道德、哲理、担当、使命等外在之物异化，从而标榜自己的下半身更为纯粹。但是我们看看他的所谓诗歌，三句话离不开性，肉体、酒吧成了文本的主要元素，弥漫着萎靡堕落的腐烂气息。他其实就是一只老鼠，我们华夏诗歌两千年熬制的一锅高汤，正被他不知羞耻地污染和破坏……”但不知怎么搞的，后来我浏览本次青年诗会的官方博客，只介绍说何璧和胡镇在诗会上发表了专题讲座，就当前诗歌的现状、面临的问题进行了研讨和交流，“老鼠与汤”的事情只字未提。

所以，你刚才对雎鸠的赞美，我完全不敢苟同。《请把我如洋葱般地剥开》其实就是下半身写作，只不过比丁克之流的下半身诗歌含蓄内敛一点而已，但精神层面上是一致的，说到底，他们还是一丘之貉。你说雎鸠是个“清丽脱俗”的女人，这是个笑话，她其实是个泼妇。之所以这样说，是因为我在会议期间偷听过她的一个电话。

那天下午安排的是去镜湖采风，两点半在酒店门口坐大巴出发。我房间烧水壶的插座坏了，烧不成开水。大约两点钟的时候，我提前下到酒店大堂，泡了一杯茶。由于不想碰到熟人，我穿过走道，在一楼餐厅的角落里坐着喝茶。申城的茶叶，必须用申城的水来泡，一方水养一方茶，这次我算体会到了。当地的水含碱量很高，泡出来的茶叶，只剩下苦与涩，醇香味儿全无，怎么喝都不是在申城的这个味儿。所以我说啊，申城的茶叶不能誉满天下，瓶颈就在于水的问题无法解决，真正的极品毛尖茶，只能由我们在申城自品自叹啊！正在喝茶的时候，我听到一个女的说着话从大堂那边走过来，就站起身，坐到了一个屏风后面，很快，透过屏风的缝隙我看清了进来的人，是女诗人雎鸠。

她正在接电话，说的是家乡方言，我听着有点儿费力，但能勉强听清楚。“你父母……你父母对我怎样你自己不知道吗？……他们那是虚伪，你跟你父母一样的东西，你们一家都有虚伪的遗传基因……你看不到？因为你在场的时候你父母表演给你看，你不在时就换作另外一副嘴脸，无比恶心……”雎鸠一定不知道我坐在屏风后面，她以为餐厅里空无一人，所以说话完全显露本色。我跟雎鸠见过几次，但没说过话，不太了解她，现在才知道她口齿伶俐，说话如同放鞭，每句话中间不用停顿、不带换气的……“我只不过说中午不在那儿吃饭，我下午还要赶稿，中午想回去休息一会儿，在他们那儿吃饭太耗时间，你老头立即说你走，你现在就走！我为什么要走？我孩子还在这儿，他让我走我就立即走吗？他立即就拍桌子，我说你拍什么，难道还想打我吗？我抱着孩子说你打打试试。这样他就立即给你打电话，你妹妹在旁边一块儿帮腔，在阳台上一蹦三尺高，说我先吵你老头，还说我先蹦起来，我真是瞎了眼，原以为她是个好人，到底跟你老头一样的货色……我算把你们家的人全看透了，没有一个好东西……就不是东西，就不是东西，没有一个好东西！”

雎鸠说完“啪”地合上手机，高跟鞋踩在地上发出嘭嘭嘭的声响，走出了餐厅。我躲在屏风后面，被动地听她接了一个电话，搞得心口咚咚直跳，好像我故意偷听似的。从餐厅里走出来，大家正陆续上酒店门前的大巴车。我上车时，看到雎鸠和南燕主编坐在一排，她俩正在聊着什么，雎鸠一脸微笑，看上去优雅可人，对，就是你所谓“清丽脱俗”的姿态。对此，我只能说我很无语……

丙的口述

你们俩别争了，我们坐在茶馆聊天，是一件快乐的事情，尤其是今天我埋单，别搞得我晚上回去想想下午聊的是什么，然后一拍大腿，竟然全是雎鸠！这将让人多么后悔、多么郁闷啊！她凭什么成为我们聊天的主角？毫无道理嘛！从现在起，谁也不准再提雎鸠了。

我们在喝茶，就说说吃喝吧！这次会议我最难忘的是吃了一顿全鱼宴。那天下午我们坐船在镜湖里游玩，晚上来不及赶回酒店，会务组安排在湖边吃晚餐。全鱼宴以前听说过，这次吃一回，还真是有气度，味道不凡啊！清蒸鳜鱼、清炖甲鱼、剁椒鳙鱼、松鼠鲤鱼、糖醋草鱼、酸菜鲢鱼、面炕鲇鱼、红烧黄鱼、干锅鲫鱼、爆炒乌鱼、红焖鳝鱼、风干鳊鱼、油炸白鱼……怎一个鱼字了得。我喝酒不行，一直埋头吃鱼。我看到何璧真能喝啊，他年纪也不小了，有五十多了吧，豪爽的劲头像年轻小伙子，和所有认识不认识的人碰杯，一仰脖一杯，一仰脖一杯，我都怀疑他是不是把酒都灌到那浓密的胡子里去了。下午在镜湖上玩时，会务组提前在船上摆放了矿泉水、瓜子，还有啤酒。何璧拿啤酒跟别人碰矿泉水，自己一个人干了三瓶。船上没有开瓶器，乖乖，他用牙齿咬开的。虽说全然不顾形象，但你又不得不佩服他，我以前试过用牙齿开啤酒瓶，都没有成功。晚上喝的是白酒，估计何璧喝的没有一斤也有八两，就这，大巴车回到酒店时，当地领导站在旋转门边和大家一一握手，问大家有没有喝好。何璧眉毛往上一挑，呼着满口酒气说："谁说要喝好了？晚上接着喝！"搞得领导无言以对，只能讪笑一下。

回到房间，以前认识的几个脾气相投的诗人过来找我一起吹牛。与我同住一个房间的，是某市的文联副主席，姓廖，不常写诗歌，发表的更少，在会议上以玩为主，跟其他人没有太多共同语言。我们几个人烟都抽得凶，或坐或靠或躺，占着两张床，天南海北地侃，廖主席坐在窗边的椅子上看电视。这种全省青年诗会，一年只举办一次，我们几个人见一次不容易，个个吞云吐雾，人人高谈阔论，肆无忌惮！廖主席大约想赶那几个诗人离开，就把电视机调成无节目状态，任屏幕上雪花直闪，他自己靠在椅背上，头一垂一点地打瞌睡。那几个家伙很坏，廖主席越是这样，他们越是故意装着不识相，偏偏赖着不走。大约侃到凌晨一点，大家实在没了精神，才四下散去。

廖主席立刻倒在床上，衣服也不脱，手里握着电视机遥控器，不一会儿就鼾声四起。我洗澡之后还想再吸一支烟，可房间配的火柴用完了，就想到楼层服务台再找一盒。刚出房间门，侧面猛地撞过来一个黑大个，吓我一跳，再一看，竟然是何璧。他看上去比晚上回来时更加醉意醺醺，步履踉跄。我知道大腕们都住在楼道左边的套房里，就用手指向左边说："何老师，你的房间在那边！"这时楼道里又上来一个瘦小的老头，是另一位评论家胡镇。我想起何璧下车时说的话，猜想他俩肯定一块儿出去疯了。胡镇看上去并无醉态，他径自走过楼道，消失在自己房间的门口。何璧稳住身子，眼睛翻着，先往我手指的方向看了看，又回头朝身后瞅了瞅，嘴里含混不清地嘟囔着什么，然后深一脚浅一脚地走了过去。

我走到楼层服务台，服务员不在。里面的房间窗帘紧闭，一片黑暗，想必服务员已经入睡。我轻声喊了两下，无人应答，就进到服务台里面，自行拉开抽屉翻找。这时，我看到一个年轻女子轻手轻脚地从楼梯里闪了上来。女的看见我，似乎吃了一惊，立刻低下头，悄无声息地快速穿过走道，但我还是认出了她。不错，是她，前面说过，我们不准再提她的名字……

原载于《地火》2013 年第 3 期

一次相聚

三十五岁生日即将来临的前一天，吴佳燕在心里黯然宣告了自己人生的失败。在五一节过生日并不是错，但如果说出来就有点矫情，哗众取宠。相比这次聚会，她的生日显得不值一提。车窗外是绵延的鸡公山余脉，青峰翠绿，空气清新，车上有人赞叹进入了天然氧吧，但她的心情却无法愉悦。从十多天前接到电话起，她兴奋了一阵，但离约定的日期越来越近，她陆续接到一些电话，心里就没了底气，打起了退堂鼓。当她终于决定不参加时，聚会的地点从省会改到了鸡公山——她所在小城的一个著名旅游景点——她再找任何理由都搪塞不过去了。这毕竟是大家十二年来的第一次聚会。

她的失败感来自婚姻，她两个月前离婚了，是她毅然决然提出的。司凡说："燕子，真没看出来，你骨子里竟然比较'二'。"她因为在自家床上捉住丈夫抱着他的一个女同事，愤然离婚。她如此果敢，并不是因为"二"，而是因为他们没有孩子，彼此了无牵挂。这给她勇气，丈夫也坦然同意，似乎婚姻对他也是可有可无，甚至期待离婚已久。离婚后她连共同的房子都没要，她觉得那套房子脏，尤其是卧室，想起来都恶心，也不想再跟夫家有任何纠缠。她心灰意冷地搬回家跟父母一起住。父母在浉河岸边有一处古旧的独幢房子，前门临街，后门临河，中间有一个天井般的院落。河岸边是石头砌筑的旧城墙，长满了斑驳陆离的青苔、枝蔓缠绕的青藤，还有几棵树冠如盖的合欢树。这是她成长的地方，搬回来过一种蛰居的生活，她像是重新找回了自我。她觉得自己的决定是对的。

但是在别人看来，她像一个弃妇。就算是她决然要离，弃妇的帽子还是戴定了。

司凡说："哪个男人没点儿破事啊？你太较真了！"她心里笑笑，也不想多解释。婚姻的事情，跟外人怎能道得明白？费口舌去澄清，才是较真呢。她俩上学的时候是闺蜜，毕业后失去了联系，直至上个月在一个社交群里偶遇。"我们很多老同学都联系上啦，唯独找不到你。"司凡说，"知道吗，刘备说，'班花'不在，我们就是一帮乌合之众！"吴佳燕说："不要提他，我想骂人。"司凡笑说："哈哈，还没原谅他？在他心里，可一直把你奉为女神。"吴佳燕默不作声，心里却觉得虚幻，曾经的记忆已变得模糊，仿佛与现在有了隔膜，自己都无法接近。聊到她的现状，司凡问："你现在都在干什么呢？"吴佳燕回答："宅，我把自己宅了。"之后没几天，司凡就打来电话，说大家议定要搞一次聚会。

那时她和司凡住同一个寝室，睫毛膏，甚至粉扑都经常共用，两人无话不谈。那时司凡天天叫嚷："我一定要钓个花样美男！"这个愿望直到毕业她也没能实现。她现在打来电话，总是惊叹于田君在做两万多元的美容套餐，张瑜竟然开着别克昂科雷，而褚艳丽的孩子已经通过了钢琴八级考试，啧啧之声不绝于耳。吴佳燕听了以后，由胆怯到倦怠，慢慢地就不想参加了。所谓同窗，大家像一群懵懂的小动物，在培育中心圈养了四年。毕业就如同被放归大自然，进入不可控制、无法预知自身处境的森林。现在要搞一次聚会，她有一种野生动物被捉住的尴尬感觉，滑稽，充满挫败感！而位于省会的大学，校名已经不复存在。纵观学校的历史，其实就是一部不断更名的历史。现在，它有了一个看上去更加高端，听上去更加唬人的名字，却让人更加陌生。她猜想这可能是大家同意更改聚会地点的原因。

当她终于同意参加聚会时，脑海里有一段飘忽的记忆苏醒过来。像是与她有关，又好像与她无关。她装着随口一问："聚会的发起人是谁?”司凡大大咧咧地说:“嘿,你绝对想不到,是在上海的薛小白。”她心里陡然一颤,怎么想不到,只是不确信,她不敢相信十二年前的那一句玩笑般的誓言会成为现实。那时他们二十三岁,十二年以后的事情对他们来说遥不可及,难以预测。

鸡公山是个避暑胜地,夏季时吴佳燕偶尔上去玩玩,在凉爽的林荫路上走走,看看散落在山间的几十幢形状各异的老别墅,听听从月湖吹来的风穿过树林的声音。就算一个人,她也并不觉得孤独,仿佛得到一种安慰。但前年鸡公山被政府打包交给外资旅游公司经营,门票陡然涨了两倍,与此同时政府管理部门从山上撤出,原始居民乘机四处私搭乱建,山上的自然风光遭受几番蹂躏,有种山河破碎之感,让游玩的人心意渐冷,之后吴佳燕就再没上来了。聚会住宿地在美龄舞厅酒店,酒店因抗战时期宋美龄在里面跳过舞而得名。盘山公路往返迂回,车子爬到半山腰时,吴佳燕感觉有点头晕,耳际闷闷地疼。她下意识地掏出一片口香糖放进嘴里咀嚼,想靠着车窗的玻璃眯一会儿。但一闭眼,十二年前的那个夜晚就浮现在眼前。真奇怪,很多事情都忘记了,那件事她记得清清楚楚,连他说话时的表情都记忆犹新。

她在大学挺倒霉的,被班上一个怪人缠住了。他的名字叫刘备荒,大约源于“备战、备荒、为人民”那句口号。他来自豫北农村,生得皮肤黝黑,五大三粗,走路带风,是个不折不扣的莽汉。同学们喜欢略去他名字的最后一个字——喊他“刘备”,但他将这视作一种侮辱和冒犯,一喊他就恼怒。吴佳燕跟他说:“这不算起绰号,删掉一个字,相当于叫你的昵称。”他一下子像被施了魔咒,愣住了。“你,就是刘备。”吴佳燕莞尔一笑,翩然离去,留下他呆若木鸡。还真灵,他从此被驯服,顿悟般地接受了“刘备”这个诨号。吴佳燕觉得他挺好玩的,挺大的个儿,威猛中透着憨傻。但刘备从此盯上了吴佳燕,正眼直视她,斜眼偷瞄她,眼的余光注意她。看到她座位旁边没人，就蹭过去，若无其事地搭讪。次数多了，吴佳燕就不自在起来，一看到他就身子发紧。但刘备并没有其他出格的行为，她也不好说什么，只是开始故意躲着他。谁知刘备愚蠢透顶，他不敢对吴佳燕表白，却趁她不在时，在班上大肆宣扬，说他只喜欢吴佳燕，任何人都别跟他争，她铁定是他的马子！——那时大家热衷于看港片，学着把女朋友称作马子。吴佳燕知道后，气坏了，在夜自习的时候走过去问他："听说你到处说我是你的马子？"刘备涨红着脸，嘴上却不承认。吴佳燕痛斥道："你也不照照镜子，就你那副黑怪样子，你配吗？"刘备的脸顿时就变紫了，他握紧一只拳头，冲她晃了晃。吴佳燕说："咋，挺有种的，你还想打人吗？"教室里的同学都不吱声，静等着看热闹。刘备怒发冲冠，"啊啊"叫着从座位上站起来，顺着过道往讲台上冲过去，像脱轨失控的火车，一拳击在黑板上。他可能并不知道黑板是毛玻璃制的，黑板"砰"的一声碎了。

因为故意损坏公物，学校让他赔偿五百块钱。他家里比较穷，那时他一个学期的生活费不过一千元左右。为了筹钱，他周末去烩面馆里洗碗、拖地，挥汗如雨地干一天，只能挣十五元。他抛出了一句狠话："我认准了吴佳燕，任何人都别跟我争，否则就跟他玩命！"

这句话如果是别人说，可能只是一个玩笑。但刘备是那种脑子进水的怪人，他说的话由不得你不当真，让人脊背后面冒凉气。他脸皮厚得近乎无耻，可怕的是，他自己却丝毫意识不到，或者完全不以为意。更可怕的是，这种狠话，他过一段时间就明里暗里在班上宣扬一次，像忽然炸响的爆竹，让班上的男生心惊肉跳。事实证明，貌似傻缺的刘备其实是个智者，他以这种冷血的方式将吴佳燕隔离了，让本来觊觎她的其他男生望而生畏，从而完成了对她的一种形式上的占有。他不需要吴佳燕喜欢他，就算恨他也无所谓，只要他喜欢她就可以了。他推崇这种单向的爱情，乐此不疲，甚至大言不惭地说:“只有单恋才是真爱。”在别的女生把恋爱谈得天昏地暗时,最漂亮的吴佳燕却无人敢打扰,仿佛她已名花有主。

吴佳燕意识到刘备的手段卑劣,却又无计可施。她被恶意架空了,完全不能掌控自己的命运。她并不是非得谈一场恋爱,只是觉得自己好无辜,而班上的男生,无疑都是胆小鬼。她在感伤中发现,最稳定和最可靠的安全感,原来是对自己的依赖。如此这般,她过着一种模糊而混沌的生活。

但是,在毕业离校的前夜,她从图书馆回寝室,在走过一条柳树依依的小路时,冷不丁被人一把拉到了路旁。是他,一个平时她都不太注意的男生,身材瘦弱,还长着一颗虎牙,有一种孩子气。他身上散发着一种浓烈的酒味儿,如果不是夜色掩蔽,他可能已经醉态百出。

“佳燕……现在说什么都为时已晚。”他站在树荫下,粗重地喘着气,“但有几句话,我想要告诉你……”

“小白,你……”吴佳燕一脸疑惑,觉得他有点冒失。

“其实不是为时已晚,而是为时过早……”他扶住柳树才能站稳,右手抬起来挥舞了一下。

他一张口酒气就喷了出来,像是随时要呕吐的样子,让吴佳燕有点担心,但他的思维很清晰,酒精似乎并没有影响他的表达能力。

“你可能并没有感觉到,我非常……但一切都给毁了……”他紧咬着嘴唇,像是要抑制住不断从喉咙往上涌的酒气,“给我一些时间,十二年以后,我会找你,如果你过得不好,我会追求你……”

就在吴佳燕陷入一种难以置信的茫然的时候,薛小白不由分说搂过她的脖子亲了一下。其实不是亲吻,在她下意识地挣脱时,他慌乱地在她脸上仓促地咬了一口,她感觉到了疼,而那股熏人的酒气更让她头晕目眩。她想问他一些问题,但还没来得及开口,他已转身飞快地消失了。吴佳燕觉得自己很笨拙,真该扇他一记耳光，他是真傻啊！就算他很正式地吻她，她都不会拒绝。

在那之后的某些在河边散步的夜晚，吴佳燕偶尔会想起他。他的脸已经模糊，她只能隐约想起他的神情和语调，然后内心泛起一种阴郁的渴望，一种梦幻的忧伤。年华似水，记忆似水。

美龄舞厅酒店是用石头砌筑的老建筑，和散落在山林之间风格鲜明的欧洲别墅不同，它是中西合璧的风格，门口有着宽阔的门廊，廊柱左右摆满了牡丹花，红色、白色的花朵开得正艳。吴佳燕停下脚步，下意识地看了看表，下午四时一刻。她不知道这些花是不是专为本次聚会摆的，不知道已经有多少同学到达了，还能认出他们吗？她忽然有一种将见陌生人的害怕和不安，腿有点儿发软，迟疑的一瞬间，她生出一个荒唐的念头，差点儿想转身离去。

“燕子，吴佳燕！”弧形的石砌门洞里闪出一位女士，大叫着跑下台阶，抱住她的脖子，“亲爱的，你终于来啦！”

当司凡的胳膊从她背上滑落下来时，她看到她的身材微微发胖，已经不显腰了，脸色白里透红，不够妩媚，却很健康、很滋润的样子。她的笑像阳光下的牡丹花那样，透着一种恣意盛开、骄傲绽放的味道，相比起来，自己就算笑，也总是收敛着，情绪里隐含着一股颓丧的怯意，更像是自己卧室梳妆桌旁低调而精致的紫罗兰。

“他们都来了吗？”她轻声问。问完之后她就后悔了，这样问仿佛有所指向，但其实她是脱口而出。

“已经到了不少，还在陆续地来呢！”司凡并没有在意她的话，拉着她走进酒店的多功能厅。

厅内围着墙壁摆了一圈沙发，中间可以表演节目或者跳舞，这就是当年的舞厅。她看到已经到了二十多个人，有的坐着喝茶，有的站着看墙上悬挂的宋美龄的黑白照片。大多数人她可以认出，少数面孔既陌生又熟悉，名字将要从脑海里涌出，却又被生生卡住。她冲大家露出会意的微笑。

有个人紧跑几步，一下子握住了她的手，不过很快松开了，竟然是刘备。他依然那样黝黑，这使他更显年龄，好像已经四十多岁，或者五十岁也有可能。他脸上还是那种看起来很憨的笑，尽管他是个貌似愚钝的智者。她很庆幸，他一直没有打扰她。

“你在 302 号，跟司凡一个房间。”刘备说。

司凡瞪了他一眼，却用手捏了下吴佳燕的胳膊，说：“刘备真细心！”

刘备并没有觉察到司凡语气里讥讽的意味，试探般地建议说：“你先到房间洗一下再下来玩吧！”

所有人都笑了，当然笑得并无恶意，只是觉得他是个不折不扣的痴汉。她心里则有种说不清道不明的忐忑，毕竟他曾那么热烈地追求过自己，当初的羞耻，现在成了某种不足道的虚荣。更多的男生是偷偷看她纤细的身材和优雅的姿态。听了刘备的话，吴佳燕反而不想去房间了。她没有其他行李，就肩上一个挎包而已。司凡带她办理登记，休息厅靠墙的一侧，服务台后面坐着个年轻姑娘，眼睛明亮，头发乌黑，白衬衣上扎着紫色的领结，配以深蓝色的西服，漂亮、得体，像酒店的大堂经理。她问聚会的费用是不是由大家一起拼的，她应承担多少？司凡笑着说：“一切费用已经被薛小白揽下来了，大家只管玩。”她看了一眼登记册，脑海里凝固的名字全激活了，她和女同学一一拥抱，与男同学一一点头致意。她的眼睛在人群里睃了一遍，没有他。她不知道他是还没来，还是在房间里。她心里的紧张情绪似乎得到了缓解，有种既释然、又失落的感觉。

她在沙发上坐下来，看到茶几上摆放着几盘点心，有手工制作的巧克力，还有台湾品牌的饼干，旁边还放着一册精美的彩印杂志，她拿起来翻了翻，全铜版纸的，挺沉。她看到首页是一个儒商的照片，那个男人和司空见惯的总裁一样，在一张阔气的老板桌前正襟危坐，下面写着一行小字：上海东方白昼集团董事长——薛小白。她的目光像是被烙了一下，倏忽放下杂志。她的胸口怦怦直跳，端起茶几上泡好的一杯绿茶，喝了一大口。没想到茶水很烫，她差点儿要吐出来，扭过头透过玻璃窗眺望鸡公山的风景，咬紧嘴巴生生忍住了。之后，她发现大多女同学喝的是咖啡，男同学喝的是绿茶。大家围坐在茶几边说笑，大厅里洒满了橙黄色的灯光，有两个男人在抽烟，难闻的烟味儿弥漫开来。同学们分为两拨：一拨在谈论班长杨云霄，他果然有做官的天赋，十二年间屡获擢升，刚刚被委以某市副市长之重任；另一拨在谈论薛小白，他从业务员做到大型集团的董事长，身家不可估量。他们的辉煌，成为不同领域的传奇，大家津津乐道，啧啧称赞。

坐在服务台后的大堂经理并不参与大家的交谈，她谁也不认识，漂亮，冷艳，孤傲，一直在玩手机。这时，她像是从手机里发现了某种端倪，腾地站了起来，紧走几步，往酒店门口跑去。她一句话也没有说，但她的紧张神情和急促动作吸引了所有人的目光，大家都显得坐立不安，门口的一些同学跟着走了出去。杨云霄和他身边的几个同学停止了交谈，凝神静听，像在观察出了什么事。

司凡拉着吴佳燕，也随着人流走了出去。大家站在石头门廊下面，往树林掩隐的山路上翘望。不一会儿，一辆崭新的橄榄绿越野车徐徐驶来，在酒店门前停稳。人群里有人小声吐出两个字："卡宴……"越野车的司机快速从车上下来，跑过去拉开右侧后车门，从车内下来一个身材匀称的男人。他留着精致的短发，穿着亚麻色的蚕丝唐装，小立领，盘扣，显得既精神，又不同寻常。

他脸上挂着淡淡的微笑，冲大家招招手。有人跑下台阶，双手伸过去紧握他的手，"薛董""薛老板"地喊，那个女大堂经理凑到他身边，说："薛先生，已经到了二十六人，还差七人。"他微微点头。女经理的话让大家顿悟，有人再跟他握手，也称呼道："薛先生！"

"那女的是……"吴佳燕悄声问司凡。

司凡附在她耳际说："他的助理，昨天就来了，打前站的。"

“谁的？”

司凡用手戳了下她的腰，说：“薛先生啊！”

吴佳燕“哦”了一声，难怪刚才的司机也穿着跟那女孩一样的深蓝色西服，看来是公司的工作装。女助理在前面引路，他径直往多功能厅里走，看样子他不喜欢握手，而是不时抬手向大家致意，嘴里自言自语般地说：“好，好。”

吴佳燕缩在人群后面，最后走进多功能厅。杨云霄沉稳地从沙发上站起来，慢走几步，站立在大厅中央，面带微笑，伸长胳膊等待着。薛小白走过去，他们的手握在了一起，还低声寒暄了几句，甚至不约而同地拍了拍对方的肩膀，做派像极了领导会见外宾。只是，毫无征兆地，薛小白竟然坐在了刚才她坐的沙发上。她有点尴尬，脸微微发烫，窘迫不安，不好再走过去。她站在门边，觉得自己很滑稽，很可笑。

大厅里像存在两个隐秘的气场，入仕做官的，围在杨云霄身边，散落社会的，被薛小白所吸引。聊天、调侃是随意而散漫的，却又得煞费心机，必须具有善于辞令的天赋才能插进一句话。吴佳燕生性缄默，此刻更显迟钝。薛小白似乎很关照大家的情绪，他引领的话题不断转移，只为照顾到每一个他关注到的同学。吴佳燕几次抬眼看他，骤然意识到他似乎在故意避免和她的眼神碰撞。他像是故意忽略，又像是完全没有发现。像被电击了一下，她的心怦怦跳了起来，她感到自己身体里敏感的部分被触痛了。这时，薛小白的司机提着他的手提箱匆忙走进大厅，他可能没有留意到吴佳燕，手提箱硬直的棱角撞在了她的膝盖上，生疼！所有人应该都看到了，司机冲她抱歉地点点头，哈着腰走到薛小白身边，把手提箱放在他旁边的茶几上。但唯有薛小白目不斜视，他像是短暂的一瞥都不需要，一切已了然于胸。吴佳燕意识到他是存心的，存心以冷漠、轻蔑的态度对待她。他们之间像在进行一场心理角力，一次壁垒森严的心理对峙，而她是极其被动的。他或许已将那件事情忘了,可她还没有。她揉了揉疼痛的膝盖,顷刻间心生屈辱和怨愤,鼻子发酸,想独自出去清静一下。

幸好,女助理走过来通知大家到了晚宴的时间,请大家去隔壁的宴会厅用餐。大家鱼贯而入,走进金色的大宴会厅,正中央摆着一张圆形大桌,足足有三十个座席。没经任何推让,薛小白径直坐在正中的东家座位,杨云霄坐主宾,其他同学井然落座。王玉冬叫嚷着男女同学应该插花着坐,不要一边全是男同学,一边全是女同学。女助理手里拿着一张纸,双眉微蹙,像在逐一对照人员名单。男司机在开酒,除了白酒,还为女士准备了红、白两种葡萄酒。酒菜一上,宴会厅被弥漫的温热气息所浸没,气氛热烈起来了,空气中混合着酱香白酒的气味。大家低声聊着天,褚艳丽带了儿子来,天才琴童深受大家的夸赞,她可能酒量特别差,闻一闻就满脸绯红了。而张瑜带了自己的老公来,一个开家具城的老板,面相乍一看有点凶,像混社会的,但仔细观察却很实诚,只是显得有点落寞。

薛小白斟满自己的酒杯,站起来说:"我们班三十九名同学,今天到了二十六人,有七名同学因为各种原因,暂时缺席,其他六名同学,应该是五名,一直没联系上,还有一位,已经离我们而去……"大家低声耳语起来,互相询问是谁,吴佳燕从别人的话里知道,是一位女同学前年因车祸去世了。薛小白可能并不想把开场白搞得太伤感,但他像是控制不住自己,端杯的手微微颤抖,说:"十二年来,我们很多同学之间失去了联系,今晚我们相会在鸡公山上,男同学是死党聚首,女同学是闺蜜重逢。这是最好的时代,这是最差的时代,我们今天相见,变化都很大,但不变的是我们曾经的友情,共同的记忆。此刻我心里面千言万语,概括起来就是八个字,期待已久,备感荣幸。为了这个难忘的夜晚,我先敬大家一杯,先干为敬!"他一仰脖将满满一杯酒灌进了嘴里,大家都站起来相互碰杯,脸上带着珍惜而快乐的神情,低语与倾诉之时,空气里形成一股绵延起伏的气流，纯洁，美好，让人感动。

在薛小白致开场白时，他的眼睛一直在左右巡睃。但吴佳燕感觉到，他唯独对自己视而不见。当她确定这个令人难以置信而又确凿无疑的事实之后，她心里充满了茫然与费解，她并不是乞求什么，就算当初他只是一场恶作剧而已，她并不在意，那件事也不会对她构成真正的伤害。但他这种存心的无视，像是在暗示她，一切他都记得，只是故意要如此。这让她潜意识里非常不甘心，既觉得尴尬，又感到愤怒。她索性大胆地用目光逼视他，赌气般地死死盯住他，甚至想豁出去打一个震惊四座的喷嚏，或者碰摔一只酒杯。但他一直淡然自若，他漫不经心的目光，似乎已经足够犀利和透彻，牢牢掌控了一切，根本不需要留意她奇怪的眼神。她感到痛心，她的一切揣摩都是徒劳的，所有反应都是无效的。她越是不让他离开自己的视线，她就越在他的视线之外，这像是一个充满悖论的游戏，而她每时每刻都感受到一种冷淡的嘲弄。

杨云霄似乎不甘于话语权在薛小白那里，他站起来举着酒杯说："正是江南好风景，落花时节又逢君。此前我多次有过邀请老同学们聚会一次的想法，但岁月流逝，人生蹉跎，总有难见故人之感。这次我们感谢小白提供这样一次机会，让我们得以相逢在鸡公山上。我建议，大家一定要开怀畅饮，把酒言欢。我也敬大家一杯！"

薛小白忽然摆了摆手，说："大家别站起来了，都坐着喝。"

杨云霄略一迟疑，笑着说："对，不要客套，但酒一定要真喝。"

吴佳燕忽然想透了似的，豁然开朗，萌生出一种把自己喝醉的冲动，她端起红葡萄酒杯，咕咚咕咚几口喝光了。她不擅饮酒，尝到的只是苦涩与辛辣的味道，但她愿意像对付白开水一样对付它，不对，更像是面对一场惨烈的战争，赢得胜利的方式就是吞下去。果然，喝完她就释然了，忍不住想笑。她的怪异表现，可能已经吸引了所有人的注意，但唯独他一直无动于衷，如同完全没有觉察。

薛小白按顺时针方向给大家敬酒,其他男生随意起来,似乎词穷,似乎根本不需要说话,小范围地穿插碰酒。大家谈论起近况,无关痛痒地聊着天。有的很后悔年轻时没去大城市闯一下,待在小地方,机会就是少啊!有的喟叹做生意百般辛苦,哪有公务员轻松舒服。有个投身收藏界的同学,大约积累了一些不为人所知的财富,看上去像个已然超脱的大鉴赏家,谈吐间口口声声名利皆过眼云烟,骨头缝里流露的却是低调的自负与炫耀。有个家伙快喝醉了,无所顾忌地讲荤段子,其实大家都听滥了,一点儿也不好笑,但还是附和地笑着,像是用笑声填补此刻的空洞感……有同学敏锐地发现吴佳燕竟能豪饮,端酒来跟她碰,她脸上荡漾着微微的笑意,好像不知道怎样拒绝。王玉冬跟她碰杯时,她一下子喝呛了,但她眼睛的余光瞟到了薛小白,他快走到她身边了!她捂着嘴,故作轻佻地尖叫着,从宴会厅里跑了出来。

山上的夜色,就一个字:黑!她走到酒店的门廊下面,晚风吹来,有点飘飘欲仙的感觉。她觉得宴会的场景很可笑,他们谈论各自的境遇,抱怨人在江湖,身不由己,好像所做的事并不是出于自己的本意,而是被一种不可抗拒的力量劫持了,推搡着,过一种他们并不想要的生活。他们高谈阔论,夸夸其谈,表面上谈的是事业,其实谈的是疲惫,谈的是空虚,谈的是假象,倒不如她直接把自己灌醉来得干脆,来得痛快。她挣脱了一直禁锢自己的枷锁。

有人影走到身后,轻声问她:“你没事吧?”

刘备!白天吴佳燕似乎对他还有点厌恶,此刻,好像已经没有感觉了。

“下午你站在这儿的样子像是迷路了。”他轻声说。

她回过头,看不清他的表情,只是一个模糊的身影。她觉得他是个可爱的傻瓜。

“你好吗?”他的声音听上去有种肉麻的天真。

“很好。”她背身回答。然后,她扭回头,又补充一句,“很幸福。”

有人出来叫他们，说杨云霄在敬酒。吴佳燕回到宴会厅，薛小白已经敬完一圈，回到自己的座位上坐定，他似乎完全没有注意到她的中途离席，不过这正合她的心意。她顿悟了，想明白了，谁先轻信，谁就输了。没有任何谎言比我们对自己暗示的谎言更糟糕，我们一次次地认真起来，让我们活活被吞噬，也丧失了尊严和风度。她什么都不需要，终于快乐起来。

在恍惚间，有人透露说田君下午为聚会写了一首诗。她在杂志社做编辑，有写诗的才情。大家怂恿她朗诵一遍，接着响起热烈的掌声。田君的脸很白，此刻透出一抹酡红。她略带羞赧地站起来，看着手机屏幕朗诵道：

致鸡公山

据说你也曾经葱郁巍峨，青山如画
可那时我在他乡有我的主峰
见到你时我已人到中年
你也略显狼藉
但我仍想选择停留

从此，我们毗邻而居
彼此参与对方的生活
白天因此而鲜明、多姿
夜晚因此而孤独、静美
而让我无比醉心的是我们的独处
世界会因此而简单了许多

朗诵罢，大家群情激昂，击节叫好，有人甚至兴奋得嗷嗷地嚎叫。坐在一旁的王玉冬吐出一句：“这诗写得闷骚！”田君端起一杯葡萄酒来灌他，他起身欲躲，被田君揪住衬衣领口倒进了脖颈里。大家笑惨了，王玉冬愤怒道：“闷骚是褒义词，是赞美，你急什么？”

他用餐巾纸伸进后背擦拭着酒液，但白衬衣还是染得片片斑红，“闷骚是指外表沉默但实际富有思想和内涵的人。”田君说：“那行，你很闷骚，你是个闷骚的人行不？”王玉冬嘟囔说：“我才不闷骚，我没内涵……”大家笑得更厉害了，有人戏谑说：“你就承认闷骚吧，反正是赞美啊！”

在最热闹的时候，吴佳燕觉得自己像个不合群的怪物被硬塞进来，是个彻头彻尾的旁观者，与周遭有着天然的隔阂。她被四面挤压，以致窒息般地透不过气来。她不由得有点忧伤，陷入一种无处遁形的难堪，仿佛是宿命。

夜空缀满明亮的星星，树在微风中摇曳、晃动，发出一阵阵窸窣声和呜咽声。男司机提议去月湖玩，说月湖亭有夜市，立刻引起众人欢呼。大多数人都怀有一种恣意、放纵的情绪，不论喝了多少酒，都感到余兴未消。山林里虫鸣声声，溪水潺潺，还有他们走过时的人声喧哗，一切如此欢乐。吴佳燕看到薛小白也在人流里，他身边跟着几个忠实的拥趸，仿佛走在他身旁，也能间接汲取他经商的灵气。他们津津乐道地谈论他涉及的产业，能源、地产、新媒体，这些却都不是普通人能够玩的。

她听他们谈话，慢慢落在后面。只要走出人群，转瞬之间他俩就可以在一起，但他没有那种意思。她不言不语，像是放空自己，但她显然做不到。她看着他身着唐装踱着方步的身影，男司机不时凑到他耳边小声耳语几句，他轻轻地点头。她听到他连声说了六个字：“办妥帖，办妥帖。”她觉得他很虚伪、做作，他在刻意保持着某种魅力，流露出十足的信心，并且享受、陶醉于这种状态。她虽不认为他是个轻薄的人，但这一切都无法原谅，毫无疑问，自己被重重地羞辱了，被残忍地冒犯了，一种被噬咬的痛苦攫住了她的心。他是个混蛋。

有一条白色鹅卵石铺就的小路，曲折逶迤地通向月湖的深处，一片影影绰绰的黑暗之中。她有点害怕,在湖边的石椅上坐了下来,她觉得有点累,男人们走路有点狼奔豕突的,用不着这样,不如坐在湖边休息一会儿,吹吹晚风。

“你今天真开心啊！不过我没跟你喝,怕你喝醉。”一个声音在旁边响起,竟然又是刘备。

“是吗?”吴佳燕由怨恨变得惊喜,“怕我喝醉,你也没有替我喝啊!”

刘备嘿嘿笑着,他似乎完全没有料到吴佳燕会这样说话。

吴佳燕拍拍旁边的石椅,说:“坐下啊!”

刘备有点慌乱,小心翼翼地在她身旁坐了下来。她挑逗般地问:“你干吗跟着我啊?”

“担心你。”

“真古怪,为什么担心我?”她侧脸看着他,故作娇嗔状。

他默然,好像不知道如何回答。

“你是不是认为我喝醉了?”

“你没有醉,只是有点醉意,和平时不太一样……”

“哈哈。”她放荡地笑起来,“你怎么知道我平时怎样?”

“可以想象。”他坚定地说。

他真傻,她心里想。

“你为什么不跟他们去玩?”

“我感觉……这次聚会,我们只有过去,没有未来。我们只有过去可以互相分享,而现在充满了尴尬和无趣……”

吴佳燕捶了他的肩膀一拳,他的见解让她惊愕,她有亲吻他的冲动,不过她忍住了。

“我觉得这是一个错误……”她喃喃地说。

“你也有这种感觉?”他惊喜地说道,“……其实回想过去,我非常后悔,我……害了你……”

吴佳燕终于失控般地搂过他的脖子亲了一口。他脖子一硬,像遭受了飞鸟的意外啄击。回过神来后，他像受到了礼遇和激赏，有点受宠若惊，小心谨慎地拍了拍她的背，说："我无所奢求，而且，错过了最好的时间，也没有那份心情了。今晚我知道你不恨我，我感到解脱，非常幸福……"

她觉得他身上有一种别的男人所匮乏的力量，让她失去平衡，她忍不住倒在他身上啜泣起来。刘备又拍拍她的背，伸手抚摸她的脸，发梢，锁骨，双肩……她仿佛灵魂出体，含混地希望他一直摸下去，他的动作温软，令她沉醉，令她晕厥，在这一刻，她什么都想忘记，什么都不在乎，轻轻飘了起来……但鸡公山主峰之下的钟楼方向，不期然传来了悠远而苍凉的钟声，让她瞬间警醒，从一种近似幻境般的状态中解脱出来。她看了下手机的时间，竟然不觉间已经过了午夜。哦，她轻叹了一口气，五月一日到了。她倏忽想起离婚之前，老公总是在此刻给她送来生日的祝福。回想起聚会所经历的，残忍的傲慢，故意的漠视，她突然觉得极端无聊，无法承受，难以对抗，心里曾有的预期和幻想崩溃、坍塌了。她关掉手机，想逃离这一切。

"我想回去。"她蓦然站了起来。

"什么？"刘备吃惊地问。

"不，我不想再看见他们！"她不容置疑地说。

吴佳燕不知道自己昏头昏脑睡了多久，等到她振作精神从床上起来时，发现天已经黑了。她对着镜子梳妆，刘海耷拉在前额，脸色非常黯淡，让她惊讶。她想起昨晚的事情，觉得不该那般自我放纵，任性，甚至有点蛮横。在凌晨时分，害得刘备四处找出租车，给司机说好话，将她这个神经质的女人护送回家。她看似主动撤出，其实更像是被抛弃，甚至沦为同学会的笑柄。她像经历了一场奇怪的梦，在梦里受伤，在心里结了一片隐形的血痂。但大约是喝多了酒，她的额头仍然有点疼，提醒她一切都是真实的。

她打开手机，有多条来电提醒，都是司凡和其他参加聚会的同学拨打的。她淡然地放在一边，然后开始洗澡。她沉入温热的浴缸，将自己完全浸没，她要彻底地洗一洗，却觉得眼睛刺痛，只好浮出水面。这时手机响了起来，她顾不得擦拭一下，拿起手机，是司凡。

“燕子，你在哪儿？”电话那边问道。

“在家。”她恹恹地说。

“你昨晚怎么不辞而别？”她质问道。

“呃……不舒服嘛！”她说。

“哼！太浪漫了，你们是计划好的吗？”她讥讽道。

“我没有计划，只是想回家。”她低声说，但不受控制的，是输理般的口吻，如同掺进了自己的卑微。

“骗鬼吧，你为什么和刘备搞在一起？”

“你说的真难听，什么叫搞在一起啊！”她争辩道。

“你……你真是枉费了薛小白的一片苦心啊！”她叹气道，“我们昨晚找你都找疯了，可你的手机一直关机，直到发现刘备也失踪了，大家都傻了。”

“关他什么事？”她隐约感到心里一沉，但仍故作耍脾气地说。

“他说跟你在十二年前有个约定，今天是你的生日，他昨晚一直在等时间，要在今天凌晨兑现那个约定，女助理在月湖亭偷偷布置会场，他要举行一个仪式，向你告白……可你太让他失望了，他无法理解，你中途玩消失，而且竟然跟刘备在一起……”

“哈，真够多情的，谁跟他有约定？”她崩溃般地哭喊起来，脱口冒出不知从哪儿学来的脏话，“让他娘的见鬼去吧！”

电话那边很惊讶于她的愠怒，却没有安慰她，隔了十几秒钟后，惋惜地说：“刘备说这是一次幸福的同学会……你说，是不是有点讽刺，你是不是不可理喻……”

她纤瘦、脆弱的双肩无法抑制地觳觫着，胸口堵塞得喘不过气来，一些巨大、透明、纯洁的泪珠从眼眶涌出，她挂掉了电话，不想作任何解释，也不需要别人来解释，任何解释于她都是一种再次侮辱。温热的水从头顶淋下，冲洗着她的脸颊，让她觉察不到自己在流泪，她也提醒自己不该哭泣，不该悲伤。十二年来的一次聚会，是一个充满多种可能的偶然事件，对她的平淡生活构成了一次猝然侵袭。但那一日的伤口，却仿佛需要十二年的光阴来愈合。而他潜藏在心灵深处的情欲、渴求与真意，她可以猜测，却无法确信。一切都那么虚妄、叵测、可疑、难解，大概就是这样。她慢慢平静下来，如释重负。终于，她发现自己没有什么可以失去的了。

原载于《青年文学》2014 年第 10 期

透明的玻璃瓶

春红不想出门，她刚刚学会折叠幸运星，那种五角形的小星星让她入迷。同学们说将幸运星装进透明的玻璃瓶子里，睡觉时放在床头，就可以实现心里的愿望。她在纸上演算过了，需要折叠二百零三颗。她现在才折完九十七颗。

让她懊恼的是，她的玻璃瓶子出了问题。她用一根粗针来对付它，手指都撬疼了。瓶子却像着了魔，变成了一只魔瓶，她拿它毫无办法。去年妈妈从广东寄回来一瓶钙片，让春红和弟弟分着吃，长身体用的。她宁愿分一小半，将一大半给弟弟，但跟弟弟说好瓶子归她。弟弟什么也不懂，将钙片当糖豆吃，不到三天就吃完了。春红说："你是傻蛋二代！"弟弟回敬说："你是傻蛋二代加海带！"春红说："还有呢？"弟弟笑嘻嘻地说："不加海带不好吃！"春红撇着嘴说："真无聊，学人家说话，都是人家说剩下的！"玻璃瓶子是梯形口，先盖上软木塞，再拧上一个蘑菇形的黄色塑料盖，放在书桌上漂亮极了。

九十七颗幸运星装进瓶子以后，春红怕弟弟趁她不在时倒出来玩。她上学的时候，弟弟总是偷偷摆弄她的东西，奶奶一点儿也不管。上次她发现芭比娃娃的脖子竟然折断了，高跟鞋还丢了一只，但弟弟嘴很硬，不承认是他干的。他说："我绝对没有碰过，我才不喜欢芭比娃娃。"春红说："不是你，难道是鬼弄的？"弟弟嘟囔道："我喜欢手枪，可以用塑料弹打斑鸠，我爸爸就快寄回来了。"春红鄙视道："傻蛋，邮局不准邮寄手枪，就算坐火车也不让携带，你什么都不懂！"她知道芭比娃娃的脖子肯定是弟弟掰断的。他是个十足的笨蛋，只有将芭比娃娃的头拔下来，他才能给她穿上裙子。春红将软木塞使劲儿往瓶口里按了按，这样弟弟就不能轻易地祸害里面的幸运星了。但她没想到软木塞竟嵌进了梯形口里。当她再想往瓶子里装幸运星时，自己也打不开了。

春红摇晃着玻璃瓶子，红、黄、绿、蓝、白五种颜色的幸运星在里面蹦蹦跳跳，她还差紫色和橙色的彩纸，就可以组成七色幸运星。她迎着窗外的阳光看，幸运星的色彩由于光线的反射而自由地变幻。阳光穿透玻璃瓶子时，她仿佛看见了彩虹般的七色光。

奶奶从厨房走出来，春红听见了脚步声，慌忙把瓶子藏进抽屉里，但奶奶还是看见了，说："你这孩子，瞎捣鼓什么？"春红说："不干什么，写作业。"奶奶说："装模作样，快去把你弟弟找回来。"春红说："他在外面野，我到哪里去找？"奶奶说："快去！"春红说："要找你去找。"奶奶眉梢一挑，呵斥道："怎么说话呢，当心我撕你的嘴。"春红看了看奶奶，说："你管不住他，就应该你去找。"冷不防奶奶一伸手拧住她的耳朵，将她从椅子上提了起来："死丫头，还犟嘴，我抽死你！"春红嘴巴鼓了鼓，想说什么，没说出来，一动不动地僵在那里。这时奶奶开始咆哮了，奶奶好像随时随地准备咆哮，她的咆哮以恶毒的咒骂开始，以放声大哭结束，整个过程其实是没有眼泪的号叫与发泄。像个疯子，至少半疯，春红暗想，她早就看透了。"你爷爷瘫在床上，我伺候老的，还要伺候小的，我上辈子造了孽吗？我欠你们的吗？你这么大的丫头，一点儿活儿也不能干……"春红厌恶地撇了撇嘴，负气地跑了出去。这个村子只有五户人家，被一个环形水塘包围着，像一个小小的水寨。村子里很少有人走动，显得很空旷。她最好的玩伴是庆芝，她俩以前形影不离的。但庆芝爷爷去世以后，她爸爸妈妈就将她带出去了。外面像无边无际的大海，庆芝一出去，就与她失去了联系。庆芝家的大门紧锁着，蒿草从门缝里长了出来。到处是白色的垃圾，村庄像个可悲的废墟。春红在阳光下奔跑，她故意想制造出点动静。跑到塘埂上时，她听见奶奶在身后大声喊道："早点回来，快吃午饭了，当心人家欺负你！"

阳光强烈而刺眼，春红向邻村跑去，邻村大一点儿，有二十几户人家，像个巨大而空荡的蚕茧，虽然大人们几乎也都出去了，但还有一些孩子可以玩。弟弟肯定跑去找言河或者言海去了。言河和言海比弟弟大四五岁，弟弟总跟在他们屁股后面，像个不知羞耻的跟屁虫。言海整天流着大鼻涕，快要滑到嘴里时，哧溜一声又吸上去，像鼻孔里趴着一只蚂蟥。奶奶说他是个半吊子。弟弟喜欢跟他玩，说明弟弟离半吊子也不远了。奶奶的咆哮声仿佛还在春红耳边回旋："我伺候老的，还要伺候小的……"可惜声音能听见却抓不着，不然她会将那声音撕碎，她暗想："谁让你伺候啦，我可没让你伺候……"

言海家的门虚掩着，春红想从门缝往里看看，她刚将脸贴上去，门吱呀一声就开了。院子里没人，堂屋门上挂着锁，一只大黑狗拴在柿子树下，猛地蹿起来，扯着链子冲她汪汪地吼叫。春红吓得一转身，心怦怦跳着跑开了。她看到隔壁陈光根的家竟然开着门。春红感到有点奇怪，陈光根很少待在村里。他和别人不同，既不长年在外面，也不在村里，总是过一段时间回村里一趟，晃悠几天又消失了。他女人跑掉以后，他也不断地往外面跑。他女人是外地人，村里人都不知她是从哪里来的，但知道她是个贼，在外面偷人家东西。奶奶说她被警察抓过好几次。当警车开到村子里来时，春红就知道准是来逮陈光根的女人。但那女人去年跑掉了。奶奶说："外面的贼女人靠不住，不安分！"

春红略一迟疑的时候，陈光根从堂屋走到门口。男人看见她，眼神明亮亮的。春红很久没有见到陈光根了，觉得他似乎变瘦了，而且脸上留了络腮胡子，看上去有点陌生，让人害怕。

"我弟弟到你家来过没有？"春红嗫嚅道。

“哦,你是……春红吧?”男人笑眯眯地说。

春红没回答,觉得他是明知故问,接着问:“你看到我弟弟没有?”

男人眉头一皱,说:“刚才好像见过,跟言河一块,在这里玩了一会儿。”说着男人往堂屋里指了一下。春红顺着他的手势往屋里瞍了一眼,没有看见弟弟,却看到一台电脑。电脑开着,屏幕上有几条热带鱼正在畅游,边游边吐泡泡,透明的气泡一串串地升起,像无数个漂亮的水晶球球,绚烂无比。

“你家有电脑?”春红吃惊地问。

男人笑着说:“是啊。”

“我玩一会儿可以吗?”春红说着不由自主地走了进去。男人的家又脏又乱,桌上摞着没洗的菜盆和饭碗,几只苍蝇乱飞,一张靠椅倒在地上,但他的电脑很新,跟春红表姐家里的一样,联想牌的。“我想玩一会儿植物大战僵尸,我在表姐家里玩过。”春红说。

“什么?”男人像是没听懂她说的话。“植物大战僵尸!”春红又说了一遍。这回男人像明白了什么,又像什么也不明白。他点了点头,哑着嗓子说:“哦,你玩吧,别把电脑玩坏就行。”

春红还记得游戏怎样玩的,在百度里输入“4399小游戏”,植物大战僵尸就跳了出来。“别让我弟弟玩。”春红头也不回地说,“他玩什么都会给你玩坏。”她很喜欢这个游戏,在表姐家学会了之后,她一连玩了好几天。可惜她家没有电脑,她已经很久没玩了。她跟爸爸妈妈说过好几次,想让他们买一台电脑,但他们说玩电脑会影响她学习。他们不想做的事情,就会拿她的学习当借口。她想要个手机,妈妈也说影响学习。

“这是干什么?”男人看春红用鼠标在屏幕上点来点去,不明所以地问道。“种向日葵。”春红说。过了一会儿,男人又问:“这呢?”“放土豆地雷,等一会儿僵尸从这路上经过,可以炸死它!”春红郑重其事地说。“这又是在干什么?”男人过一会儿又问,他的问题真多，春红有点烦，不过她还是耐心地回答说：“南瓜。你也可以玩啊，玩玩就会了。”

男人挠挠头，笑了起来，说：“玩这有什么用？哄小孩子的鬼把戏！”男人说着离开了。

没有男人的打扰，春红玩得很入神，但僵尸们太厉害，前两关她可以轻松打过去，但是在第三关，她的向日葵总是被全部吃掉。春红很气恼，她恨那些僵尸，它们满脸狞笑，咧着大嘴，慢腾腾地摇晃着身体，一步一颠地走过来，太可恶了！她玩得忘记了一切，直到她闻到了男人吃泡面的气味，才猛地想起快过吃饭的时间了。弟弟还没找到呢，春红有点泄气地站了起来，意犹未尽地说：“我得去找我弟弟。”男人一边吃面，一边唔唔了几声，似乎对她是走是留根本无所谓。春红恋恋不舍地说：“你什么时候在家？我有空还想来玩。”

男人说：“随便，我最近都在家。”

春红走到门口时回头说：“我要打过第三关。”

走到村子外面，春红心里焦虑，却又有点茫然。过了这么久，弟弟说不定已经跟言河分开了。她抬头往村子的方向看了一眼，倏然看到一个男孩独自走在前面的田埂上，蔫不唧的，时不时用脚踢一下田埂上的土坷垃，一副没有出息又很可怜的样子，看背影正是弟弟。春红紧追几步，口里大声喊道：“海生！海生！”

弟弟叫海生，爸爸给他起这个名字，是因为他出生在珠海。但他并没有留在珠海，没有占到珠海任何便宜。他生下来以后，爸爸就将他送了回来。妈妈的奶水弟弟一口都没吃到，是奶奶用奶粉将他养大的。弟弟回头看到春红，精神猛地一振，笑嘻嘻地喊：“姐。”春红说：“你死哪里去了？回去奶奶肯定揪你的耳朵！”弟弟好像完全不害怕，他瞪着眼睛，低声说：“姐，告诉你一个秘密。”“什么秘密？”春红问。弟弟左右看了看：“你知道吗？言河有杨幂的QQ号码。”

“谁？”春红没有听清。

“杨幂。电视上的杨幂，《宫锁心玉》里面的，你忘了？”弟弟说。

春红鄙夷地撇了撇嘴：“傻蛋，人家说啥你都信啊！”

“是真的。”弟弟肯定地说，“我看见他将杨幂的QQ号记在他的笔记本上，笔记本还有一把小铜锁，他让我不要告诉别人。”

春红说：“你是标准的傻蛋二代！”

时间过去了一天，春红应当折叠的幸运星要减少一颗，昨天演算的二百零三颗，现在二百零二颗就够了。但她仍然为怎样打开玻璃瓶子而苦恼。她将一根粗针插入木塞正中央，使劲往外挑，针都挑得弯曲了，她的手指也被顶了一道深深的印痕。木塞中间被挑崩了一个豁口，但整体仍然嵌在瓶口里纹丝不动。

弟弟像是看透了春红的痛苦，说：“把瓶子打碎，就可以倒出来了。”“就你聪明！”春红瞪了他一眼，说，“我不是要倒出来，而是要再把幸运星装进去。”弟弟就不吭声了。春红气恼地将瓶子往桌子上一丢，说：“都怪你！”

“不是我！”弟弟争辩道，“我没碰它，木塞不是我盖的！”

春红用手指一点弟弟的脑门，叫嚷道：“都怪你，怪你怪你就怪你！”

“吵什么吵！”正在房里午睡的奶奶粗重地吼叫了一声，“你两个鬼娃子，不睡觉滚出去耍！”男孩吓得伸了下舌头，春红则冲奶奶的房间噘了噘嘴。他们安静下来，书桌上钟表的嘀嗒声像是忽然间被放大，“嗒，嗒，嗒……”过了一会儿，弟弟轻声说：“你折叠星星有什么用？”春红看了看弟弟，哀其不幸怒其不争似的，轻轻叹了一口气。春红问：“你还记得爸爸上次回来的样子吗？”弟弟点了点头，说：“记得。”春红说：“爸爸还带你去县城看过电影，《爸爸去哪儿》，还记得吗？”弟弟一字一句地轻声说：“记得，我一直在心里保存。”春红扑哧笑了一下，说：“哇，你说得真有水平，我对你刮目相看。”弟弟害羞地笑了，说：“可惜电影里有可怕的蟒蛇，我们只看了一半就出来了。”

“这个瓶子，唉，说了你也不懂。”春红摇了摇头，“你在算术方面是个白痴。”弟弟眨巴了几下眼睛，不服气地说：“一加一等于二。”春红笑着问：“六加七等于几？”男孩翻了几下眼，不吭声了。春红长长地叹了一口气，说：“妈妈什么时候回来你知道吗？”弟弟说：“过年。”春红说：“对，再有二百零二天就过年了，这每颗幸运星代表一天。我们将二百零二颗幸运星装进瓶子里，她就不会食言了。”弟弟皱着眉头问：“什么是食言？”春红用手指又点了一下弟弟的脑门：“食言就是说话不算话，妈妈去年说过年时回来……”弟弟插嘴道：“但是她没有回来，只有爸爸回来了。”春红说：“对，这就叫食言。”弟弟闷声琢磨着，像是听懂了，又像是没听懂。过了一会儿，弟弟自言自语地说：“爸爸说过要给我买手枪，可以把树上的斑鸠打下来。”春红又摇了摇头说：“你是个傻蛋。”

窗外是一个环形水塘，将村庄与外面广阔的稻田隔开来。从远处看，村子就像坐落在一片水域中央。弟弟眼尖，忽然指着外面说：“言河！”

春红看见言河走在水塘外的田埂上，左手提着一只笆篓，右手握着一根长竹竿，看样子正往前村去。言河上学总是逃课，是班里出名的差生，老师说他三天打鱼两天晒网。不仅如此，他还在午后偷别人瓜田里的瓜，在夜里偷水塘里的鱼。春红很讨厌他。弟弟跑到门口大喊道：“言河，你干什么去？”

言河回头看了一眼，说：“捣马蜂窝。”言河用手往前村一指，“那棵泡桐树上有一个大马蜂窝，我去将它捣掉！”

弟弟说：“马蜂蜇人！”

“我有这个！”言河举起手中的笆篓，说着往头上罩了一下。

弟弟脖子一硬，浑身都来了劲儿，不由自主地跑过去。

春红低声喝道：“危险，不准你去！”

弟弟看了看春红，像是陷入了矛盾之中，正犹豫的时候，言河说："有蜂蜜，我要将蜂蜜搞下来！"

弟弟立即撒开腿朝言河追了过去，跑出几步，回头冲春红咧嘴一笑，说："有蜂蜜！"

"你回来！"春红跺着脚喊道，"海生，马蜂蜇死你！"

但弟弟像没听见一样，一溜烟跑出村子。春红看到他跑得匆忙，连凉鞋都没顾得上穿。弟弟脚板很敦实，踏在塘埂上发出"啪啪啪"的声音。春红回到屋里，想告诉奶奶弟弟不听话，但她看见奶奶正眯缝着眼，可能刚刚睡着。春红嘴巴张了几张，又忍住了。

水塘里生长着许多菱角秧，可惜菱角还很小，水面上开满了青色的碎花。可能再过两个星期，就可以摘菱角了。春红很喜欢摘菱角，这几乎是女孩在村子里唯一的玩耍方式。春红很发愁，不知干什么好。她苦思冥想了一会儿，终于兴奋地站起来，可以去上网！如果回来奶奶问她干什么去了，她就说去找弟弟了，海生跟言河去捣马蜂窝，要将他拽回来！正午时分，村庄里静悄悄的。过了年以后，村子里大人们都出去了，剩下的不是老人，就是小孩，制造不出什么动静。尤其是夜晚，一点儿亮光也没有，黑暗而安静，春红从不敢在夜里出门。

春红装着路过似的，从男人家门前闪了一下。经过大门的时候，她迅速往里瞍了一眼，竟然没有看见电脑，堂屋正中间停放着一辆三轮车，上面放着一盘粗绳子，还有一堆破毡布。春红猜不透电脑哪里去了，这时男人从院子里走了出来，冲她笑着喊："春红！"

春红问："你的电脑呢？"

男人说："在家里啊。"

春红不吭声，像是思索着什么。她想玩一会儿植物大战僵尸，但不知如何开口。

男人说："怎么，你又找海生啊？"

春红说："我不找他，他跟言河去捣马蜂窝了。"

男人像是看透了春红的心思，说："你若想玩电脑，就进来玩吧。"

春红心里一喜，不自觉地走了进去。她看到男人将电脑挪进了卧室，可能是因为堂屋要停放那辆三轮车的缘故。春红说："三轮车为什么停在堂屋里啊？"

男人摸了摸满脸的络腮胡子，笑着说："放院子里怕淋雨。"顿了一顿，男人又说："三轮车一淋雨就麻烦了。"

春红并不关心三轮车，她看见男人的卧室很乱，大衣柜正中间镶的镜子碎掉一半，里面堆的衣服露了出来，还有更多的衣服摞在床上，房间里有一种很重的霉味儿。春红皱着鼻子，坐到了电脑前。她觉得鼻腔有点发痒，使劲揉了揉鼻翼，才渐渐适应。玩植物大战僵尸的游戏，春红比昨天熟练了许多。上次在一大波僵尸发动攻击之前，她只能种两排向日葵，现在她能熟练地种植好三排，足以应对僵尸的攻击。但她打过第三关以后，没想到第四关是夜战，屏幕上漆黑一片，僵尸走出来时影影绰绰的，有的甚至走到跟前才能看见。春红最害怕黑夜了，也是第一次在游戏中打夜战，但这是游戏设置的规定路线，她虽然感到恐惧，却身不由己。僵尸越来越势不可挡，她连续两次都是在第四关被僵尸吃掉。一旦被吃掉就要从第一关玩起，这令春红非常沮丧和痛苦，因为从第一关打到第四关需要很长时间。虽然玩游戏的时候春红几乎忘记了时间，但她模模糊糊地觉得时间不会太短。她的眼睛涩疼涩疼的，手指都酸了。

春红玩得头昏脑涨而又无计可施的时候，男人走过来说："我昨天见到一个僵尸游戏，比这个更好玩。"春红很好奇，说："是什么游戏？"男人说："我找出来你玩玩试试。"男人抵在春红的身后，从她手里抓过鼠标，点击了几下，电脑屏幕一下子变黑了，然后显出一个白色的骷髅头，在屏幕上微微跳动，春红吓得浑身一颤。男人说："你眼睛盯着别动，看够两分钟，必须是两分钟，就有事情发生！”春红有点控制不住地直哆嗦，但她不自觉地听从了男人的话，看着那个可怕的骷髅头。那个骷髅头离她越来越近，越来越近，它面目狰狞，似笑非笑，时而清晰，时而模糊，令春红无所适从。男人说：“坚持住，一定要看够两分钟。”不知看了多久，当春红抬起头的时候，她觉得奇怪的事情真的发生了。天昏地暗般的感觉，她头晕目眩起来，像被骷髅头深深地迷惑了，继而被牢牢地控制住，想摆脱都不可能。恍惚间她听到各种各样杂乱的声音，自己急促的呼吸声，还有骷髅头的呼吸声。“僵尸来了！”春红想大声呼喊。一定是僵尸从那片黑暗里钻了出来，向她发动了猛烈的袭击。春红潜意识里想逃跑，但有一种无形的力量将她缠绕住了，让她身上没有力气，像被抽了筋一样。春红有时做梦就是这样，看见疯狗从田野上追着咬过来，她想拼命奔跑，四肢却用不上力。此刻如在梦境之中。春红惊恐得厉声尖叫，接着放声大哭。她手推脚踢，使出了全身的力气，但她的双手像被死死勒住了，她所有的反抗都无济于事。终于，她感觉被僵尸咬了一口，而且很快就要被整个吞掉了。春红颤抖而绝望地喊道：“僵尸！僵尸！”

春红回到家里时，看见弟弟坐在奶奶的怀里。奶奶正在揉捏着一团丝瓜叶子，使劲儿挤出丝瓜叶子的汁水，涂抹在弟弟的额头上。弟弟的额头和眼角处肿起了两个大包，右边的眼睛眯得只剩下一条缝。墨绿色的汁水从弟弟的额头上流淌下来，脸上乌七八糟的，像个愚蠢的小怪物。春红说：“海生你让马蜂蜇了？”弟弟刚刚哭过，鼻子还一抽一抽的，没有吭声。奶奶冲春红大声咒骂道：“你个死丫头，死哪里去了？你还知道回来？”

春红嘴角动了动，想说什么，又咽下去了。

奶奶起身去厨房的时候，春红看了看弟弟，低声问道：“你吃到蜂蜜了吗？”

弟弟还没来得及回答，奶奶转身冲她大吼道：“吃什么狗屁蜂蜜，海生就是让你个死丫头害的！”

春红不吭声了。她觉得很心虚，很理亏，没能阻止弟弟，导致他被马蜂蜇得这么惨。这个莫名其妙的下午，世界像颠倒了一般，混混沌沌的。她感觉自己也像被马蜂蜇了，甚至蜇得更狠。她的头有点疼，像是要炸裂似的。刚才眼泪差点儿奔涌而出，但她咬牙忍住了。她回到自己房间，安静地靠在床头，看见了那个蘑菇形盖子的玻璃瓶。它无法打开，令她万分悲伤。但看到那一个个闪着七彩光的幸运星，她又仿佛感到一丝欣慰。

弟弟轻轻走到房间里，低声喊道：“姐。”

春红看了看他，额头隆起的两个红肿的大包，也像两朵蘑菇。

弟弟从衣兜里掏出一个皱巴巴的纸条，展开来递给春红。纸条是从作业本上撕下来的，有几道绿色的横线，上面写着一行歪歪扭扭的数字。春红看出是弟弟写的，九个又宽又扁又大的数字占满了整个纸条：987654321。

“这是什么？”春红声音喑哑地问。

“姐，”弟弟脸上挂着一副神秘的表情，继而咧嘴笑着说，“杨幂的 QQ 号码，你不是喜欢她吗？给你。”

原载于《长江文艺》2016 年第 1 期

合　影

1

夏日的一个黄昏，忆莼从火车站的人流里走出来。她一头棕栗色的卷发，上身穿一件宽松的黑色格纹蝙蝠衫，下身配白色紧身牛仔裤，显得身材修长而迷人。我迎上去接过她的拉杆箱，带领她走出车站广场。夕阳斜照在身后，我的内心情欲萌动。穿过两个街口就是我提前探过点的其士宾馆，钟点房六十元，限两个小时。我在前面走得大步流星，她的拉杆箱是单向轮的，稍一停顿就没头苍蝇般地撞上我的脚跟，被木楔子揳了一下似的疼，为了躲避它我只好越走越快。忆莼有点儿跟不上，她每走几步就轻快地跳跃一下，重新追上我的步伐。这使我们不像是刚从火车站出来，倒像是要匆匆赶上某一趟正在检票的火车。之所以如此急促和草率，是因为时间太过紧迫。我预测最迟晚上八点钟时她父母准会打来询问电话，留给我们的时间只有两三个钟头，当然还包括请她吃一次大排档，喝光一扎生啤。

我说的是八九年前的事情，那时我涉世未深，手头穷困，思想单纯。一个明显的例证就是，那天我们吃得陶醉忘我的大排档，我之后再没光顾过了。小城的人特别热衷于吃烧烤，一个夏天过去，路边高大的梧桐树几乎被烟熏火烤至死。更重要的，我觉得大排档的东西不干净，摊主傍晚出来在路边人行道上扎摊，做晚上的生意，全凭带来的几只污脏的塑料桶盛水，想想都反胃。但那时我坐在热闹而局促的地摊上，对这些都浑然不觉，一直暗中警惕点了多少烤鱼和烤串，希望结账时控制在一百五十块钱左右。喝啤酒的时候，我一遍一遍地央求她："给家里扯个谎吧，就说你明天才回来。"她先是沉默不语，后来听烦了，眉头一蹙说："你是不是又要保底五次，挑战八次啊？"她毫无顾忌，不怕旁人听到，却让我脸红心热，只好悻悻地闭嘴了。还好，我们的动作、手势和声音都被周边的嘈杂覆盖了。过了一会儿，她语气缓和下来，说："我家人知道我坐这趟车，我告诉他们晚点了。"

忆莼是"闯码头"回来的，钱挣得多，而且看上去也容易。"闯码头"是我的说法，因为她辞掉了在本地事业单位的公职，独自去汉口闯荡，这让我心生敬畏，起码我不具备她那股决绝的勇气和胆量。但她并不觉得有什么，挣得多是相对于我而言，她生活在汉口，压力感、窘迫感肯定远远超过我。她撇着嘴说："你一个月两千块钱就够花了。"我哑然，无从解释，的确如此。但她不知道我的工资还不到两千块。她喜欢大洋百货的裙子，貌似简单而内里奢华，喜欢那些镶满水钻的鞋子，她的同事是那里的常客，而她买的却大多是汉正街的韩版水货。对了，她还喜欢包包，永远缺少一个应季的包包。

她酒量很大，善豪饮，一大玻璃杯三两白酒能一口气喝光。所以就算她摆出身子酥软、醉眼迷离的样子，我也知道她只是试图将自己灌醉，其实不可能。她跟我碰杯我只喝一口，她却喝完，然后赞叹道："这儿才有本土的味道，生活的味道！"很快，她的一扎生啤见底的时候，我的还剩下一半。而我出了一身油汗，黏兮兮的，早已无心恋战。她咕哝了一句："我不喜欢喝啤酒，太胀肚子。"这种理由本身就让我佩服，似乎她体会到的不是酒精，只是一种液体的体积与重量。但她的身材很好，腰肢纤细，小腹平胆，酒液像被她神奇地压缩、化解掉了。"啤酒不冰了，不好喝。"我终于想出个借口，将扎啤壶放下。桌上的手机来了短信，她拿起来低头回复了一条，然后就像被手机屏幕吸住了眼睛，双手捧住手机，用左右大拇指同时按键输入,像瞬间进入了紧张的工作状态。她细如葱白的手指在屏幕上跳跃着,这时手机忽然响了起来,像是短信的交流无法满足沟通的需求。她抬头看向远处,一边思考着什么,一边与对方交涉,最后她说:“我不想这样……什么呀……我不知道。”

挂了电话她就站了起来,说:“我得回去了,晚上还要写稿。”我说:“知道你是大记者,但回来不就是玩嘛!”她说:“别人卖给我一个稿子,晚上必须写出来。”我不解。她说:“同事将采访稿发给我,我写成后稿费有八千块左右,得分她三千块。”我终于懂了,说:“何苦重金买她的采访稿,自己想象、揣摩一下不行吗?”她神色一正道:“你肯定没有精读过‘特稿’,不去采访,‘特稿’就不成立。”我心想,我根本没读过,何谈精读。拦的士时,她从包里找出一片口香糖来嚼,随手翻出大半盒黄鹤楼烟,抛给我说:“不能让我妈看到我抽烟。”我帮忙把她的拉杆箱塞进的士后座,替她拉开前门,待她坐好,又从兜里摸出二十块钱扔进了前窗。

我独自坐在马路牙子上,看着那辆的士消失在马路拐弯处,一片怅然。我从她的黄鹤楼里抽出一支,点燃吸了一大口,比烧烤的烟气更加呛人,我咳嗽得眼冒金星,她忘了我并不会抽烟。我想起她的拉杆箱,发短信给她:“下车时别忘了后座的箱子。”她很快回复:“你真像我妈。”我摇摇头,暗骂自己多事儿。过了一会儿,她又发来短信:“我的肾坏了,可能要移植一个。”我大为震惊,回信:“怎么了?为何还喝那么多酒?”可她再没回复。我想,她难道是真的喝醉了?应该不会啊。或者,这仅仅是她的所谓“特稿”要讲述的故事。

2

忆莼走的时候不会跟我道别,总是雁过无痕地离开这座小城。

我们平时也基本不联系，偶尔在QQ上聊天，她有一句没一句的，前言不搭后语，好像一旦分别，我们就各自陷入了严峻和严酷的环境之中自顾不暇。习惯了她的冷淡之后，我也不再打扰她。她在懵懵懂懂的年纪走出去，直到成了特稿界一个叱咤风云的写手，肯定经历过许多我难以想象的曲折，这使她的性格变得有点神经质，有时萎靡不振，有时意气风发，时而热情，时而冷漠，跟着她的节奏走，会让人发疯。事实上，她的脾性对我来说，一直是模糊和笼统的，并无清晰的认识。她像是来自另一个世界，貌似简单任性，却另有一番辽阔和幽深。

她在一个深夜给我发短信，说在我住的小区门口。我出去与她相见，她竟然开着一辆崭新的轿车。那时我只粗略地知道几个大的汽车品牌，往细里分就一无所知。她告诉我是雪佛兰乐风，我觉得那轿车很漂亮。但她不以为然，说又圆又鼓，像做好后被人吹了一口气。

我上车后，后座上竟然坐着一个男的，头发很长，在吊儿郎当地抽烟。我问："去哪里？"她冲我眨眨眼睛，说："我们刚吃完饭，你陪我洗个脚。"我说："去大浪淘沙吧！"我弄不清楚那男的是谁，所以也不知该与她保持何种距离，心里隐隐有一丝不快。我回头冲那男的瞅了一眼，他歪躺在后座上，有一条腿伸到忆莼座位的缝隙里，看上去既凶蛮，又透出一种狎昵之态。我心里暗暗气恼，后悔跟她出来。

走进大浪淘沙，我有点赌气地跟门厅说："来三个泰式，小姐要漂亮的！"话一出口，我就感觉口误了，因为将这里的洗脚师称为"小姐"并不妥当，连门厅服务员看我的眼神也有点怪异。我径直走到一个三人间靠外侧的沙发椅边，忆莼在中间，那男的靠内侧。来了三个端着洗脚木盆的洗脚师，两个胖硕，一个又太矮小。忆莼看了看要给她洗脚的女胖子，侧过头问我："我想要个男的给我洗，有吗？"我还没回答，女洗脚师率先回答说："没有。"她只好作罢，躺倒在沙发上,一副闭目养神状。洗了一会儿,里侧的另一个胖洗脚师问那男的:“先生,你的脚有癣,加点中药比较好,你看要吗?”我心里一沉,知道这是加价宰客的伎俩。但那男的轻飘飘地说:“随便。”洗脚师就站起身走出包房。又洗了一会儿,洗脚师又问那男的:“你的脚有很重的湿气,加点熏香比较好,您看要吗?”那男的仍然轻松地说:“随便。”洗脚师又走了出去。我感觉胸闷,想尖叫。这时躺在中间的忆莼睁开眼来,微微转过身冲我眨巴了下眼睛,脸上露出一种意味深长的表情。我不明所以,没话找话地让给我洗脚的瘦妹子手重些,手再重些。

洗完脚,忆莼让那男的打的士走。她开车送我,与刚才的沉静不同,她脸上涌动着一种难以抑制的笑意。轿车偶有颠簸时,她的腰肢也随之颤抖。她似乎觉察到我潜在的愤怒,说:“他太过分了,你埋单,他是间接的关系,竟然什么都说‘随便’。”我轻吁一口气,说:“没什么,我可不想让你觉得我气量小。”她轻轻拍了我一下,笑着说:“知道他是谁吗?”她索性把车停在了河边的林荫道下,熄了火。路灯的光亮透过树荫投射在她的脸上,闪耀着一种疯狂的劲儿,她说:“我的前任,早就分了,他一直纠缠。喊你过来,是让他死心。”我挖苦道:“除了男朋友,你还有什么需要证明给别人看,我一并扮演了!”她叹了口气,幽幽地说了句:“我想让他忘了我。”

我们认识这么久,从来没说过“爱”“喜欢”这类字眼,甚至连暗示也没有,好像这些字词一开始就过了保鲜期,最后烂在嘴里了。生活每天都在变化,她说她在东湖附近按揭买了一套小房子,把父母也接到武汉去了。我惊叹我们的现实距离越来越远,已处于两个不同的世界。我在本地这个小城瞎混,沉溺于某种无法救赎的深渊之中,日子过得简单、随性,像是失去了时间的界限。将近午夜,我们从车上走下来,靠在河岸的栏杆上,河水在黑暗中缓缓流淌,散发着淡淡的腥臭味儿。我试图从身后顶住她,被她侧身溜掉。

她从车里找出一本时尚杂志，说："有我写的稿子，送给你看一看。"我后来仔细翻看那本杂志，无法判断究竟哪篇是她写的。因为她告诉过我，像她这一级的资深写手，一期杂志可能上好几篇稿子，因此就要更换不同的署名。我在开篇"特稿"栏目里看到一篇名叫《我愿为你"二次守贞"》的文章，作者叫阿忆，直觉让我确信她指的就是这一篇。我大致读了几段，明白了"二次守贞"的意思。我感到虚弱和沮丧，同时还有一种解脱。

3

她忽然风风火火地回来办护照。彼时我刚买了车，和她的车同系，但要更好一点，雪佛兰科鲁兹。我驱车去城郊她家的老房子接她。她一上车，就告诉我她结婚了。这次办护照，可能要移民澳大利亚。我开车带着她往新区疾驰，小城的变化很大，开辟了新区，原来的行政机关都搬到新区去了。她头发乌漆墨黑的，穿着一身白色短裙，标准的贤妻淑女模样。几年没见，我们都不由得心生许多感慨，她轻轻摸了摸我握着挡杆的手，我感到像有什么东西在体内流动，暖洋洋的。但我并不敢放肆，疏离太久，我们之间像是生出一道无形的屏障。她喃喃地说："待在国内挺好的。""有人逼你出去？"我揶揄道。她说："唉，我也还没想好。如果硬找一个理由的话，我喜欢大海。"我默然，想说中国也有漫长的海岸线啊，但忍住了，我想没有理由或许就是最大的理由。我问她下午还回不回武汉，她说看办事情的情形再定。

她之前一定做过很细致的准备，所以公安局出入境办证窗口的工作人员向她要许多证件和手续时，都没能难住她。她一边填写表格，一边给我讲她老公。他是武汉当地人，现在做工程，具体说就是修马路，然后他们家现在办有沙厂，经营一个餐厅，还有两套门面房。“我对我老公挺放心的，你想啊，他天天待在工地，一个女的都没有。”她忽闪着眼睛，笑眯眯地对我说。我瞬间对她心生好感，还有一种怜惜。她写特稿时像个世事洞明、无所不知的情感分析师，但她的心好像隐藏在深处，与外面不搭界。我担心她外在强大，内心脆弱，一丁点儿风雨也经不起。

不到一个小时，我们就将护照的手续办完了，留下了收件地址，办证大厅会将护照快递至武汉。我有点泄气，我隐隐希望事情生出点小插曲，耽搁一下才好。因为我老婆刚好带孩子回乡下过暑假去了，我一个人处于散养状态。但这个念头太过龌龊，我说不出口。“时间还早，我想去看一下奶奶。”她忽然说。我感到吃惊，从没听说她还有个奶奶，因为她父母都跟随她搬到武汉去了。“有的，她在老年公寓。”她说，“在航海路。”我开车驶向航海路，按她的戳戳点点，开到了一片瓦砾场。这是中午时分，有几台歇工的挖掘机停在那儿，到处是断壁残垣。没有任何老年公寓存在的迹象，而且四周一片空旷，也没人可以询问。“看这情形，拆了吧？”我说。

忆莼用手机拨打一个号码，蹙着眉头听了一会儿，说：“原来的电话成空号了。”四周一片燥热，她用一种无助的眼神看着我，额头冒出了一层细汗。我无奈地冲她耸耸肩，抬脚将地上的一只易拉罐踢向远处。“有人吗？”我抬头冲着那片废墟大喊一声，没有任何人回应我，使我看起来像个神经病。地面非常硌脚，我俩艰难地在碎砖头与乱石块之间转了一圈，既焦灼，又茫然。

我们已经绝望，准备返回时，终于在一面只剩半截的白墙上发现了端倪，一行歪歪扭扭的黑漆字：老年公寓往左拐五百米。我们兴奋地跳回车内，往旁边的巷道里开去。里面有一个正方形的小院落，门口果然挂个斑驳的旧木匾额：“老年公寓”。或许“老”这个字眼离我太过遥远，我从未注意到城市里还有这样一个处所。老年公寓租用的是一座民宅，上下两层，分布有七八个房间。有两三个表情冷漠的大妈在拖地、洗衣服，院子里散发着一股腥、骚、臭混合的气味，让人忍不住犯恶心，我脚步不自觉地有点犹豫。忆莼走过去跟一位大妈悄声说了几句，然后冲我摆摆手，说："你在这儿等我一会儿。"

门楼内一边停着一辆摩托车，积满了灰尘。一边是洗手池，水龙头慢慢地滴着水，我拧开水龙头洗了洗脸，却关不严，任其慢慢滴成一条线。没有椅子坐，几位正在干活的大妈也不理会我。我只好退出来，门口有一棵高大的椿树，有蝉在上面嘶鸣，天气又闷又热，车里也没法待。我晃悠几圈，又走回院落，沿着走廊往房间里看。在拐角处的一个窗户里，我看到了忆莼。她正端坐在一张窄窄的铁床前，竹席上躺着个瘦骨嶙峋的老太太，侧身面对着她。忆莼像个懂事的乖乖女，静静地看着老太太。听不见她们说话的声音，或许她们在用无声的语言交流。这时老太太抬起脖子往上挣扎，像是试图坐起来。忆莼连忙伸手托住她的后背，她拖着软腔咳嗽着，探长脖子要吐痰。那种喉咙有痰而无力咳出的声音，听上去让人浑身发颤，难以忍受。忆莼腾出一只手拿过痰盂放在老太太面前，刚放好，老太太却将一条线状的黏痰吐在了忆莼的手背上……走到另一边的窗户，一股臭味传来，我看到一个老头咧着嘴冲我笑。他上身穿件背心，下面没穿短裤，只有一块花布搭在裆部，他的双臂和两腿都被绑在一张铁椅子上，丝毫不能动弹，全身只有脸上的表情可以自己控制。椅面应该挖了个洞，我看见椅面下方放着一个接粪便的塑料盆。这是一个老年痴呆症患者，并且大小便失禁。我心里一阵难受，觉得有点反胃，就退了出来。我们终将老去，"老"是我们的永恒困境，谁也无法逃避。但我们又好像谁都不愿提前感受，不自觉地采取逃避和遗忘的方式。但真正的"老"是如此残酷，甚至超过了死亡。

大约过了半个多小时，忆莼走了出来。她满脸歉意地说："你再等会儿哈，我想多陪一会儿我奶奶。"我点点头。她走过来附到我耳边，低声说："我奶奶现在身体很差，都快认不清我了，我估计这是最后一次看她，你多给我点时间。”我心里一颤，连连点头，还想说什么，她摆摆手，又进去了。忆莼向来给我一种没心没肺、没头没脑的感觉，此刻她竟变得温婉、娴静、善良，尤其是她的眼神，像一潭水，眨一眨便有涟漪。从她的背影看，她变胖了，腰上似乎也有了赘肉。这些年，她总是处于一种激情四射又焦虑紧张、志得意满又苦闷颓废的矛盾状态。我理解她，又不能完全理解她。

从老年公寓出来，她忽然决定下午要回武汉，并且打了个电话，告诉武汉那边事情办理的情况。我听见那边像是交代着什么，她一直“嗯嗯”地答应。最后她说：“我不想这样……什么呀……我不知道。”这是她的口头禅，别人的口头禅只有一句，但她有三句：我不想这样……什么呀……我不知道。

我心里有一些失落，有一些不甘，但还是发动车子开往火车站。路上无语，我想挽留她，但很久没有和她在一起了，其实我也有许多不适应。送她到进站口的时候，我终于没忍住：“真想让你明天再走，我家人都不在。”她立即明白了我的意思，双颊绯红，微笑着说：“不行，我准备怀孕，而且说不定已经怀孕了。”我陷入尴尬，她忽然转过身来拥抱了我一下，说：“咱们来张合影吧，我出去了，就再难见到了。”她伸长胳膊举着苹果手机，我们站在进站口熙熙攘攘的人流中，咔嚓拍了一张合影。我感觉完全游离了现实情境，脸上的表情肯定很僵硬。她转身离去后，我才回过神来。不错，那天她像从我的梦境中跳出来，没等我醒来，就完全消散、飘逝了。我看着她走上自动扶梯的背影，心里泛起一种缠绕回旋的幻觉般的忧伤。

4

我在微博上与忆莼互相关注，她生了一个女孩。我看见她天天在微博上晒照片，她的娃会笑啦，她的娃会爬啦，甚至连她的娃拉的粑粑都要传照片上来，让人浑身发麻，折腾得整个微博都不能直视。她最终没能移民去澳洲，而且我觉得她身上的某种青春气息消失殆尽了，终于成为一个世俗少妇。我并不是对她心生厌倦，我理解这是生活的魔咒，没有人能逃脱。八九年的光阴有多漫长？我们一同经历，一同变化，但却缺少重大事件作为标尺上的刻度，不知不觉中，日子像沙子一样流走了。生活什么都发生了，却又像什么都没有发生。

再见到她时，她说回来改户口本信息。她换了新车，明光锃亮的本田 CR-V。我说这车好，我一直很喜欢。她说一般吧，后背有点驼，像做好后被人踏了一脚。我接她去附近的生态园吃饭。她说："我想喝酒，就不开车了。"

我点了几样粤菜，全被她划掉了。她要吃地道的本地菜，焖罐肉、炖麻鸭，还有菱角炒丝瓜、小白菜炕豆腐。我陪她聊天，她自斟自饮地灌酒。我问她改户口本的什么信息，我们这儿改信息都需要片警签字。她淡然地说："我户口本上的婚姻状况是'未婚'，我这次回来要改成'已婚'。"我问："这是为何？"她一仰脖喝下一大杯啤酒，说："我在办离婚！但武汉民政局说我的户口本婚姻状况不对，必须改过来才能办。"我心里一惊，脱口问道："怎么搞的，真的吗？""谁高兴骗你！"她又喝下一大杯。我陷入茫然，她写文章时是顶高明的情感分析师，但自己的感情却一团糟。我知道她的性格有时温柔可人，有时桀骜任性，但她在家庭生活中究竟是怎样一种面目和状态，我不了解，也无从判断。这些年她处理事情总是很果敢、决然，但细究起来又很轻率、混乱，甚至有点吊诡，仿佛一切都是宿命。她一直在选一条我猜不透的路走。

她摇了摇头，神色黯然地说："他虽然挣的钱多，但摊子铺得大，都花出去了。我花的钱还都是我自己挣的，想想都失败。他一定在外面有女人，就算洗澡也得把手机带进卫生间里，怕我翻看他的短信。有一次他夜里躲到储藏室接电话，我要夺过来看是谁打的，让他如此诡秘。但他死死攥住手机，不让我看，逼到最后他硬是把手机砸在地上摔得碎成几块，让我无从查看那个来电号码，我一怒之下吞下了一块碎玻璃……”她忍不住啜泣起来，眼里的泪水奔涌而出。我惊呆了，感觉心快要从嗓子眼里蹦出来，急切地问道：“后来怎么样？是什么样的玻璃？”

她笑了起来，强颜欢笑，一边笑着一边颤声说：“就是手机屏幕的玻璃……”她用手指比画了一下，大约三四厘米的样子，“……我哭啊哭啊，哭得肝肠寸断，但哭罢以后我就解脱了，再也不管了……大概是心死了吧，只是觉得累，日子让人发疯，我干吗这样啊……”

我抽出几张纸巾递给她，看她默默地擦干眼睛。“你真傻。”我伤感地说，“玻璃呢，被你消化掉了？”她抹着泪水笑了起来，一边笑一边哽咽着说：“后来……在医院里……抢救了一个星期……”说完，她的泪水更加恣意地流淌出来。

我只好闭嘴，过了一会儿，待她终于平静下来。我说：“都是一样的，我回到家里也是往沙发上一躺，万事不管，但这就是生活，生活的常态就是如此。”她木木地点点头，又摇摇头。

忆莼一会儿哭，一会儿笑，一个人喝完了五瓶啤酒，走路的时候有点儿腿软。在生态园的停车场，我拉开车门时，她忽然叫嚷道：“这样你就送我回去啊，我不干。”我瞟了她一眼，不置可否。坐进车内，我给一个熟悉的酒店打电话，总台服务员告诉我客满了。我说：“去吹吹风吧。”

我将车子顺着沿河路开至本城的师范大学。大学的体育场后面，有一片山丘，山顶上有一座八角凉亭。我指着亭子说：“我经常在那里吹风。”她一派醉意，走路踉踉跄跄，不时从山坡间的碎石小路上跌出来，踏进旁边的鸢尾花丛里。我只好搀扶着她，花丛里沟壑纵横，她时不时地尖叫着，惹得树丛里成双成对的男生女生们侧目而视。我不知她是故意装醉，还是酒量真的变小了。

我扶着她走上凉亭的石阶，凭栏临风。我迟疑地说："你离婚，我真是没想到……"她笑了起来，说："是的，我们离婚财产分配说明就写了两页纸，民政局的小姑娘直吃惊，说你们这么多财产，竟然还要离婚。"我鼻子重重地哼了一声，一时无语。

我们一起俯瞰整个城市，看万家灯火。我说："那些夜色里的窗户，华贵的，简陋的，璀璨的，黑暗的，每一扇窗户后都有一个不同的人生，不同的命运，那些起伏与辗转，成功与失败，看起来变幻莫测，其实蕴含着从未改变的规律……"

她尖叫道："你说得好'高大上'啊！"

"他怎么同意跟你离？"我问出那个盘踞在脑子里许久的问题。

"照片啊，记得我们的合影吗？"她诡异地笑了起来，掏出手机，"我们俩唯一的一次合影，我拿给他看，说你是我的旧情人。"

她在手机相册里找那张照片，翻了几页，忽然捂着肚子叫嚷着憋得慌，要上厕所。我们从山上走下来，旁边是艺术系大楼，我带她找到里面的卫生间。门口一间亮着灯的大教室里，有一个男生坐在讲台旁边弹钢琴，台下空无一人，琴声悠扬，如泣如诉。忆莼出来时被那琴声所吸引，像是野性子一下子被激发了出来，竟然冒失地推门走了进去。她坐到第一排，仪态优雅、装模作样地听男生弹琴。我觉得她酒后可爱又可笑，就站在走廊下面等。男生见闯进个陌生的女人，停止了弹奏。我听见她说："你弹得真棒……继续……"于是琴声再次响起，但男生显然失去了节奏，中间不断地停顿，夹杂着他们含混的交谈。我想男生大概有点害羞，尤其是面对忆莼这样一个鬼魅般的女人，深夜闯入，并且对他大加赞美，让他羞涩而惶恐。忆莼像是全然忘记了我在外面等她，深深陶醉于琴声之中。男生终于磕磕绊绊地弹完了一曲，我听见她热烈地鼓掌，连声叫好。直到她迈着摇摇晃晃的醉步走出来，脸上还洋溢着一种意犹未尽的神色。

我们准备回去，相拥着往车边走，刚走出艺术系大楼，她用手揉着肚子，说又要上厕所。我问："你怎么了？不舒服？"她语焉不详地说："我不想这样……"我怀疑她尿频，想起八九年前那个夜晚的事情，就问她："那一年你给我发信息，说要换一个肾，是怎么回事啊？"她瞬间圆瞪双眸，一脸惊诧地说："我跟你说过吗？"我低声说："你说过。"她一拍脑袋，嘻嘻笑着说："我想起来了，那时我谈了一个男朋友，他说他可以为我献出一切，就试探他愿不愿意给我移植一个肾，但我不记得跟你说过啊！"

"真幼稚。"我说。

她摇摇头，嗲着腔说："我不想这样……什么呀……我不知道。"

原载于《红岩》2016 年第 1 期

可疑的男孩

女人的脸上总是挂着微笑。不是故意装出来的奉迎人的笑，而是像轻风拂过水面一般，在脸上荡漾开来，久久不散，恬静而神秘。村里人很少听到她说话，偶尔吐出几个字，短促的外地腔飘忽而过，也无从判断她从哪里来。她用微笑代替了语言。她皮肤很白，像是没遭过风吹日晒的城里姑娘。她看上去很独特，与村里矮胖而泼辣的妇女截然不同。那年春天她一出现在村里，不知有多少双眼睛直勾勾地盯住她，想将她看透。

无论她是个什么样的女人，来到村里都算重大新闻，因为她是跟着陈光本一块回来的。那可是村子里的异类。而男孩被她吸引住，则是由于她胸前戴着一只红心佩。白色的塑料底衬上，镶着一颗水晶般的红心，在阳光的照射下，闪耀着夺目的七彩之光。男孩盯着她看，其实是偷看她的红心佩。

女人从大道上走过来，手里提着一只搪瓷缸。走到稻场边，她驻足看了看，然后坐在了一棵枫杨树下。她将搪瓷缸放在路旁的草地上，摘掉头上的白色旅游帽，当扇子慢慢地扇着风。她好像不大喜欢和村里的其他妇女扯闲话，宁愿坐在稻场边看庆芝、庆华和庆喜学骑自行车。那时村里人将加重自行车称作“洋驴子”。孩子们到了十岁左右，就要开始学骑“洋驴子”。如果自家里没有，就在稻场趁别的孩子骑车时，凑过来见缝插针地学。反正跌跌撞撞，摔摔打打，练一阵子就会了。但是男孩还不会，他太小，实在难以驾驭笨重的“洋驴子”。

庆华家的“洋驴子”很难骑，右脚蹬的踏板坏了，只剩下中间一根尖细的钢棍，磨得明晃晃的，而且男孩听庆芝说车把比较死，稍有不慎就可能一头栽到田沟里。三个人里面，庆华骑得最熟练，他能够像大人那样潇洒地后迈腿。庆喜个子矮一些，不会后迈腿。他左脚踏上踏板，滑行一段，然后迅速地将右脚从车子中间的三角区伸过去，踏住右边仅剩的钢棍，吱吱吱地蹬几个半圈，车子顺利前行之后，就开始蹬满圈，这叫掏腿。男孩很羡慕掏腿的动作，他虽然不会骑，但知道学骑车必须先学会掏腿。庆芝是他俩的姐姐，人却最笨，一直没学会。她既不后迈腿，也不掏腿，而是直接跨到车座上去，让庆华和庆喜从后面扶着车尾架，推着车帮她前行。男孩兴致勃勃地在后面追着车子奔跑。庆华的力气大，庆喜的力气小，他们两个在后面的推力不均衡，庆芝手里的车把就一会儿向左拐，一会儿向右拐，像扭麻花一般。庆芝一边骑一边"啊啊呀呀"地惊叫着，男孩觉得她的力气没用在脚掌上，而是用在了嘴巴上。她在稻场只骑行了小半圈，车把就猛折几个来回，她轰的一声栽倒在地。不仅她自己摔倒了，连庆喜也被带趴在地，庆华则狡猾地跳开了，自行车的后轮毂还在唰唰唰地旋转。男孩殷勤地跑过去，使出全身的劲儿将自行车扶起来。庆华接过车把时，男孩怯生生地说："我也骑一圈吧？"庆华撇着嘴说："你有车把高吗？"男孩脸一红，想争辩什么，却没有说出来。庆华一迈腿跨上自行车，说："等你长得有车把高了再练吧！"男孩就畏畏缩缩地退到一边。

那个女人面带淡淡的微笑，不声不响地坐到旁边观看，庆华忽然来了疯劲儿。他让庆喜和庆芝歇一会儿，自己开始表演般地骑行。他不仅可以后迈腿，也可以像庆喜那样掏腿，还可以像庆芝那样跨上去硬骑。尤其是他模仿庆喜的掏腿，自行车虽然摇摇晃晃，车轮却旋转得顺溜，在稻场上画着一个又一个圆圈，像水塘里乱窜的白条鱼一般欢快。女人一直笑眯眯地看着他们，她不说话，笑容里却包含着欣赏与赞叹。庆华越骑越快，仿佛丝毫不觉得累。

男孩有点落寞地坐到女人身旁，他又看到了她胸前的红心佩，凸起的红心圆润饱满，像一只可口的鲜桃，男孩的心情愉悦起来。他从没见到附近村子里其他人戴过那么漂亮的红心佩，男孩知道一定是女人从外地带来的。

女人忽然问男孩："你几岁了？"男孩说："八岁。"女人笑着说："你太小了。"男孩有点害羞，低声说："我妈说我不小了。"女人笑得双肩直发抖，她揭开搪瓷缸的盖子，从里面拿出一只煮熟的红薯，朝男孩递过来。男孩说："不要……"女人笑眯眯地说："吃吧。"男孩咬了咬嘴唇，迟疑了一会儿，接在了手里。他非常喜欢吃红薯，还记得那种绵软的甜味儿。本地只种水稻，没有人种红薯。去年秋天北方人开来了一辆拖拉机，拉着满满一车红薯。北方人用红薯换村里人的白米，二斤半红薯换一斤白米。男孩那时候吃过一次红薯，一吃就喜欢上了。他问过母亲："为什么我们家不种红薯？"母亲说："北方是地，只有地才能种红薯，我们这儿是田，田只能种水稻。"男孩没见过北方的地，不知道田与地有何区别，听得似懂非懂，但从此记住了红薯的味道。男孩咬了一小口，甜味儿在嘴里化开，他觉得像牛奶糖一样好吃。他没舍得再吃，而是握在手里。他觉得应该带回家让母亲看看。红薯在手里有点黏黏的，他感到手心直冒汗。

男孩觉得他可以猜出女人的心思，大胆地说："你是在等陈光本吧？"女人的眼睛明亮地闪了一下，看了看男孩说："是啊，你真聪明！"男孩知道陈光本去掏黄鳝去了，他是村里最会掏黄鳝的人。他将黄鳝钩别在后衣领上，腰里系个蛇皮袋，天不亮就出去，傍晚时回来，蛇皮袋里就会有好几斤黄鳝。他之所以要走到外面去，是因为附近池塘和稻田里的黄鳝快被他掏完了。

男孩看着总是面带微笑的女人，抛出了一个憋在心底的问题，说："你这个红心是在光山买的吧？"女人低头看了看胸前，说："差不多吧。"男孩说："寨河镇上没有卖的。"想了一想，男孩又说，"我妈说只有光山县城才有这样的红心佩。"女人捂着嘴哈哈大笑了起来。男孩有点儿不好意思，但在女人的笑声里，他的胆子像是变得更大了，忽然问道："你知道陈光本以前的女人吗？""唔？"女人沉吟了一下，说，"知道。"男孩又问："你知道她的名字吗？"女人笑着说："周凤枝！"男孩点了点头。她连名字都知道，看来女人应该知道一切，男孩觉得他没什么问题了。

女人和男孩的对话，吸引了庆华的注意，他骑车过来停住，看了看男孩手里的煮红薯，说："春生，你想骑一会儿吗？"男孩心里一喜，连忙跑过去，刚到自行车边上，他想起手里还握着那只红薯，于是四处睃巡，他觉得应该将红薯放在路边的草地上。庆华指着身后的村庄说："你看那是什么？"男孩一回头，忽然感到手被猛地一击，那只红薯掉在了地上。男孩回头看到村子里有人在做饭，一股蓝色的烟从烟囱里冒出来，他没看见是什么东西撞击了他的手。一愣神的时候，庆华哈哈大笑着迈腿跨上了自行车，他一边骑车一边大叫着："沾着灰啦！不能吃啦！"男孩看了看跌落在地上的红薯，已经摔得塌软了，牢牢地吸在地上。他鼻子一酸，差点儿哭了。

如果见到陈光本在村边的池塘里掏黄鳝，男孩准会跑过去看，他对陈光本的动作非常着迷。黄鳝钩像一根织毛衣的钢针，一头是弯钩，另一头绕个圆环。陈光本将弯钩穿上蚯蚓，慢慢伸进黄鳝洞里，然后另一只手扣住食指，贴着水面往下弹，弹出一种类似黄鳝吃食的啪啪声，就可以引诱洞里的黄鳝吃钩。等到钢钩略一颤动，陈光本就将钩顺势往里一探，钩住黄鳝的嘴，将它的头拉到洞口，另一只手的中指猛地掐住黄鳝的脖子，活蹦乱跳扭曲着身子的黄鳝就被俘获了，整个过程像变戏法一样。

男孩也想学掏黄鳝，但他没有黄鳝钩，而且他害怕洞里有蛇。陈光本说水面之下的是黄鳝洞，水面之上的是蛇洞，但池塘边的大多数洞穴刚好和水面持平，男孩就分不清了，不知那些潮湿的洞穴里面到底是黄鳝还是蛇。当然，除非黄鳝吐泡泡。男孩知道黄鳝产卵前会吐泡泡，如果有洞口聚集着一堆细小的泡泡，就说明洞里面肯定有黄鳝，而且还不会太小。但就算如此，男孩也总是无法捉住它们。因为黄鳝的洞有两个出口，稍一惊动，它们就从水底另一个隐秘的出口迅速逃走了。

男孩的爸爸经常不在家，爸爸一出门，他就在村子里瞎逛，到处都有他的影子。母亲说他无天管无地收，谁家有个屁大的事儿，哪怕仅仅是中午吃了一顿肉，男孩都能知道。他一会儿在村东的德河家，一会儿又窜到了村西的德刚家。但他很久都不敢去陈光本的家了。因为陈光本家里死过人。去年秋天他的女人周凤枝喝药死了，什么原因男孩不知道，棺材在家里停了许多天，周凤枝娘家来人闹事，不让抬出去安葬，后来整个村庄都闻到了死人的臭气。从那以后，男孩再不敢去他家里玩了。男孩原本喜欢玩他家的压水井，在村子里逛渴了的时候，就去压一压，捧一口清凉的井水喝。男孩觉得陈光本挺倒霉的，因为他女人喝的毒药是他亲手配制的。他一到秋天就出去偷狗，将毒药埋进馒头里扔给外面的狗吃。村里人说那种毒药的名字叫“三步倒”，狗吃了以后，只走三步就会倒下。男孩走路时尝试过那种感觉，只走三步，一、二、三就倒下，真是太快了。陈光本没有想到，他女人周凤枝竟然吃了他用来毒狗的馒头，而且她还挺着大肚子，据说再过一个月就要生孩子。那一阵子男孩吓得几乎不敢出门，他听母亲说，这就叫报应，害人害己！

在男孩心目中，陈光本是个坏人，很不好惹，但他却这么快就从外面带回一个新的女人。女人那么爱笑，还舍得给他煮红薯吃。男孩觉得那女人挺好，他虽然讨厌陈光本，却有点喜欢那个女人。陈光本眼睛细细的，总是眯缝着，留着一撮小胡子。男孩觉得他看上去像个丑八怪。

男孩虽然不会掏黄鳝，但他掏蚂蚁很厉害。在田埂上看见圆圆的小洞，抽一根狗尾巴草，将新鲜湿润的草茎插进洞里，过一会儿看到毛茸茸的草头微微颤动几下，拔出草茎来，下面就会挂住一只黑蚂蚁，像变魔术一样神奇。男孩正在稻田边的田埂上玩耍时，听到西边传来了一个女人的呼喊声。男孩丢下狗尾巴草，沿着田埂跑过去。村子的最西头有一片土丘，是陈德刚家的菜园。土丘下面有一口鱼塘，陈德刚在里面养鱼，塘埂外面拉了一道木栅栏。男孩看见陈德刚的胖女人正站在土丘上，朝着村子的方向大声呼喊，她一边喊叫，一边挥舞着双手，远远地看上去，像在大声呼救。"谁偷我家的鱼你听着，你短阳寿，你生孩子没屁眼，你全家不得好死……"女人的声音像刀子划破天空，听得人心惊肉跳。男孩看到陈德河，还有庆华的爸爸也闻声跑过来，围着鱼塘指指点点。陈德刚跳进了水塘中央，水到了他的腰际。他正一声不响地用抄网捞鱼，不过他捞出来的都是僵硬的死鱼。男孩知道那些鱼都不能吃了，捞出来也没有用，他觉得陈德刚像在赌气，非要弄清楚池塘里面究竟有多少死鱼似的。

"蚊香炒米。"陈德河指着塘埂上散落的米粒说。他从地上捡起了几粒，放在鼻子前闻了闻，然后肯定地说："是蚊香炒米，还兑了酒。"

男孩听人说过，偷鱼贼是将蚊香和米放在一块炒，炒得香喷喷的，趁夜晚撒到池塘里。鱼儿们吃了炒米，就像喝醉了酒一般，一条条浮出水面，慢悠悠地游来游去，任人用抄网随便捞。

男孩跨过木栅栏，也学着陈德河的样子，从塘埂上捡了几粒米，放在鼻子前闻了闻。米有些发潮，闻着并不香，但的确有股酒味。

"春生别吃！"陈德河叫道，"有毒！"

"我知道。"男孩笑嘻嘻地说，"还用你说。"

陈德河说："你是你家的独苗，若将你毒死了，郭尿包就完蛋啦！"

郭尿包是男孩爸爸的小名，本地人叫作"废名字"。如果喊成年人的“废名字”,是骂人的意思。男孩用眼睛翻了翻陈德河,说:“你才是尿包。”

“滚!”陈德河脸色一沉,“当心我给你拿拿龙!”他说话的时候,双手做了个猛地一掐的动作。

拿龙是指将自行车的辐条紧一紧,但村里人将揍人也称为拿龙。男孩看了看虎着脸的陈德河,胆怯地不敢说话了。他离开陈德河,沿着塘埂走向另一边。陈德刚用抄网在塘底捞出了许多鱼,一条条地抛到塘埂上。有鲤鱼,有鲫鱼,还有草鱼,更多的是胖头鱼。他每抛上来一条鱼,男孩就听到庆华爸爸吸一下嘴巴,像黄鳝吃钩的声音一样。看到扔上来的鱼越来越多,胖女人的叫喊声比先前更加尖厉疯狂,她拼命地扯着嗓子,像是要让村子里角角落落的每一个人都能听见。“谁偷我家的鱼你听着,你是个绝户头……”她的声音慢慢地有点变形,虽然她很用力,但男孩感觉她的吼叫声其实越来越小。她的嗓子好像被撕碎了,声音在空气中飘飘忽忽的,如同破棉絮一般飞舞。

男孩走到塘埂的另一边,忽然看到了一片亮光,像一面镜子躺在地上。他拾起来一看,心都要跳到嗓子眼了。他的手微微颤抖,几乎拿都拿不稳。它那么可爱,那么漂亮,男孩心仪已久。虽然是从地上拾起来的,但它非常洁净,非常鲜亮,闪烁着神奇的光芒。男孩紧紧地攥住它,他回头看了看池塘里的陈德刚,他还在闷声不响地捞死鱼。陈德河正在和庆华爸爸蹲在一起抽烟。水面静悄悄的,漂浮着一些死鱼和垃圾,一切都很正常,谁都没有注意到他。男孩不声不响地离开塘埂,脱离了他们的视野之后,男孩撒开腿往家里跑去。一股既紧张又激动的美妙感受从他心里升起,甜蜜蜜的,美滋滋的,他觉得像是要飞起来了。

庆华迎面跑了过来,他大约才听到动静,要去鱼塘看热闹,而且他爸爸还在那儿。见男孩急急忙忙地往回跑,庆华一把抓住他,问道:“你干什么去?”

男孩想起红薯被打掉在地上的事情，他认为肯定是庆华捣的鬼。男孩本不想理会他，但他实在太兴奋了，将手中的宝贝掏出来闪了一下。在庆华一愣神的片刻，男孩使劲挣脱了他的手。

庆华的眼珠子都快瞪出来了，吃惊地问道："你从哪儿弄到的？"

男孩回头做了个鬼脸，笑嘻嘻地指了指身后的池塘："在那儿捡的。"男孩说完转过身继续往家里跑去。

"春生！春生！"男孩听到庆华站在身后大喊。

天快黑的时候，村子忽然陷入了一片喧闹之中，但男孩对大人们的事情没有兴趣。他蹲在屋后的池塘边，仔细地察看他所知道的洞穴。他想看看那些洞口最近有没有泡泡，如果洞口吐出泡泡，就说明里面躲藏了黄鳝。尽管男孩没有把握能够捉住它们，但他还是想试一试。

母亲突然推开厨房后门，气冲冲地走了出来，冲着男孩吼道："你个小寡子子，过来！"

男孩看到母亲脸色发青，心里一紧。母亲生气时，脸色就会发青，这往往是他将要挨打的前奏。

男孩刚站起身，母亲就一把拧住他的耳朵，将他牵回院子里。男孩很吃惊，他家的院子里来了几个人，有陈德刚、陈光本，还有陈光本的女人。那个爱笑的外乡女人，此刻脸上没有一点笑容。她脸很白，但此刻好像比平时更白了。

男孩很糊涂，不知道发生了什么事情，这些人平时很少到他家里来。他感到有一种古怪的气息在黄昏的院子里飘荡、游移，他不知这气息来自何处。空气中腥腥的，像鱼的气味，又臭臭的，像是黄鳝的气味，让人心神不安。

陈德刚的裤子湿漉漉的，像是刚从池塘里上来不久，而且他还光着脚，裤腿挽了起来。见到男孩，他用柔和的口吻说："春生，庆华说你捡到了红心佩，是不是？”

男孩不知道该如何回答，他回头看了看母亲，但母亲铁青着脸，眼睛狠狠地瞪着他。

男孩吞吞吐吐地说：“不是……不是庆华的。”

陈德刚点点头，笑着说：“我知道不是庆华的，是你捡到的，是不是？”

男孩又回头看了看母亲，他正想说话，母亲“啪”地扇了他一嘴巴，吼道：“我抽死你！你个小寡子子！”

男孩觉得眼前金光一闪，鼻涕和眼泪一齐奔涌出来了。陈德刚拉住母亲的手，说：“你别打孩子，不关孩子的事儿，只要说清楚就行。”

男孩哭喊道：“我捡的……”

母亲伸手拧住他的耳朵，说：“在哪儿？拿出来！”

男孩抽抽搭搭地哭泣着，朝屋里指了指。母亲像是明白了什么，快步走到屋里，从供桌柜门里取出男孩的麦乳精盒，揭开盖子，一下就翻出了那只红心佩。母亲拿着它走到院子里，朝几个人挥了挥，又扇了男孩一记耳光。

陈光本见到那只红心佩，立即接了过去。他认真地看了看，回头低声对他女人说：“是的，是我们的那只。”女人捂着脸哭了起来，她很瘦弱，像是要晕倒的样子，陈光本从背后扶住了她。

那女人一边哭，一边哽咽道：“我洗完衣服在院子里晒……这只红心佩在衣服上没摘下来……才一会儿就不见了……”

陈光本的脸色不像母亲那样发青，而是发暗，发黑，看上去有点儿吓人。他弯腰问男孩：“春生，你好好说，是不是你在我院子里捡的？你是小孩，我不怪你。但你要想好，老老实实地说实话！”

男孩嘴巴动了动，他眼前忽然满是死鱼，那些漂浮在鱼塘里的死鱼全跑进了他的脑子里，僵硬而腥臭，一条条地从眼前闪过，让他眼花缭乱，而且空气里也充溢着腥臭的怪味，他有点喘不过气来。男孩脑子里很乱,一切若隐若现,发生过的事情,他无法描述,好像也记不清了,心里莫名其妙地发虚。他感到紧张和恐惧,想说自己没有偷东西,但额头却沁满了汗水,像个被现场捉住的贼。他的心怦怦直跳,不知道自己害怕什么,只觉得很委屈。他试图回忆曾经发生的事情,奇怪的是那些印象真的已经模糊、含混不清了。

"春生你别怕,你是不是在我塘埂上捡的?"陈德刚说。

"你别这样问!"陈光本立刻插嘴道,"让春生自己说,庆华说的我不信,我就信春生说的。"男孩看了看陈光本,看到了他眼睛里冷冷的光。男孩心里紧张极了,而意识却变得茫然、迟钝起来。

"春生,是不是你拿的?"陈光本的女人擦着眼里的泪花,柔声地问男孩。

男孩看了看陈光本,感到有点恐惧,又看了看陈德刚,也让他感到慌乱。他欲言又止,不知道他们为何这样追着问自己,仿佛自己说什么非常重要,并且将伴有严重的后果。而事实上,男孩觉得自己并没有做错什么。在嘈杂混乱而又令人窒息的气氛中,母亲一声不吭地走过来,冷不防抬手啪啪打了男孩两记耳光。打得很重,男孩脸上顿时现出几条手指印,他先张嘴哇哇叫了两声,然后哽咽地抽泣着。他的身体不停地哆嗦,嘴唇不住地颤动,一哽一哽地如同嗓子眼里卡着异物,想哭而又哭不出声。

母亲忽然号叫了起来,她的叫声尖锐凄惨,听了让人毛骨悚然,脊梁发冷。她跺着脚咒骂道:"你个小寡子子,天天在外面惹祸,这是把大人往死里逼啊!"母亲一边哭,一边发疯似的抽打男孩的屁股。陈德刚想过来阻拦她,忽然咣当一声巨响,母亲将厨房门口的一只暖水瓶踢飞了,爆裂的瓶胆碎片立刻飞溅出来,院子里的人都吓了一跳。母亲还不罢休,又转身从菜板上拿出菜刀,哭喊道:"我要将你的手指剁下来,让你天天手欠,到处惹是生非,我把你的手剁下来就省心啦!"

几个人都沉默了,而且显得有点尴尬。在母亲疯狂的叫喊声中，陈德刚叹了一口气，摆摆手说："算啦，算啦，别拿小孩撒气。"

陈德刚说完转身就走，在母亲略一愣神的时候，他又回头说："其实不用春生说，我们都清楚怎么回事，他下午就在我的塘埂上，他在哪儿捡的我心里跟明镜似的。谁做了见不得人的勾当谁明白！"

陈光本的女人又哭了起来，她身材单薄而柔弱，摇摇晃晃地颤抖着，像是随时可能晕倒在地。陈光本一手扶着她，一手将那只红心佩递给了男孩，说："你拿去玩吧，小玩意儿！"

男孩看到母亲气得胸口剧烈地起伏，肺好像要爆炸一般。他们三个人离开以后，母亲走过去关上门，回到院子里一把夺过男孩手里的红心佩，猛地摔在地上，然后啪啪啪地踏上几脚，并且用鞋底将红心佩碾得粉碎。地上散落的红色碎片，深深地刺疼了男孩的眼睛。他没有再哭，眼泪却无声地奔涌而出。母亲用手指戳了一下男孩的脑门，咬牙切齿地说："等你爸爸回来，一定让他剁掉你的手！"

原载于《湖南文学》2016 年第 2 期

还　乡　记

1

全县的地形呈稍弓曲的圆柱状，如同一只克隆的巨型瓠子，睡卧在绵延起伏的大山里，平静而安详，仿佛从未被打扰。寨河镇在全县最北面，处于瓠子的尾端。一条国道从镇中穿过，宛如瓠子根部的藤蔓，联通着全县与外面的世界。县里的年轻人，从这条国道乘上开往城里的汽车。汽车沿着国道爬上远处的山坡，消失在大地的尽头，年轻人就融入了外面的世界。

但年轻人走出去的多，回来的少。德亮也是如此。他前年栽罢春秧出的门，这两年春节都是在外面过的。不仅人没回来，信也从未写一封。偶尔打电话，也是打给邻村的姐姐，托她照顾好独居的父亲。德亮总感觉跟父亲无话可说。不仅是他，村里的年轻人大多如此。父子之间的关系近乎生疏，近乎冷漠，而且这种生疏和冷漠里还透着心照不宣的默契。每隔半年，他给父亲寄回一张汇款单。汇款单既是他报平安的家信，又是他孝敬父亲的使者。寄出汇款单，德亮就释然、心安了。

这个月光如镜的秋夜，当德亮从寨河镇走下长途大巴时，故乡于他陌生得只剩下一个空泛的概念。他使劲儿看清了国道旁蓝色路牌上的“寨河”两个字，才确信终于结束了二十多个小时的行程。夜里没有去乡下的车，他决定抄近路，步行八里地回去。月光下的田野里稻子已经收割完毕，剩下一片深褐色的秧茬，一些低洼处蓄着积水，反射出晶晶亮的月光。田埂上每隔一段距离，就生长着一棵粗大的乌柏树，每棵树都自成一景。他沿着蜿蜒曲折的田间小路行走，空气里充斥着淡淡的草木腐烂的腥味，唤醒了他对故乡的记忆。野外寂静无人，远处的树林和村庄影影绰绰。他觉得自己像个幽灵，悄悄潜回了故乡的村庄。

前面的小河就是寨河，镇子以它的名字命名。寨河弯曲盘绕，水浅得只剩下溪流，月光下雪亮如一条白练。河两岸生长着一些枫杨树，投下几片模糊的阴影。河面上歪歪扭扭地立着一座石磡桥，桥面由几根石条拼接而成，连接处呈错位的“Z”字形。以前村里的年轻人，以骑自行车过这座“Z”字形桥为人生最高绝技。但德亮心里忽然生出一丝恐惧，他想起了一件残酷的往事，同村人吴从会的儿子十年前淹死在这座桥下。那是夏季汛期，有一天突降暴雨，傍晚时吴从会带着儿子从镇上回村里，经过寨河时发现河水猛涨，淹没了石桥。但天已擦黑，他不愿绕道走上游的大路，就冒险背着儿子用脚探着河水过桥。摸索着走到桥中央的连接处，水已淹到腰际。冷不防一个浪头袭来，他和儿子一同跌入河水里。他扎了个猛子从水里爬出来，儿子却随水流漂走了。三天后，河水消退，才在下游几里处的泥潭里找到。德亮当时正在田里干活，他看见珍嫂哭喊着跳入寨河水库里，村人两度将她从水里救出，才知道事情的真相。德亮没有去泥潭现场，但珍嫂闻听死讯后哭得肝肠寸断的样子却留在了记忆深处，仿佛成了他的梦魇。

德亮看到河对岸有个灰白的影子闪了一下，他心里一紧，不由得后背寒毛直竖。他停下脚步，看到从河那边跑过来一个年轻人，头戴一顶瓜皮帽，身材瘦小，动作敏捷。年轻人背着一只鼓囊囊的蛇皮袋，看上去挺沉，但跨步奔跑的动作却很干脆利落。德亮想不透他为何走得如此匆忙，近乎慌不择路。这时，旁边枫杨树下的黑暗处，陡然发出一声轰响，德亮吓得差点栽倒在地。一个粗壮的中年汉子，原本蹲在地上，突然站起来踹响了停在一旁的摩托车。摩托车的轰鸣声在白天很寻常，但这样一个夜晚冷不丁地骤然响起，德亮的魂都快飞了。他丝毫没有提防,没想到身旁竟然藏着一个人。中年汉子像是已蹲守许久,就等河对岸这个年轻人。在德亮惊魂未定之际,戴瓜皮帽的瘦子飞快跨上摩托,嘴里吐出一个字:“快!”中年汉子一踩油门,摩托车车头翘起,晃了几晃轰鸣着蹿了出去。

德亮觉得两人的行踪很诡异,却又拿不准他们是干什么的。他冲着两人的背影大声喊道:“你们搞什么鬼!”但他的声音在静夜里飘飘忽忽的,没有任何回音。

过了寨河,再从陈家沟和谢家畈两个村庄中间穿过去,就可以看到德亮的老家吴寨村了。他迈开大步,故意在地上踏出点响动,给自己壮胆。当终于看到故乡村庄的轮廓时,他甚至控制不住激动的情绪,吹起了口哨。吴寨村的四周被水塘包围着,村东边留一条路作出口。德亮的家就在最东边的村口。他沿着水塘边的田埂小心翼翼地摸到家门口,发现大门竟然从外面上了锁。

2

寨河的流程很短,它的上游是一座小水库。库容量不算大,但全镇一半以上的农田灌溉全依靠它。这两年,县里发展旅游产业,挖掘美丽乡村。县长从德亮的老家吴寨村发现了值得开发的亮点。吴寨村紧挨着寨河水库,水库右岸是一片茂密的树林,周边有大片的滩涂湿地,因此栖息着一群白鹭。白鹭白天在河岸上觅食、嬉戏,轻舞蹁跹。夜晚在树林里宿眠、繁育。白鹭鸟多到什么程度?每棵树上都有两三个鸟巢,所有的树叶花白一片——白鹭的粪便淋在叶子上染的。县长下乡视察,无意间看到这处人间胜境,如同发现了深山里的宝藏,指示要在水库边建设一座观鸟台。县长说,登上观鸟台可以更方便地观赏白鹭飞舞的湿地风光,向外界展示鸟类、人类和大自然和谐共处的美景。县长还指示，要举办一届以白鹭鸟为主题的摄影大赛。

德亮这次回来的动因，就与观鸟台有关。

他心里犯嘀咕，父亲深夜不在家，难道是在观鸟台看守工地？父亲没能像年轻人一样出去打工，但心思却并不安分，整天四处找零活干。村里剩下的这些与父亲同年龄段的老人，都是干不得重活的，因而不能走出去。他们想不透外面的世界具有怎样的魔力，让村里的年轻人一出去就被迷住了，将生养自己的地方忘得干干净净。偶尔有年轻人回来，心也留在外面，在村庄里没魂似的盘桓几日，终究还是要出去。德亮正犹豫着要不要翻院墙进去，村口传来了一阵脚步声，走过来几个人。他听到了一声咳嗽，咳得不爽利，有一种让人难受的拖沓。他听出来了，是父亲的咳嗽，虽然他已有三年没有听到过了。

“是我爹吧？”德亮冲那几个人喊道。

“谁啊？”

“是德亮？”

“德亮回来了？”

几个人吃惊地叫喊着，往村里快步走来。待他们走近些，德亮看到原来是兴伯和福伯，还有父亲。父亲脚力不济，走在最后面。他们肩上都扛着铁锹或钉耙，像是要准备与外村人械斗。“你们这是干什么？”德亮问。

“村里进了贼，打贼去了！”兴伯回答道。

德亮“噢”了一声，想起刚才路上碰到的两个行动诡异的人。

“闹狗贼。”父亲说。他看到德亮，眼睛瞬间有点发亮，又说：“用毒药。”

德亮说：“我看到有两个人往北边跑了。”

“我们顺着狗的叫声朝西追，难怪没追上。”父亲说。

“德亮为补偿款回来的吧？”福伯问道。

德亮看了看父亲，父亲一声不吭。德亮点点头，说：“是的。”

福伯说：“我们一个户族的，怎样都可以，姓吴的话难说。”

兴伯帮腔说：“姓吴的人太奸。”

德亮有点不明所以，含混地说：“是啊。”

几个人散去，父亲窸窸窣窣地掏钥匙开门。德亮走进阔别三年的院落，看到院里的柿子树叶子已落尽，光秃秃的树枝上点缀着几十个磨盘柿子，地上还掉落了许多，没有人捡拾，任其腐烂。院墙下的砖缝里长出了一丛数尺高的蒿草，透出一种无人打理的破败气息。父亲以前为人处事都严谨有致，清晨洒扫庭院，白天勤力稼穑，黄昏关门闭户。但自从母亲去世以后，尤其是德亮也离开村子外出打工之后，他似乎开始对生活持一种放任自流的态度。洗漱一番，东边的天色已经见亮。

父亲说：“你去睡吧，睡好了咱们有事情说。”

这句话不说便罢，一说出来，就像有个悬念勾着魂，让德亮睡意全无。“什么事？你说吧！”德亮说。父亲说：“你先睡。”德亮固执地说：“到底什么事？你说吧！”父亲怔了怔，说：“前天村里开了会，为补偿款扯皮，吴从会、吴从云等都要求分钱。”德亮说：“修路占的是我们家的田地，他们凭什么分钱？”父亲说：“我也是这样说的，但他们说土地是村集体的，上次土地调整分配给我们耕种，并不归我们所有。现在修路占了土地，补偿款应该集体平分。”

“陈德奎怎么说？”德亮问。

“吵吵嚷嚷的，陈德奎没表态。”父亲说，“村里还是吴从良说了算，吴从良是支书。”

3

昏昏沉沉地睡到傍晚，德亮从床上起来，吃了父亲温在锅里的几样菜，有焖罐肉、泥鳅焖大蒜、韭菜炒鸡蛋，还有自家腌的辣椒酱。德亮吃得飞快，家乡的食物让胃很温暖，他额头直冒汗。他重新洗了一回澡，想去寨河水库边看一看。

故乡的村庄比他记忆中的要破败许多。只有三四户人家新盖了小洋楼，外墙刷成白色，在灰暗的村庄里非常显眼。大部分房子破旧不堪，年久失修。村里的年轻人都外出了，剩下老人和孩子留守在家里。年轻人结婚买房，都去县城的新区买，最差也要在镇上买。有的全家搬离，房子其实已经废弃了，只剩下断壁残垣。几口小池塘无人清理淤泥，慢慢地被生活垃圾填平了。乡村终究要慢慢消亡的。或许，等现在这一代活着的老人故去以后，乡村就无法接续与传承了。

通往观鸟台的路从村旁穿过，水泥浇筑的路面已经修好了一半，另一半正在堆土，一台橙色的挖掘机垂下铲斗停在一旁。

在靠近水库大坝的地方，德亮看到自己家的田地全被占用了。如果不是靠旁边的水渠作为参照物，他都分辨不出了。他家的田地一半做路基，另一半用水泥硬化，成了停车场。可能提前知道土地将要被征用，这一季稻谷父亲没有播种。登上新修的石板台阶，他看到水库堤坝上原来的几棵粗壮的银杏树被砍掉了，地面上露出一排枯树桩。水库岸边像凭空生出一座大型船坞，水泥、沙子满地，预制板、钢筋码在一旁，各种废木料堆得乱七八糟，船坞中间耸起一个橄榄形的水泥框架，已建至第四层。旁边竖着一张规划示意图，图上一片绿波荡漾的水面，观鸟台像一艘巨大的帆船，停泊在水库边上。从示意图上看，观鸟台其实是一座酒店，共分六层，一、二层是宴席包厢，三、四层是酒店客房，第五层为娱乐中心，第六层则是观鸟台。但现在整个船坞都停工了。

水库的水位比德亮离开家时低许多，更没法和规划示意图上的水位相比。德亮从没看到过的，原本在水面之下的乱石、浅滩，现在裸露了出来，看上去有点触目惊心，有点狼藉。他并没听说这两年家乡有旱情,但水库的蓄水量却损耗了一大半。在一处被劈开取土的山坡上,他看到了一丛盛开着红色花朵的秋杜鹃。这些杜鹃花春天已经开过一次,可能只有在家乡这块地方,秋天它们会再盛开一次。德亮长期在上海街头混日子,对大自然的认识变得迟钝和麻木了,回来后他忽然发现故乡这些生长在大自然里的野花具有非同寻常的美。

但是,德亮总觉得看到的一切比他想象中的缺少了点什么。他左右转了几圈,放眼远眺,终于明白,鸟,白鹭鸟。他没有看到一只白鹭鸟。以前还没有靠近水库,就能听到白鹭鸟的鸣叫,现在四周如此安静。

“这水库是我的,走开!”冷不丁有人冲德亮喊道。

是一个老妇,她蓬头垢面,瘦骨伶仃,穿着一件灰黄色的旧大衣。可能是一直自言自语的原因,她的嘴角泛出一些白沫。德亮问:“您是谁?”

“这水库是我的,走开!”老妇走过来将德亮往堤坝下面推。

“是德亮吧?”堤坝下的水泥路上有人问话。

德亮往下一看,是吴从会、吴从云兄弟俩,正在捣鼓停在路边的那台挖掘机。

“是啊。”德亮为了避开老妇,只得沿着台阶走下来。

蹲在地上的吴从会直起腰冲老妇喊了一句:“要死啊,疯婆子!”

吴从云笑着说:“珍嫂,现在疯了。”

“哦。”德亮吃惊地回头看了看老妇,她口里仍然念念有词:“这水库是我的,这水库是我的……”

“几年没见珍嫂,竟然落得这样……”德亮喃喃地说。

吴从云问:“什么时候回来的?”

“昨天夜里。”德亮说。

“在上海是吧?你们有能力的,出去都发财啦!”吴从云叹道。

德亮说："混口饭吃而已，在家里能混下去，才是能人。"

"准备什么时候走？"吴从云从兜里掏出一支烟递给他。

德亮摆摆手，说："不吸烟，待几天就走，不是通知让领补偿款嘛！"

吴从会一直蹲在地上，拆卸挖掘机履带链条上的一根钢轴。他嘴里叼着半截烟，忽然冒出一句："德亮，补偿款你可不能独吞！"

德亮眉头一皱，说："补偿给我们家的，咋叫独吞呢！"

吴从会吐出嘴里的烟头，说："补偿款补的是土地的钱，土地是村集体的，村民人人有份。"

德亮像被噎了一下，停顿片刻，他一字一句地说："如果我把土地通过流转形式，卖给开发商，建成了小产权房，你们都可以来分钱。但现在是县里在水库修建观鸟台，为了连通观鸟台，又修了这条路，把我们家耕地占了。这是全县的公共事业，谁都挡不住。不是我们家主动把土地卖给了谁，我们是被动的，是不情愿的。县里给我们的补偿款，与你们何干呢？"

吴从云拍了拍德亮的肩膀，说："德亮，我们不是跟你家作对，县里只对被占用土地的几户赔偿。算起来一共有九户，你们每户分十多万元，多的将近二十万元。但全村的土地却损失了几十亩。下次土地调整，全村可以耕种的土地，平均到每户都减少了对不？"

德亮不吭声。

"所以我们要求你们九户人家，把赔偿款拿出来，全村人共同平分，是完全有道理的。"

德亮想了想，说："上次土地调整说是三十年不变，现在已经过去了一半，还剩十多年。政府占用我们家两亩六分地，赔十二万元，是补偿我们家从此以后失去土地的损失。如果你们把这个钱平分了，今后十几年我们无土地可耕种的损失谁来弥补呢？"

"但是，如果不拿出来分，坐享其成，对其他人公平吗？"吴从云反问道。

德亮说："不管怎么说，赔偿款是我们家的私事，与外人无关。"

吴从会脸色一沉，说："陈德亮，补偿款如果不拿出来平分，下次土地调整，就不再分土地给你们。"

德亮听了立刻头皮发麻，说："观鸟台是永久的，这些被占土地的永久收益难道只值这十二万块钱？显然补偿款是指这个土地承包期内剩余年份的价值，凭什么下次土地调整不给我们分地？"

吴从会斜着眼睛看了看他，脸上一副鄙薄的神情，晃了晃尖瘦的脑袋瓜说："反正吴寨村永远没你的土地了！"

德亮讥讽道："你吴从会说话算老几？"

吴从会扔下手里的工具，站起来说："算老几？"话音未落，他猛地朝德亮脑门打了一拳。

德亮猝不及防，被打中了右眼角处。他跳起来，朝吴从会腿上踢了一脚。但他的胳膊被吴从云拖住了，一脚踢空。吴从云说："怎么说翻脸就翻脸了，算了，算了，乡里乡亲的，这都是干吗？"

老妇见两人打架，从地上拾起半截枯树枝来驱赶他们，口里大喊："这水库是我的！走开！"

这时从村支部驶出一辆别克轿车，长鸣着喇叭开过来，靠得近了，德亮认出是村主任陈德奎。

"这是干吗呢？"德奎摇下车窗问道。

吴从云讪笑道："这俩人，为补偿款在那儿扯淡！"

"大雁在天上还没射下来，你们先争着怎么做着吃！"德奎说，他瞪了德亮一眼，"上来。"

德亮气鼓鼓地拉开车门，坐了进去。德奎一边开车一边说："吴从会是个渣子，你跟他斗什么斗。才回来就跟这样的人打架，好看吗？"

德亮右眼角挨了一拳，瞬间热血上涌，如果不是被吴从云拉着，他还想好好跟吴从会干一仗的。"姓吴的太欺负人了吧？"德亮说。

德奎掏出烟点燃一支，深深地吸了一口，说："观鸟台夏天一开工，白鹭受到惊吓，四处乱飞。等工程建到一半，白鹭全飞走完了。县里原计划将这里设为全市摄影创作基地，并且举办一次全国摄影大赛，现在全都搁浅了……"

车开到村口，德奎说："晚上我们一块儿去镇上吃饭吧，请你洗脚。"

德亮笑笑说："算了，我准备到我姐姐家看看。"

"那行，补偿款的事别往心里去，一时半会儿恐怕定不了。"德奎说，"工程搞个半茬子，而且决定建观鸟台的县长也调走了。吴从云和吴从会兄弟俩的这台挖掘机一直在工地挖土方，现在工程款都没领到一分钱，更别说村里的耕地补偿款了，全是没谱的事儿……"

4

三天后的一个夜晚，德亮悄悄起床，他要步行抄近路到镇上去，赶最早的一趟班车回上海。眼角的淤青已经淡了，基本看不出来。他跟父亲说在观鸟台工地摔了一跤。收拾提包时，他听到村西边有人高喊："有人偷鱼啦，都起来捉贼啊！"听声音像是吴从云的叫喊声。村西的大鱼塘现在由他承包。父亲正在将两块腌肉和一包芝麻糖往德亮提包里塞，听到外面的声响，他扛起铁锹就要出门。德亮拉住他，说："偷别人家的鱼，不关咱们的事，你年纪大了，以后这些事还是少管些吧！"父亲瞪着眼睛说："肯定跟上次的偷狗贼是一伙的，先毒了狗，没有狗叫了，接着好来偷鱼，下次还不知道要偷什么！"说完拉开门冲了出去。

德亮背着提包，走出村口，月光下起了一些雾，塘埂上已经有了一些人，手电筒的光亮四处乱射。塘埂拐角处有一堆鳙鱼、白鲢在蹦跶，看样子贼从鱼塘里捞出来还没顾得上运走。吴从云挥着手电筒大喊："三个人，朝北跑啦，朝北跑啦！"

德亮没有看到父亲，他大约跟随别人追了出去。他迟疑了一下，悄悄地沿着水塘边的小路朝镇上走去，没有任何人注意到他。父亲跑去捉贼，却忽视了与他的告别。当然就算告别，也没什么话好说。告别是个太过优雅的词，他们父子之间难以适应。忽然，一个黑影拦住了他，冲他喊道："这水库是我的，这水库是我的。"

"珍嫂——"德亮低声说。

"这水库是我的，走开！"珍嫂喊道。

德亮想起年少时的往事，珍嫂刚嫁到村里来，对他很关照，想起珍嫂被淹死的孩子，人祸大于天灾，心里针刺一般地疼。虽然他前天刚挨了珍嫂的丈夫吴从会一拳头，但他觉得吴从会是二百五，与珍嫂无关。

"珍嫂，回去吧！"德亮说，"别掉水塘里了。"珍嫂警惕地看了他几眼，像是明白了点什么，慢慢地转过身去，向雾气缭绕的村庄走去。

德亮这次回来，原计划领的补偿款没有领成，下次不知道什么时候再回来。他的老婆、孩子都在上海，他们比自己对这个故乡的村庄还要陌生。德亮以前和妻子在家里种地时，扣除农资和人工成本，一季水稻一季小麦，全年累死累活地干，只能赚三四千元。妻子说要出去，到大城市去，就算捡破烂，就算睡大街，也应该比在家里种地强。而现在，他们再想种地也没有可能了，他们家已经没有土地了。他是个农民，失去了土地，他觉得整个人生都被否定了。德亮问父亲："如果下次土地调整，真的不再分给我们家土地，我们还坚持要领那十二万元的补偿款吗？"他以为父亲会算一笔账，现在机械费、人工费涨得厉害，种二亩多地，不赔钱就不错了，要到猴年马月才能赚到十二万元。

但父亲没有提到钱，而是忧心忡忡地反问道："没有土地，我们还是这个村庄的人吗?”

德亮脑际一阵轰轰响,他觉得这个问题空前残酷,他无法回答。是啊,他还算吴寨村的人吗?不仅是他,还有他的儿子呢?还有儿子的儿子,以后还是这个村庄的人吗?他不知道。他觉得这个问题太过遥远,超越了他所能理解的时间的界限。

当走出浓雾弥漫的村庄,到达寨河桥时,德亮感到身边的一切好像都安静了下来。他又想起吴从会淹死的儿子,不由得打了个寒战。他回过头,看了看远处雾气中的村庄,一切都是模糊、含混的。那些终究会消逝的村庄,他想默默地说声再见,雾气里却闪出穿着灰黄色旧大衣的珍嫂,冲他念叨着:“这水库是我的……”德亮挥了挥手,鼻腔有点发酸。他背着提包,大步走出河岸边枫杨树的阴影,沿着小路朝镇上走去。他潜意识里认为,跨过寨河桥,就算走出了故土。他觉得自己跟回来时一样,像个幽灵,悄悄地潜出了故乡的村庄。这几天经历的事情充满了沮丧和忧伤,他想全都忘掉,一点儿也不带到上海。但他忍不住去想那些白鹭鸟,不知它们什么时候会重新飞回来,在水库边盘旋、筑巢、觅食、鸣叫……

原载于《雨花》2016 年第 5 期

威尼斯面具

1

薛先生此行的目的地是北戴河,但他却奔往北京来了。

华北平原的苍茫与空旷慢慢后退,车窗外视线的边界越来越窄,直至遽然被密集耸立的住宅楼所遮挡。火车车轮也失去它抹了油一般的畅滑,凝滞地颤动起来。薛先生左右晃了晃酸涩的脖颈,隐约听到颈椎关节摩擦的咔咔声,才稍微觉得舒服一点儿。四个多小时,薛先生一直集中精神读着手里的一本休闲杂志,没有闭过眼。他下意识地低头瞄了一眼胸前衬衣口袋里的蓝黑色烟盒,然后轻轻舒了一口气。车窗外的住宅楼盘近在咫尺,那为了照顾采光而使用的层叠形设计,像海鸥的翅膀扑棱欲飞,但由于离铁路太近,看上去却像随时可能倾倒,给人一种扑面而来的逼仄感。他暗想,住在这种铁道边的房子里,时时刻刻听着火车轰轰轰地飞驰,如同钝刀割肉般地刺激着神经,换作自己肯定会疯癫的。

薛先生是个古钱币商人,此行是要将一枚光绪三十年湖北省造双龙戏珠壹两银币送抵北戴河,亲手交给买家。这枚银币存世稀少,传承有序,是薛先生的得意藏品。它曾于 1937 年入藏美国钱币学会博物馆,本来不会再流入市场,大约是作为博物馆收藏的复品,被送至香港邦迪尼奥拍卖会拍卖。它在拍卖预展上一亮相就引起了薛先生的极大关注,最终差不多倾其所有,以一个令人吃惊的价格拍下了它。北戴河的收藏家阮先生获知了这枚银币的历史渊源之后,立即致电薛先生,愿意加价三分之一收藏这枚海外回流的中国老银币，但要求薛先生送货交易。

薛先生拉着一只20寸的黑色拉杆箱，随着人流走下火车。出站口的人密密麻麻地簇拥在一起，他出于职业的敏感停下脚步，在通道边靠墙站了一会儿。待密集的人流散开以后，才不紧不慢地穿过人行廊桥，提着拉杆箱从台阶上走下来。他侧脸看了一眼钟楼上的时间，下午五点钟，距离他晚上九点去北戴河的火车还有四个小时。其实不看他也知道，整个行程的时间节点他已了然于胸。在这四个小时里，他想与北京的几个朋友小聚一下，吃一顿晚餐。

一丝一缕的滑凉感侵入皮肤，北京比薛先生所在的信阳市气温低八九度。他从箱子里取出一件黑色风衣，穿在了衬衣外面。天空呈一片灰蓝色，一种稍显混沌的蓝，比薛先生预想的要好一点。他走出车站广场不远，拐进了旁边的一间欧帝咖啡厅。这间咖啡厅他很熟悉，每次他来北京，出西站以后都喜欢来这儿喝一杯热饮，休息片刻。

“来一杯咖啡。”薛先生冲吧台里的服务生低声吐出几个字，然后找一个靠窗户的座位坐下。落地玻璃窗使咖啡馆光线充足，即使在深秋的午后也很明亮。阳光自然地倾泻而入，在暗红色的地毯上投射出斜斜的剪影。咖啡厅里只有两个客人，中央坐着一个满脸粉刺的青年，在用笔记本上网，还有个少妇坐在靠里侧的窗前，似乎在发呆，气氛显得寂静而沉闷。其实薛先生平时并不喝咖啡，他所在的信阳是茶乡，他喜欢喝毛尖绿茶。但在北京想找一个僻静之处，除了这里似乎没什么选择。他打开拉杆箱，把里面的物品重新整理了一下。那是几盒茶叶，要送给北京的朋友。服务生很快送来咖啡，他捧起来喝了一大口，手指触到热烫的白瓷咖啡杯，立刻温暖了许多。

2

街上行人匆匆,薛先生独坐在窗前,感觉有点孤独。作为一个古钱币商人,他首先是一个古钱币鉴定师,甚至算半个收藏家。他生活中的大部分精力都用在品鉴一枚枚古钱币上,鉴定它们的真伪,找出被忽略的瑕疵,评判潜在的价值,或者发现还不为人所知的隐秘版别。他与大多数世俗人的生活习性迥然不同,不打牌,也很少看电视。他的时间几乎都是手持一只30倍的卡尔莱斯放大镜审视着一枚枚古钱币度过的。有时候某一枚真伪存疑的古钱币将他困住了,细察,冥想,揣摩,还有一入眼时视觉感官的暗示加起来仍难以确定。他就手握钱币入睡,能做到次日天明时钱币不会从手心滑脱。他通过深夜的似睡似醒去感受钱币隐约传递出来的某种充满禅意的信息。真正的古物有灵性,是真品,他会一夜睡得非常安心;是赝品,他则一夜辗转难眠。他的鉴赏力已达到高深莫测、如真似幻的境界,以至于能与他真正对话交流的人非常少。那些同级别的玩家都是世外高人,往往踪迹难寻。因此,他其实是生活在一个极度自我的孤独世界里。这次路过北京,他觉得见见朋友,互相吹一通牛皮,就像是他与现实生活的难得呼应,在自己坚硬、乏味的生活里撬开一丝缝隙,获得一种放纵般的宣泄的快乐。

他拿出手机,拨通了第一个电话。

“喂——”听筒那边传来拖着长腔的声音。

“扁嘴,我是老薛啊,我在北京西站,晚上要去北京站转车去北戴河,你送我一下吧……”

“噢。”那边惊呼道,“我的车子昨天刚撞坏了,正在修理厂大修呢。”

薛先生愣了一下,想说借辆车很容易啊,但终于没说出口。他短暂地陷入了某种迷茫混沌的状态，眼前浮现出那张阔大的扁嘴。读中学时，薛先生首先给他起了“扁嘴”这个绰号。为此两个人打了一架，薛先生吃了败仗，鼻子被打出了血。周扁嘴赢得了胜利，但这个绰号也坐实了。老师教训他时说：“你嘴本来就大，嘴大没什么不好，嘴大吃四方。”后来周扁嘴参军入伍，考了军校，果然在北京发迹……

薛先生呵呵笑了两声：“那好，我再想其他办法。”

那边说：“抱歉，下次进京再联系。”

薛先生在北京有五个朋友，均来自他所在的信阳小城。同乡加好兄弟，死党加铁哥们。因为有朋友在北京，他对这座城市少了许多陌生感。不过，他来北京很少打扰这些朋友。多半是北京的朋友回信阳时联系他，他则设宴、唱歌、消夜一整套安排好，让北京的兄弟喝得痛快，玩得舒爽。薛先生盛情款待是想让他们觉得，小地方有小地方的妙处，待在老家的小城市其实逍遥自在，过得也不差。

华北地区的古钱币交易中心在北京西城区的报国寺，薛先生经常赴京交易。但北京带给他的印象，除了世人皆知的漫天黄沙、雾霾，满街的拥堵，还有一种说不清道不明的被辖制感，踏入北京就像被一种无形的力量控制和约束着，让他完全没有去往其他城市时解脱般的欢愉，甚至连一丁点儿离经叛道的念头都没有。尤其是看到早晨拼命挤上地铁一号线，然后在人群中站立入睡的青年，还有中午在西单街头买点麻辣烫边走边吃的少女，他觉得“漂”在北京实在不容易，再多的幸福感也会被密集的人流、忙乱的节奏所抵消。漫步北京，人就像一粒尘埃。他习惯了小城市的散漫与安逸，看着这些都忍不住心神憔悴、心情晦暗，更别提日日消受了。

因此，薛先生来北京，总是从西站出来，一头钻入地铁，去燕莎的昆仑饭店参加拍卖会，或者去报国寺溜一圈寻找古钱币，完事后立即匆匆逃遁。他观察那些“漂”在北京着了魔一般的年轻人，熙来攘往地沉醉并奋斗于那种他难以理解的生活，像是在共同参与某一项浩大的秘密工程，他无法深入其中，自然也不会懂。

他拨打了第二个电话。

“喂。”他听到猴精沙哑的声音。

“猴精，我是老薛啊，我来北京了，晚上要转车去北戴河……”

“呃……老薛……”那边听着像是断了线，过了一会儿，又重新响起，“我昨天从楼梯上跌倒，摔了一跤，现在躺在医院输液，大腿还缠着绷带……”

“哦，好好，你注意休息。”

薛先生匆忙挂掉电话，像是耳朵被手机烙了一下。他拍了拍自己的头，禁不住哑然失笑。何必如此慌乱，倒像是自己做错了事似的。他从对方短暂的停顿与迟疑之中，模糊地感受到一种耍滑头的鬼劲儿。猴精在骗他？不可能，也不应该啊！几个月前，猴精的父亲突然犯中风，瘫倒在家里的沙发上。猴精身在北京，给薛先生打电话。薛先生及时赶过去，从六楼把他父亲背下来送到医院住院。他父亲现在走路右脚划个半弧，有点瘸，但医生说算恢复得不错了，如果晚些送医，后果可能更严重。猴精后来三番五次从北京给薛先生打电话表示感谢。他说：“兄弟到北京一定要联系我啊，我酒窖里收藏有一箱法国波尔多拉菲酒庄的葡萄酒，永远给兄弟留着。”

薛先生忽然觉得自己的决定有点鲁莽，原本精心设计的路线，现在看来竟充满了古怪，让他变得有点不那么从容了。他跟这几个朋友平时很少联系，甚至春节都不发短信拜年。他觉得真正的朋友就是这样，平素基本不联系，也不会分外隔膜和生疏，到一起了谁都不用装相、遮掩，相处起来十分熨帖，甚至肆无忌惮。

他调出第三个朋友的电话，看了看名字，朱林虎。他怔了一下，有一种底气不足的感觉。他和朱林虎之间发生过龃龉，至今还心存芥蒂。朱林虎是个律师，周扁嘴、猴精都喊他“笑面虎”。去年薛先生有个朋友与北京人打官司，听说他的好兄弟朱林虎是律师，在政法界混得挺熟，就由薛先生牵线，委托给朱林虎代理，并交了五万块钱的律师费。其后薛先生的朋友与北京人私下谈妥，不准备起诉了，想让朱林虎退一半律师费，但朱林虎职业而绝情地拒绝了。薛先生出面说情，朱林虎也丝毫不为所动。当时薛先生骂他："你果真是笑面虎，简直是人面兽心啊！"其后，薛先生有个体会，那就是不要和律师交朋友。不是说律师的本质是坏人，而是他们被法律训练出了一种见缝就钻，遇到利益就绝不放过的后天特性，遵循法律让他们忽略人性和人情。但因为周扁嘴、猴精等人一直从中美言撮合，薛先生才没有与朱林虎断交，但也没打算深交。他觉得在这个时候联系朱林虎，充满了荒诞、调侃与讽刺的多重意味。

想了一会儿，薛先生决定变换一下方式。他发出了一条短信，只有八个字："笑面虎，我来北京了。"

然后开始等待。咖啡厅里寂静得让人发慌，仿佛时光遗忘之处。薛先生的咖啡喝完了，他没有再续杯，喝多了怕夜里睡不安稳。他看着窗外路边的行道树入神，国槐与银杏交叉而立，它们的叶子显出深浅不同的黄色，给人一种不同季节交错的恍惚之感。等待竟然像种体力活，看似百无聊赖，其实一直绷紧着神经。慢慢地，他浑身的筋像被抽走了似的，身心俱疲。笑面虎是不是关机了？或者没有看到那条短信？他思忖着，却没有勇气拨打他的号码询问一下。手机平躺在桌面上，原本任何微小的消息都可以触动它，但它如死尸一般地僵挺着，黑色的玻璃外壳闪着寒森森的光。

终于，忍无可忍，他拨打了第四个电话。

但电话没人接听。

这个朋友叫彪子，在北京当记者。他向来说话云山雾罩的，吹牛很行，办事不太靠谱，但薛先生相信他对自己不会瞎忽悠。他虽然在北京混，家室还在老家信阳。他女儿这个夏天想上重点高中，但离分数线差 9 分，是薛先生托朋友找到重点高中的校长，在开学后将他女儿以转学的名义塞了进去。虽然这在老家不算什么特别难的事儿，但也是许多家长不敢想的，就算认识人，也得花一两万块钱。事成之后，彪子发短信给他说，兄弟来北京呀，请你吃三天三夜的海底捞……

薛先生固执地再打，一遍遍地打。他不信邪，就算彪子躲在地缝里也要把他揪出来。

第六次拨打时，那边终于通了。薛先生近乎吼叫般地说："彪子，我来北京……"

但那边呜呜啦啦的，他将手机听筒紧紧贴在耳朵上，生怕听漏了什么。终于，他听见那边用尖细刺耳的声音说："兄弟，我在新疆呀，看蓝天白云，看茫茫雪山，一边吃手抓饭一边喝青稞酒……"

"好，好。"

他还想说什么，但感觉自己的声音像是被某种锋利的东西硬生生地割断了，这种无奈的挫败感让他几乎无法呼吸。彪子余音在耳，像百足虫一般从耳际爬到后背，令他浑身寒毛直立。

3

其实，薛先生很享受千里送币的过程。这是他职业的常态，有一种隐秘而刺激的意味。他置身于热闹喧嚣的路途之中，却时刻保持着一份清醒、一份冷静，像个特立独行的间谍。他的衣服、仪容都不能太干净显眼，当然也不能邋遢不堪，要融入最世俗的大众之间，让所有人都不会注意到他。他在家里天天阅读的是钱币大师李伟先、马定祥的专著，北京、上海拍卖会的图录，或者收藏界的期刊。而坐火车时携带的却是街头最常见的时尚休闲杂志，甚至是地摊小报。在一切看似平淡之间，他一直保持着敏锐的警觉，处于一种类似便衣侦探的状态。所有这一切，最终的目的是将古钱币悄无声息地送给买方。

他拉着一只黑色拉杆箱，但那枚至关重要的钱币却不在拉杆箱里。他摆出一副时刻看管好自己箱子的样子，但其实就算箱子被人偷走或调包，他也毫不在意。他也不会把钱币装在内裤兜里，贴着脚踝藏在袜子里，或者藏在其他隐秘的地方。那枚钱币已由美国钱币保证公司评级并封装在一个透明的塑料盒内——标签上注明“1937 年入藏美国钱币学会博物馆”——得到了妥帖的保护。那个精致的币盒就装在他胸前衬衣口袋里的烟盒里。外人迎面即可透过白色衬衣隐约看见那个蓝黑色烟盒，但那只是一种最常见的中等价位的香烟而已。假如遇到窃贼，可能偷取他的钱包，他的苹果手机，但向衬衣口袋里的那个烟盒下手的概率不大。

在整个行程中薛先生都不会睡觉，意念里一直紧绷着一根弦，时不时地瞟烟盒一眼，只要看见它还存在就好。他能很好地克制住自己，绝不会中途掏出烟盒来看。因为任何不慎的举动，都可能造成钱币的“露白”，这是行业的大忌。

当然，并不是每一枚古钱币都需要送货。薛先生做生意依靠网络平台，他的古钱币会在网站上展示出来。收藏界的玩家通过网上看图，下单预订想要的某一枚钱币，谈好价码后即可交易。大多数普通钱币都采用快递发货，只有一些较为珍罕钱币的大额交易，往往需要送货至买家当地。快递虽然便捷，但毕竟不能保证百分之百的安全，况且最高保价额只有两万元，与珍稀古钱币的价值相比几乎可以忽略不计。薛先生仔细查询过火车车次，从信阳至北戴河只有一趟 T124 次火车，名为特快，其实需要 14 小时 26 分，想想都痛苦不堪，无法忍受。而如果从信阳坐高铁到北京西站，然后从北京站转车去北戴河，全程只需要 7 个小时。这样他不仅省下了时间，也少耗费许多精力。

手机在桌面上嗡嗡振动着，他劈手抄了起来，是一条短信，朱林虎发来的。

“老兄来北京了？我这会儿脱不开身，正见一个当事人，等我电话……”

这似乎是他预料之中的结局，他深深叹了一口气。如果说打给周扁嘴和猴精让他觉得受到了某种伤害的话，现在那种伤害已经被彪子和笑面虎给稀释了。他在咖啡厅里打了三个电话，发了一条短信，像是一直与手机较劲般地僵持着、搏斗着。咖啡厅中央的年轻人仍然在玩笔记本电脑，大约沉浸在一个美剧里。少妇偶尔掏出手机摆弄一下，大多数时间仍然在发愣，像是充满了莫名的忧伤。服务生偶尔轻手轻脚地走过，悄悄地擦拭桌面上的咖啡渍，或者清理一下垃圾桶。他们都不会在意薛先生，大概也看不到他内心的虚弱。但薛先生却像被几个电话戳中了痛处，精神游离、涣散起来。他依稀记得上半年的清明节时，这几个朋友从北京回去上坟，他们个个喝得烂醉，互相搀扶着才得以走出酒店。当时罗蛮子拍着胸脯说：“老薛，你到北京如果不联系我们，你就是鳖孙！”

对，他还有一个好兄弟叫罗蛮子，在北京做建筑工程，据说鸟巢的钢结构施工他都参与了，赚得盆满钵满。他中学时去信阳南边的罗山县读了两年书，回来后同学们就称他为罗蛮子。其实他姓李，名叫李建军。不知道的生人，见他身边熟稔的朋友喊他罗蛮子，往往吐出一句：“罗总……”能把人肚子笑疼。

薛先生离开咖啡厅，他决定自己打车去北京站。虽然他不清楚两个车站之间的准确距离，但他知道无论怎样，他的时间都足够了。

4

手机响了起来，薛先生心里一动，以为是他暗暗期待的电话。

他停下脚步，从裤兜里掏出手机，是家里的号码。“你现在到哪儿了？”妻子问。“北京啊。”他沉静地说。他知道妻子担心他，她对古钱币交易上的事儿插不上手，但知道薛先生每一次出行都事关重大。“都还顺利吧？”妻子问得像是有点多余。他假装爽朗、欢快地说：“顺利，等会儿和那几个货一块儿吃饭。”“别喝酒！”妻子叮嘱道。薛先生说：“不喝，我知道。”妻子又说：“儿子咳嗽了，像是有点哮喘。”“噢，”薛先生沉默了一会儿，说，“带他去看医生，别拖严重了，但尽量不要打针……”

路边服装店的喇叭声嘶力竭地播放着叫卖录音，听上去让人心烦意乱。薛先生和妻子简单聊了几句，就匆匆挂了电话。他看到旁边有一间卖面具的店铺，皱眉沉思了一下，才想起快过万圣节了。帝都果然有多元文化杂糅的国际范儿，在万圣节来临前夕，会有这些花里胡哨的面具涌现在街头。那些夸张、怪诞的人物或者怪兽面具，像是来自异域空间的鬼魅，吸引、挑逗和蛊惑着街头的行人。

他在一个名叫威尼斯面具的店铺门口停下了，一只金色的人像面具吸引了他。它有两个圆形的眼睛孔，下颚轮廓清晰、硬朗，没有嘴巴，但配有很多雕花的装饰，可以遮盖人的额头、鼻子和上脸颊，恰当地遮挡住佩戴者的面目。面具的表情似笑非笑，透出一种难以琢磨的神秘气息。他像是收到了某种神谕，启发了他枯涩的灵感。他发现了一种另辟蹊径的方式，可以摧毁眼前正在经历的现实。这个念头吓了他一跳，但也让他感到兴奋，再没有比这更纯粹更具魔力的事情了。这个古怪的想法令他欲罢不能，像是一股充沛、澎湃的激情注入体内，让他焕发出一种狡黠而执拗的狠劲儿。他并不是出于顽劣的童心，故意去任性、草率地破坏这个秩序，而是他不甘心就此被动地隐忍，哪怕他的举动会让自己陷入突兀和无礼之中。如果现实真的是个故事，他想抵达故事的高潮，甚至想像个刽子手一样一招制敌地穿透过去。他抑制不住地嘴唇颤抖，胸口发紧。他像是即将参与一场喜剧演出，作为一个表演者，他需要一个面具。

他给罗蛮子发了条短信："蛮子，我要去北戴河，路过北京，特别想几位兄弟。你替我订个场子，联系一下周扁嘴、猴精、彪子，还有笑面虎，晚上我请大家吃饭。但记住，不要告诉他们是我来了，我给兄弟们带了一份神秘的礼物。"

过了约十几分钟，罗蛮子回复："军事博物馆旁边，高朋酒店百合厅。"

薛先生记得很清楚，当初罗蛮子只身闯荡北京，是自己借给了他十万块作本钱。他从收破烂干起，后来专收废钢，直至转行做建筑，竟然有本事焊接起鸟巢的特种钢架。虽然说他的成功全靠自己，但创业之初，薛先生给予了他拯救命运一般的帮助。

薛先生买下了那只面具，戴在脸上试了试。他看到镜子里的自己只露出嘴巴，看样子不仅不耽误说话，或许还可以喝水。他轻轻笑了笑，觉得自己如同一个身披铠甲的勇士，有一种慷慨而悲壮的感觉。他亲手将正在经历的故事推向毁灭，他知道自己从中并无法获得什么，就算获取了片刻的快意也是建立在可笑的嘲讽之上，但他并不觉得是对自己的伤害，仿佛生活的现实就是等待着他去击破它，从而欣赏到一种残忍的美感。

他看了下手机的时间，摘下面具，又慢腾腾地沿街走着。罗蛮子安排得很贴心，他没去过高朋酒店，罗蛮子说它在军事博物馆旁边，就说明离自己很近，或许步行只要十几分钟就够了。但他故意走走停停，磨磨蹭蹭的，耽误了半个多小时。他得给罗蛮子召集朋友留下足够的时间，虽然他并不确信能喊来谁。

他从拉杆箱里取出五盒茶叶，这是信阳茶商刚刚研发出来的"信阳红"，由上乘的信阳毛尖芽头精制而成，国际茶叶专家盛赞说它有世界顶级红茶印度大吉岭的味道。他提好茶叶，轻轻抬头往前一看，"高朋酒店"四个字醒目地出现在远处的街角。

走到酒店门口，他冲迎面走来的服务生略微点头致意，然后戴上那只威尼斯面具，在服务生讶异的目光中，提着茶叶推开了百合厅的门。他像被电击了一下，浑身刺痛、发颤，差点儿栽倒在地。但他强稳心神，还是站住了。一切既在意料之外，又在意料之中。周扁嘴、猴精、彪子、朱林虎正围坐在一起玩牌，罗蛮子半躺在旁边的沙发上接电话，一个女服务员正在给他们泡茶。他们见一个奇怪的面具人走进来，都愣住了。他们的眼神与薛先生的目光相遇，愕然，吃惊，但没有半点胆怯与羞愧，显然他们认不出薛先生。他们盯着他的面具费力地辨认着，却陷入一种被突袭般的惊诧和无辜透顶的迷茫之中。薛先生看上去一定像个疯子，或者一个凛然不乱的怪物。

"你们是在等薛逸群先生吧？"他挺直微微颤抖的身体，将几盒茶叶放在正中间的圆桌上，轻声说，"薛先生急于赶火车，无法前来了，托我送来他带给大家的几盒'信阳红'。"

他笃定地说完，像个虔诚而谦逊的使者一样略微一欠身，不待他们开口，就转身走出包厢。一段短暂的停顿与空白之后，他看到周扁嘴、猴精、彪子、笑面虎都扔下扑克站了起来。周扁嘴的嘴巴张开着，像被人奋力撕开的一个空洞。猴精瞪大了眼睛，像是被魔幻而吊诡的现实吓呆了。彪子嘴里叼着烟，被施了定身术一般，如一尊雕塑。笑面虎脸上完全没有了惯常的皮笑肉不笑，而是变形得有点恐怖。罗蛮子急匆匆挂掉电话，从沙发上蹿起来，向前伸出手试图要拦住他。

薛先生挣脱罗蛮子双手的钳制，步履矫健地走上街头，快速穿过人行横道，招停一辆的士坐了进去。车子开动以后，他回头看了一眼倾巢而出站在酒店门口不知所措、高矮不齐的五个人。他们先是面面相觑，像是陷于某种诡谲的错觉，很快顿悟般地互相嘶吼、咆哮起来。慢慢地，一切都模糊了。他忍不住怪笑了一下，刚才凌乱的呼吸慢慢平复下来，身心获得一种被赦免般的解脱。他有一些自取其辱的悲伤,还有一些捅破某个秘密的喜悦,终归化为一缕陌生而刻毒的快感。他像是经历了一个惊悚而慌乱的梦魇,眼看着一切破碎,一切成灰。他不禁有些怀疑眼前的真实都是幻影,但当他低头瞟了一眼衬衣的口袋,看见那只蓝黑色的烟盒时,他轻轻地舒出一口气。他摘下面具,放进了已空荡荡、轻飘飘的拉杆箱。他暗想,这只威尼斯面具,可以带回去给儿子玩,就当作北京之行买给他的礼物吧。

原载于《百花洲》2016 年第 4 期

去外婆家

1

天刚蒙蒙亮，母亲带着我离开寨河镇，往南走上一条白硬的乡村土路。经过吴寨集的时候，母亲买了一块五六斤重的猪肉，卖肉的屠户认识我们，额外赠送了一小块白花花的猪油。集市最东边是供销商店，母亲说还要买几斤盐。商店里飘荡着各种食品和糖果混合在一起的香味儿，我忍不住使劲儿吸吸鼻子，那种诱人的味道让人陶醉。女营业员穿着高筒雨靴走进盐池，那里的盐堆积得像一座小雪山，四周的地面上散落着冰雹似的结晶块。她用铁锨在雪山上"唰"地铲了一铁锨，倒在秤盘上过秤。我们将盐投进锅里炒菜吃，营业员却穿着雨靴在盐池里走来走去，但所有人好像并不感到奇怪。出了吴寨集，我们继续往南走。我知道再穿过一条河，就到了外婆家。

路两边的稻谷将熟，许多蚂蚱匍匐在稻穗上。我们走过时，蚂蚱们一只只次第跃起，在空中划过一道短促的弧线，又迅速地隐匿于稻丛之中。快到外婆家所在的村庄时，就算闭上眼睛我也能感觉得出来，因为空气中飘荡着和寨河镇截然不同的气息。干草的清香和农家肥的气味混杂在一起，让人骨头缝里都觉得轻松愉快。或许还有一个原因——我逃脱了父亲的管束。他总是不能客客气气地说话，让我时刻感到窒息，像被施了紧箍咒。

村口有个小商店，门前用树枝搭着凉棚，下面坐了一群人。我还没看清楚是谁，表兄国平已笑眯眯地跑了过来，大声喊道："大姑——老表——”，那群人也都站了起来，“大姐、大姐”地跟我母亲打招呼。我叫不出他们的名字，但他们的脸我都是熟悉的。母亲说大多数人我都应管他们喊舅舅，但我很少喊出口。而村里几乎所有同龄的孩子，见到我都脱口喊“老表”，像是接受过统一的培训。他们和我老家村子里的人显得格外不同，总是那么热情、友善。

“先别去我家，”国平拉着我的手说，“德胜在掏斑鸠窝，我们去看看。”

我看了母亲一眼，她提着竹筐走了这么远的路，仿佛很累，又仿佛一点儿也不累，她急着去看我外婆。没等母亲答应，我就跟着国平跑开了。母亲在身后大声喊道：“别玩水！”

国平的家在村子东头，他领着我往村西走。村子被一个环形水塘包围着，水塘周围的斜坡上长满了茂密的树丛。有槐树、椿树、乌桕树，还有各种叫不上名字的藤草，藤蔓上生有各种刺，树丛深处或许还有蛇。我俩从一排前后错落的房屋后面走过，路边有几个粪坑，两头水牛拴在树下，不时地扇动它们的耳朵扑打苍蝇。我闻到空气里一股浓烈刺鼻的腥味儿，腥中带臭，熏得人头脑发晕。我问：“这是什么味道？”

国平说：“德胜他爸在蒸渔网，这是猪血的腥气。”

见我有些茫然，国平补充道：“把渔网浸在猪血里泡两天，拿出来晒干后，再放进蒸笼里蒸，就会散发出这种味道。”

“那有什么用呢？”

“可以防止鬼上身。”国平笑着说，“他爸总在夜里去水库捕鱼，渔网沾上猪血，鬼就不敢靠近他了。”

我心里一惊，似懂非懂。这个村子里的人都擅长捕鱼，因为附近有一座罗湾水库，还有彭桥大堰。舅舅家也有渔网，去年夏天的时候他亲手编织的。他将丝线挂在门鼻儿上，手握一只尖头的竹梭子，一穿一绕一拉，嗖嗖嗖，比女人们织毛衣还麻利。

走到村子的最西边，有一棵高大的皂荚树，树干大约两个人合围才能抱得过来。树下面有三四个孩子，正在仰着头朝上张望，国平的弟弟——我的表弟国安也在那儿。还有德恩和德友。国安看见我，大声喊道："老表来了！"又仰起头冲树上说："等会儿鸟蛋掏下来给我老表吃！"旁边一个小女孩说："斑鸠蛋不能吃，我奶奶说吃鸟蛋脸上长麻子。"德恩和德友哧哧笑了起来。

树上面枝叶繁茂，我只能看到两条腿站在树杈上，看不清是谁。小女孩也冲上面喊道："给我摘两个皂角，我要用它洗衣服！"

国平制止道："小丫，你别乱喊，净打扰他。"

皂荚树枝上生满了粗壮、尖锐的刺，爬皂荚树无疑需要极大的勇气。我家搬到镇上之前，门口有一棵不算粗的楝树，我无数次尝试爬上去，都没能成功。

德恩对我说："老表，我说个谜语你猜，一棵树儿高又高，吊的全是杀猪刀。"

我皱眉想了片刻，回答不出来。德恩和德友见我为难的样子，开心得哈哈大笑。小丫指着皂荚树说："就是皂角啊！"

德友说："老表，我也说个谜语你猜，一棵树儿矮又矮，吊的全是鬼崽崽。"我还没来得及细想，国安抢答道："辣椒！"

德恩推了国安一下，说："就你嘴欠！"

这时国平叫道："德胜下来了。"

德恩立即大声问道："掏着没有？掏着鸟蛋没有？"

树上的人并不理会他，抱着树干慢慢往下滑，树皮刮在他的短裤上刺刺啦啦直响。直到看见他的脸，我才认出他。德胜弟兄们很多，我听说过那些名字，却分不清谁是谁。德胜脸上长满粉刺，让我印象深刻。他估计有十七八岁了，已经初中毕业，在家里帮忙干农活。我家还在农村的时候，他跟舅舅一块儿去过我家，好像是托我父亲办什么事情。

快滑到地上的时候，德胜忽然"啊"地叫了一声。脚一落地，他就哈着腰从裤兜里往外面掏东西，我们期待着掏出一窝斑鸠蛋，但他什么也没掏出来，手指却滑溜溜黏糊糊的。“我掏了四个斑鸠蛋，”德胜惋惜地说，“可惜在兜里挤烂了！”这时我看到他的短裤兜湿了一片，青黄色的印迹如同一泡稀鸡屎。

2

傍晚时分，国平带我去村前的水塘洗澡。我向往、兴奋而又胆怯。村里的孩子一天洗两次澡，快中午时洗一次，傍晚时洗一次。在水塘洗澡，其实就是游泳，只是他们不那样说，甚至觉得游泳是个滑稽可笑的词。他们洗澡，就是泡在水塘里狗刨、玩耍、戏水。极少数没学会划水的，待在水塘边上的浅水区。大多数孩子都在水塘中央的深水区。打水仗，扎猛子，比谁游得远。母亲不许国平带我去洗澡，因为她知道我不会游泳。我老家的村子很小，周边没有水塘，我没有机会跟同龄人一块儿学游泳。去年搬到镇上以后，更加没有机会下水了。

刚走到村口，我已听到水塘里传来阵阵呼喊、尖叫声，池塘成了村庄的中心所在。从十一二岁到十七八岁的孩子，几乎全泡在塘里洗澡。塘埂上散落着他们脱下的裤头，有的用凉鞋压着，有的挂在旁边低矮的树枝上。国平将裤头往下一退，扔在塘埂的斜坡上，“嘭”的一声扑进了水塘里。“老表——老表——快下来！”那些孩子在池塘里喊叫。他们的头发都被水浸湿了，紧紧地贴在头皮上，有些人我认不清，但我看到德胜、德恩、德友都在水塘里。

我沿着斜坡走到水塘边，脱掉凉鞋，慢慢地试探着往塘里走。水淹没小腿时，我的脚再不敢往前挪了。国平扎了个猛子从远处露出头来，然后左右猛摇几下脑袋瓜，甩掉眼角眉梢的水滴，冲我喊道：“老表，你得脱掉裤头，不然裤头打湿了，我大姑就知道你玩水了！”

德恩笑嘻嘻地叫喊道：“是呀，我还没见过洗澡穿裤头的。”

我迟疑起来，裤头不能脱，因为我的屁股上有个疤。有一次生病发烧，村里的赤脚医生给我注射青霉素，她将针头扎得浅了，屁股当时就鼓了个包，后来发炎、化脓，留下个五分硬币大小的凹坑。在老家时，我就因为屁股上的疤经常被村里的孩子耻笑。

德胜的年龄最大，我看到他在水塘中央的最深处，不和其他孩子嬉闹，而是直立在水中，脖子上的青筋紧绷着，身子似动非动。我知道他正在练习踩水，这是洗澡的高难度动作。正宗的踩水是两只手露出水面，托举着自己的衣服，靠两脚在水里不停地踩动，使身体能够在深水区里平直地移动。表面上看起来像踩在塘底的泥地上行走，其实脚下踩的是水，探不着塘底。这种本领比仰肚、扎猛子厉害得多。踩水的人肩头以上部分露出水面，看起来很平静，其实脚在水面之下非常忙乱。每一次抬腿往下踩，腿快伸直时迅速地往外撇，两腿踩出一个“八”字形，如同踏在水面之下两只不同的船上。当然我们还听说过水下换气，据说会水下换气的人可以在水下待三天三夜。这种功夫我们仅仅是听说，谁也没见过，那大概是世外高人才会的绝技。

德胜看了看我，问国平：“你姑父来了没有？”

“没有，我大姑和老表来了。”

德胜慢慢移到水边，像是完成了一段练习，轻轻舒了一口气，拨弄几下头发。“你姑父没来，你老表就山中无老虎，猴子称大王了。”

国平笑哈哈地说：“是的，我老表最怕我姑父。”

他俩说得轻松随意，我心里却一沉，想起去年的事情。父母在秧田里插秧，让我中午时将米饭做好。整个上午，我一直捣鼓着家里的木壳收音机，它一会儿猛地发出来声音，尖利刺耳，一会儿响着响着又没了声音，像人忽然断了气。我试图用一根新线绳固定调频旋钮，一直都没能成功。父亲从秧田回来，见厨房里仍然冷锅冷灶，就拧着我的耳朵，让我跪在村口。

父亲的眼珠瞪得快要暴出来，恶狠狠地吼道："给我跪到天黑！没有我的允许，任何人拉你都不准起来！"

我跪在村口，脸朝着家门的方向。不断有人从村口路过，他们拉我起来，然而我一动不敢动，死死地跪在地上。他们评论几句，叹息着走开了。我感觉他们看我的眼神像一支支利箭，尽管他们的眼神可能充满同情，却令我羞愧难当。甚至还有我邻村的一个同学，他说："你怎么能这么怕你爸？他让你跪，你就真跪呀……"我觉得耳朵边嗡嗡直响，脑袋无限涨大，快爆炸了，最后坠入一片虚无里，眼前飘浮着无数七彩的气泡。我希望所有人都不认识我，都别搭理我……

就在这时，舅舅骑自行车载着德胜来到我家，在村口将我拉了回来。父亲余怒未消，却不便向他们发火，又令我在院子里的栀子花前站着不准动，像老师罚站一般，并且中午不准吃饭。我父亲从部队复员以后，在村小学当过教师，后来调到乡政府上班。我不知道是部队将他变成了凶神恶煞一般的人，还是他原本就是个魔鬼。他手里没有匕首，但他凶狠的表情、暴突的眼珠、咆哮的吼声，比寒光闪闪的匕首更令人恐惧。

"你老表见到他爸就缩成一小撮！"德胜一边凫水一边笑道。

我耳边又开始嗡嗡响，上次在村口罚跪的感觉像是复苏了。我害怕德胜将他见到的事情说出来，那是我伤心的秘密。我感到脸上发烧、发烫，身体发僵，而且还微微颤抖。水只淹没到小腿，我却像陷入了无助、绝望的境地。

万幸的是，德胜看了看我，并没有说出那件事。我略微松了一口气。德恩在水里喊道："老表，快下来呀，脱掉裤头！"

我又往前试探着走了两步，水色浑黄，看不清水底，但我感觉到脚下是个滑溜溜的斜坡，再往前就可能一下子栽进水里，是淹没我的腰际，还是头顶，无法判断。而我不会游泳，如果探不到底，就可能呛水，或者淹个半死。

国平冲我喊道："老表，你若不敢下来，就回去吧！"

德胜说："你老表是家里的独苗，可不能淹死了。"

"独苗！独苗！"德恩和德友嘻嘻哈哈地笑了起来。

德胜又在练习踩水，他脸色严峻，凝神静气，在水里一动不动，如同练习某种气功。过了一会儿，像是练完一整套动作，需要休息一下，他就开始在水里轻松地凫水，边游边对国平大声说："我知道你老表为什么不脱裤头，是因为他的鸡鸡长得小。"

德恩和德友哈哈大笑，几乎快喘不过气来，他们或许并无嘲讽之意，笑得那么欢快、开心，却令我无比难堪。德恩叫道："老表，你鸡鸡长得小吗？"说完他一跃而起，扎个猛子不见了。

我心里委屈、愤怒，想立刻脱下裤头证明给他们看，但又害怕他们看见我屁股上的凹坑，会像我老家的孩子一样嘲笑那个疤痕。我不能那样证明自己。泪水在我眼眶里打转，我咬牙强忍着，甚至脸上故意露出微笑，装着并不在意的样子。我转过身，几步就回到塘埂上。

见我放弃了洗澡，他们也失去了耐心，不再关注我，在水塘里尽兴地玩耍、戏水。我蹲在塘埂上，冲国平喊道："你什么时候回去？"

国平一边凫水一边说："老表你先回，我再洗一会儿。"

我还问了几句别的，但国平玩得快活，顾不上理会我。

我准备离去时，看见他放在斜坡上的蓝色裤头，决定捉弄他一下。我悄悄拿起那个裤头，提前回到了舅舅家，躺在竹床上睡觉。

天快黑的时候，表姐忽然冷着脸走了进来，对我说："你怎么将国平的裤头拿了回来？"我的脸木木的，每一次羞辱都使它变厚，现在像是已经完全不知道羞愧。我庆幸母亲正和外婆在厨房里做饭，并没听见表姐的问话。

见我不说话，表姐叹了口气，又柔和地说："国平比你大两岁，已经十四了，你让他光着身子从塘埂边上溜回来。幸亏天黑了，没被人看见，不然多丢人呀！"

这时国平已穿好裤头，咧着嘴笑嘻嘻地从屋里走了出来。他好像并不记恨我偷回了他的裤头，或者说这种捉弄带给他的短暂不快，他已经忘记了。相反，我却一直闷闷不乐。白天虽然脱离了父亲严苛的管教，但我好像仍然生活在看不见的阴影之下，片刻都不能轻松。

3

晚饭以后，月朗星稀，除了桂花树、柿子树下影影绰绰的，院子里一片雪亮。外婆、舅娘和母亲在院子里乘凉。舅舅收拾渔网，他要外出捕鱼。我想跟着去，舅舅不答应，说夜里划船很危险，让我和国平在家里等他。大人们拿着蒲扇，有一下没一下地打蚊子。我和国平将竹床搬到院子里，前半夜可以露天睡觉。等舅舅捕鱼回来，我们再搬回屋里不迟。

有个黑影在门口晃动了一下，国安回头瞅了瞅大人，转身悄悄溜了出去。他的身形鬼鬼祟祟的，一看就非常可疑。国平冲我使了个眼色，我俩也蹑手蹑脚地跟在后面。

两个黑影躲在屋后的草垛旁边。一个声音问："你拿手电了吗？"

国安说："没有，我爸出去逮鱼，将手电带走了。"

"你回去拿火柴。"

"好，你等着我。"国安说完转过身，一抬头撞见国平和我站在后面，吓得一缩脖子。

国平问："你俩在嘀咕什么？"

我认出了那个黑影，是德恩。见到我们，他的手迅速往身后一藏。

“是什么？拿出来我看看。”国平虎着脸说。

德恩看了看国安，国安垂头耷脑的，一声不吭。他又看了看我，欲言又止的样子，怔了一会儿，瓮声瓮气地说：“什么也没有，我们说着玩儿。”

德恩和国安同龄，比我还小两岁。只见国平脸上的表情骤然一冷，恫吓道：“上次你用粘网偷队长家的鱼，队长现在还没找着主。快拿出来我看看，不然我就跟队长说你偷鱼的事儿，看队长不把你的耳朵割了！”

德恩低声说：“谁说……不是……我偷的……”但他说话显然没有底气，声音越来越小。

“那天晚上队长说有人在他的水塘里下粘网时，我在所有人的胳膊上都划了一道，只有你的胳膊显出一条白印，还敢说不是你？”

“唔……”德恩头一缩，无力地低了下去，他嘴里嗫嚅着，却再说不出话来。我们都知道一个检验是否在水塘里洗过澡的办法。如果刚从水塘里上来，用指甲在胳膊上划一下，会显出一道白印。反之则没有印迹。这个方法在一两个小时内有效。原因可能是刚从水里上来，身体表面带着一层水垢。这是乡村的一条常识，大人常以此法验证孩子有没有偷偷下水洗澡。

“快把东西拿出来我看！”国平再次厉声说。

像是经过一番痛苦的挣扎，德恩终于泄气了，投降一般地将手伸出来。我们看到是一张类似挂历的纸，叠得方方正正的。国平问：“这是什么？”

德恩嘴角动了动，却没说出口。

国平展开那张纸，我们看到是一张画报，模模糊糊像个女人。月光雪亮，但还不足以看清一张画报。

国平冲国安一努嘴：“你回去拿火柴。”国安点点头，连忙转身跑了回去。

德恩低声说:“不是我的,我从德胜床底下偷出来的。你们快看,我还要给他还回去。”

国安拿来一盒火柴,递给国平,刚想凑过来看,国平说:“你俩一边站着。”说着将画报递给我说:“老表你拿着,我来划火柴。”

我接过画报,国平划着火柴。国安噘着嘴和德恩站在一边。火光一闪,我俩顿时惊呆了,那是一个外国女人的裸体,满头金发,乳房像两只皮球一般大,下体的毛发也是金色的,中间被什么东西捅了一个圆洞。

国平像是忘记了时间,直到火柴烧到他的手指,才“啊”地尖叫一声,猛抖几下手。他重新划着一根火柴,那个金发女人立刻在我们眼前复活了。我注意到那张画报大约被折叠过多次,女人的身体在折叠处已经破损了。我听到国平吞咽口水的声音,他好像看到的不是画报,而是诱人的食物。

正在这时,我感觉脑门“啪”地被拍了一下,接着国平的脑门也被打了一下。愣怔之间,我手里的画报被来人劈手夺了过去。德恩和国安先看到他,两人撒腿就往村口跑了。这时我才认出打我们的人,竟然是这张画报的主人——德胜。

“国平你真不学好,这是你们这些猴崽子看的东西吗?”德胜吼叫道。

国平揉着后脑勺,不服气地说:“是你弟弟偷出来的,我给他收过来。”

德胜不理会他,转而对我嚷道:“你到这里来就无天管、无地收了?当心我告诉你爸,他还让你在村口跪着!”

说完,德胜气呼呼地转身就走。我和国平待在原地,有点傻了。月光之下,我看到国平的脸上露出一丝尴尬之色。而德胜的那句“让你在村口跪着”却仿佛击中了我的要害,让我不由打了个寒噤,比抽我一记耳光还痛苦。国平沉默不语,我真希望他没有听懂德胜话里的意思。

德恩和国安像两个幽灵一般,从远处一棵椿树的阴影下笑嘻嘻地溜了回来。见我们还站在原地,德恩嬉皮笑脸地说:“你们都不能看,那是黄色的。我哥可以看,因为已经有人给他介绍女朋友了。”

“介绍的是谁?”国平问道。

“彭玉霞,彭湾我小姑介绍的。”德恩仍然笑嘻嘻的,像是全然不在乎他回家以后可能会挨德胜的揍。

4

暑假过后我将升入初中,成为一名中学生,所以在外婆家住的时间不能太长。母亲回家时,我必须跟着回去。这是父亲的要求。他说上初中以后,就进入人生的关键期。而我总对这个关键期隐隐感到恐惧。我家离镇中学很近,父母不让我住校。我去镇中学校园里看过,很喜欢那里的操场。其实我希望自己能够像农村孩子那样住校,一个星期回一次家,每个星期带一小玻璃瓶咸菜腌黄豆。因为父亲的脸色总是那么可怖,让我时刻感到压抑难熬。

我觉得托生在这个冷酷的家庭真是遭殃,有时候漫无边际地幻想,宁愿父亲一刀杀了我。

不过,很快我又见到国平了。和他在一起,我总是感到非常愉快。我很羡慕他,因为舅舅根本不管他的学习。甚至他的钢笔坏掉了都不予理会,任凭他不写作业。

早上天刚亮,国平骑着自行车到镇上来卖鱼。他给我们家送来两条二三斤的鲢鱼,还有一些季花鱼、黑鱼、黄颡鱼,他要到集上去卖。母亲很高兴,留他吃早饭,但国平坚持不肯,他急着要到集上去,说等会儿买两根油条吃就可以了。我准备去学校上学,因此出门送他。

他想起什么似的，忽然从兜里掏出两封叠成长方形的信瓤，还有一张纸条，递给我说：“这是德胜的两封信，你字写得好，帮他寄一下。”他又指了指那张纸条：“这是两个收信人的地址，你买两只信封，分别给他填好再寄。”我接过来看了看，叠好的信瓤外面，一个写着“彭玉霞”，一个写着“张丽英”，纸条上写着两个人的地址，一个在广东，一个在浙江。我点了点头，说：“好。”国平推着自行车，腿一迈骑上车子往集上去了。

我去学校会经过寨河邮政局，但邮政局还没有开门营业，就将两封信带到了学校。它们放在我的桌斗里，像两个充满诱惑的谜团，一直召唤着我，让我不得自在。终于，趁老师讲课不注意，我悄悄拆开了一封信瓤。信是写给彭玉霞的，我快速瞄了几眼，德胜的字非常潦草，难以辨认，但我还是看到了“爱你”“想你”等几个字眼，最后一页的空白处，写了四个粗黑的大字“非你不娶”，还有一个木棍似的叹号。这是他写给女朋友的情书。我感觉自己的心咚咚直跳，那封信像一团火焰燃烧着我的心。我将其按原样折叠好，稳了稳心神，又拆开了另一封信瓤。这是写给张丽英的，很奇怪，我仍然看到了“爱你”“想你”几个字眼，而且在最后一页的结尾处，龙飞凤舞地写了四个大字“一生不变”，字上面压盖着一个血红的手指印。我心里一惊，那血指印从颜色上无法分辨是他割破手指流出的血，还是他父亲蒸渔网用的猪血。我的心一阵狂跳，感觉呼吸都紊乱了起来。德胜那张长满粉刺的脸浮现在眼前，还有他说过的话，也在我耳边回响……我将两封信瓤收好，头脑里仍然乱糟糟的，老师正在讲课，但我什么都没听见。虽然只粗略看了几眼两封信，我其实都看懂了——德胜脚踩两只船。他同时给两个女朋友写信，都非常肉麻，而且海誓山盟。我认为这事儿他一定练习过，就像他在水塘里练习踩水一般，那也是一种脚踩两只船的动作。德胜的手腕真高明，虽然不关我的事，却让我心生嫉妒，气愤难平。

放学以后，路过邮政局。我走进去买了两只信封，还有两张上海民居邮票。我趴在柜台上认真地按着纸条上的地址填写，一封是“浙江省温州市吉森制鞋厂　彭玉霞　收”，一封是“广东省珠海市前山镇丽都服装厂　张丽英　收”。我写好两个信封的地址以后，看了看两个外形一模一样，分别标注着不同姓名的信瓤，小心地将它们塞进信封。我在外地没有任何亲戚或朋友，还没有给谁寄过信，因此我不自觉地有点紧张，手微微地发颤。直到用糨糊粘好封口，将它们交给邮政局的营业员，我才如释重负般地松了一口气。

5

一个多月以后，表姐到镇上来赶集，在街上碰到我放学回家。她从自行车上跳下来，一把抓住我的胳膊，近乎质问般地说：“国平让你给德胜寄两封信，你是怎么寄的？”

我心里咯噔一下，脑袋嗡嗡直响，感觉可能坏事了。但我强装镇定，装作糊涂而茫然的样子说：“在邮政局寄的呀！”

表姐瞪了我一眼，痛心疾首地说：“你怎么寄错了啊？将写给彭玉霞的信寄给了张丽英，将写给张丽英的信寄给了彭玉霞，你可把德胜害苦啦！”

我的心怦怦直跳，紧咬着嘴角，不知说什么好。见我一言不发，表姐用手指戳了下我的额头，说：“现在彭玉霞闹着要跟德胜退婚，全因为你寄错了信。”

我惊恐万分，仿佛不相信曾经发生过的事情，更没料到会酿成如此严重的后果。那天寄信的经过，我已记不太清楚。事实上在我的潜意识里，已故意将它忘记。在表姐愠怒的眼神之下，我感觉时间像是停滞了，但我真希望时间能倒流，或许还可补救或更正。我的眼前冒出无数的金星，身体晃了几晃，虚弱得差点儿栽倒，像又回到了在村口罚跪的状态，我眼前的金星幻化成无数七彩的气泡……

“你到底是怎么寄的？”表姐仍然不依不饶地问。

“我填好信封……就……就交给了邮政局的人……”我的声音低得几乎自己都听不见。

表姐深深叹了口气，又摇了摇头说：“唉，怎么说你好呢！”

她的表情充满着恨其不争的悲伤，我没有勇气直视。

因为别的什么事情，我逃离了表姐的盘问。或许她仅仅是问一问，世上许多事情一旦时过境迁，就说不清楚了。而让我奇怪的是，国平后来见到我，竟没再跟我提起那件事情。至于德胜，我一辈子都害怕再见到他，哪怕听说他现在已是三个孩子的父亲。寄信，一件多么简单，甚至富有诗意的事情，在我手里却变得如此龌龊、不堪。我很痛苦、难过，却又如同鬼使神差，身不由己。不知这是我的宿命，还是那个年代我们大家共同的宿命。

原载于《安徽文学》2016 年第 8 期

娇　妻

蔡榕涛对我说，他一直想缄默不语，但是，经过深思熟虑之后，他认为周云应该知道全部真相。他的这一决定，令我感到意外和不安。他说："如果我保持沉默，那会导致我愈加接近另外一些错误。"但我其实并不认同他的想法。事实上，在我没认识周云之前他就曾用嘲讽的口吻评价过周云："他无疑是个疯子。"但现在他计划告诉一个疯子一件可能令他的疯病再次发作的事情，我说："你也半疯了。"

那次蔡榕涛带我去参加一个饭局，认识了饭局的东家周云。他在席间谈到他的最新论文，他发现跟他一样喜欢汽车的人占绝大多数，通过在本埠的实地调查，现在每天新增汽车为300辆，前年这个数字还是130辆。他晃着光秃秃的大脑袋预言，25年以后我们这个城市将彻底无法通行，成为一个巨大的停车场，一个绝望的垃圾堆。他所指的无法通行是以城市框架不再扩大和车辆保持几何级数增长为前提。他写了一篇论据详尽的文章来表达自己的观点，并推导出了数学公式。他曾请教某大学数学系的高岸教授，高教授对他的推论相当震惊，评价其是"不可思议的成果"。周云讲起来滔滔不绝，脑门直发亮。但我并没有看出这个评价具有学术价值，教授对他的证明既没肯定，也没否定，只描述了一种旁观者的感受，基本等于没说。当然这都是纯理论的，他的理论是建立在私家汽车不会报废、永远奔驰在马路上的假设之下。全桌人都在埋头大吃，尤其是蔡榕涛，一直心无旁骛地盯着沸腾的火锅，下进去的毛肚片刚一煮熟立即搛出来吃，并示意旁人效仿他赶快吃。

因为早一分钟或晚一分钟口感都有天壤之别，他吃得额冒虚汗，痛快淋漓。而周云独自滔滔不绝，沉浸在自己的理论世界里，有点难以自察的孤单。那是我第一次见到他，并且是跟随蔡榕涛蹭饭局的，我和他目光不时有交集，并频频点头以示附和。但我心里也不以为然，因为他的假设是不成立的，这会导致他的研究是空中楼阁，镜花水月。但事实是，在他提出这番论断不久，政府真的取消了私家汽车强制报废的规定。在报纸上看到那条消息，我想起他的话，还有他那闪闪发亮的大脑袋，我感到他的论断如有神助般地变得实际和可能起来。

在周云夸夸其谈发表高论的时候，他旁边安静地坐着一个中年女子，面带微微的笑意，还有两片略显羞赧的红晕。她从未说一句话，但过度沉静如同隐晦的吸引，也足够惹人注意。她不仅漂亮优雅，而且非常有眼色，偶尔站起来走出包房，像是悄悄安排什么事情。饭局中间，她用胳膊肘抵开房门欠着腰进来，双手抱着一大桶黑啤酒。饭局快结束的时候，我见她出去拿来了两盒中华烟，一盒放在慢慢旋转的桌面上，另一盒撕开口，放在周云右手边，并将周云碗碟旁的空烟盒扔进了垃圾篓。她和周云有很深的默契，同时又对酒店非常熟悉，如同大堂经理或者领班，让我对她的身份陷入怀疑。尤其是饭局最后有人提议共同碰杯，她端起周云面前还剩大半杯的白酒，一仰脖喝了下去，估计有二两左右，被她白开水一样一口干了。周云连眉梢都未动一下，似乎她这样做理所当然。我暗自惊叹之余，对她产生崇拜般的好感——我不胜酒力，对能喝善饮的人向来心存敬畏。不需要任何语言交流，我觉得她是个好女人，贤淑，可人，低调，有内涵，适合做老婆。

吃完饭，有人说去看周总搞到的新宝贝。我跟随大家走到酒店的后院，进入一个钢结构玻璃大厅。那女人抢先紧走几步，进去将大厅的灯打开，竟然是个汽车展览馆。和常见的车展不同的是，里面陈设了十多辆 20 世纪五六十年代的美国老爷车，还有五六辆国产老红旗轿车。这些车我以前只在电影里或挂历上看见过，现在它们近在眼前并且锃光瓦亮，簇新耀眼，甚至包括仪表盘和地毯，都像刚出厂的状态。周云给大家介绍老爷车的分类标准，详尽阐述古董车、古典车、威望车和限量车之间的区别。“世界上第一辆现代汽车是 1908 年下线的福特 T 型车，1930 年之前的汽车称之为古董车，其后至 1948 年的汽车称之为老爷车。”周云讲话语速很快，看来一切他早已熟烂于心，而我却觉得眼花缭乱，不得要领。可能是由于太过激动，我冒失地问了一句：“它们还可以开吗？”周云用审视般的目光看了我一眼，回过头说：“老爷车的世界博大丰富，对其改装后可以开，但那只是一种玩法，不应成为我们鉴赏老爷车的审美标准和判断依据，因为很难想象我们会开着它们出门度假或者参加比赛。”其实话一出口我就后悔了，觉得问了个愚蠢透顶的问题。正尴尬间，一个女声在我耳边说：“复原的，买来时就剩个车壳。”与此同时，一股清淡而宜人的香味扑入鼻腔，竟是刚才那个女人，她正冲我温柔地笑。我如同受到了某种礼遇，一阵酥麻而幸福的感觉穿过大脑。

大家要看的新宝贝，竟然是一堆烂铁，像是刚从某个废弃的仓库里挖出来的，锈迹斑斑，面目难辨。周云兴致勃勃地说：“非常幸运，今天让大家看的是我迄今为止搜集到的最古老的一款车——20 世纪 20 年代的福特敞篷汽车，这款车第一次进入内地，是民国十六年，那是哪一年？”他拍着脑袋略一思索，好像根本不期待别人的回答，“1927 年，贵州省省长周西成从香港购回的。当时贵州省道阻塞不通，他雇工人把零件拆散，肩挑背扛运回了贵阳。”他的话把我们听得一愣一愣的，惊诧不已。“周西成是个地道的汽车迷，他因为对这款汽车喜爱有加，第二年特命贵州省造币厂铸造了贵州汽车银币，币面镌刻的就是这款汽车的图案，成为全世界唯一的汽车银币，铸造量、存世量均非常稀少，现在是北京、上海和香港各大型古董拍卖会上的新宠……”我对那堆烂铁并不感兴趣，围着一辆淡蓝色的福特野马汽车看，它和我在007系列电影中看到的车型差不多。这时，蔡榕涛走到我身边悄悄问道：“他老婆跟你说什么？”说着瞥了一眼那女人，她正在从纸箱里找出几瓶矿泉水，一一摆在旁边的圆桌上。我反问：“她是……周云的老婆？”蔡榕涛点点头，仍然问：“她跟你嘀咕什么？”我笑着说：“她问我喜欢哪一辆。”蔡榕涛像被噎了一下，说不出话来。我的眼睛贴近野马汽车车窗时，看到座位上有一样东西，像是口香糖包装纸。当我转到车身另一边，顺着光线往里看时，竟然是一只杜蕾斯避孕套。我觉得很好笑，现在有一些私家车主喜欢在车内放置避孕套，取“避”字之音，达“避邪”之意。但老周这些不能行驶的老爷车，如此这般就显得矫情了。

事后我才知道，不仅那么多老爷车是周云的收藏，而且连吃饭的云帆酒店也是他的。蔡榕涛说周云是个“疯子”，并不是真“疯”。他是“痴”，“痴”得有点“疯”劲儿。他以前开办有钢铁加工厂，管理着水果批发市场，还兼营酒店，赚了不少钱。由于喜欢收藏老爷车，越玩越深，到了如痴如狂的地步，索性把生意全歇了，只保留云帆酒店当作大本营——其实也是委托一家管理公司管理，他自己专心致志地玩车。在国内老爷车收藏界周云算得上大名鼎鼎，经常有外地的玩家慕名前来观摩、交流。蔡榕涛说得没错，江湖人也称他“周疯子”。

我觉得周云算是一个人物，就给他写了幅字，装裱成一个斗方。蔡榕涛本来答应跟我一块儿送给他，并约好在云帆酒店门口碰面。但我在路上开车时他打来电话，说有事来不成了。他让我自己送给周云。

我循声找到周云时，他正蹲在展览厅后面的加工车间里，握着一台切割机的手柄，锯一块聚酯材料板，车间里充斥着塑料被烤焦的难闻臭味。他穿着深蓝色工作服，眉毛、睫毛，甚至鼻毛上都沾满了白灰，我心想他幸亏是个光头，不然头发还不知脏成啥样呢。周云扔下家伙，站起来说："你怎么来了？"我感觉他似乎并没认出我，估计只有一点模糊的印象。我晃了晃手里提着的纸盒，说："给你带一样东西。"他说："好，我这活儿也快完了。"我说："你在修车？"他淡然地说："装修一下。"这时，有一个年轻人从后面走了出来，手里拿着一个后视镜递给周云。他用手掰了掰后视镜的玻璃镜片，又检查了一下边缘部位，然后点头道："可以。"我问："你为何亲自动手？交给伙计们干不成吗？""他们太粗，干不了。"周云微笑道，"你先去酒店等我。"

我回到酒店的大堂，看四周墙壁上挂的各种款式的老爷车的照片，它们用金黄色的欧式相框镶住，下面配有简短的文字说明。我看完一遍，还没有动静，又坐到沙发上，翻看茶几上的几本老爷车杂志，读了一篇介绍美英老爷车俱乐部车迷们审美趣味差异的文章。这时，一个女人急匆匆地从电梯里奔了出来，她的鞋跟啄在大厅的地板上，慌乱、急促，踉踉跄跄。我抬眼一瞥即认出了她。是她，自上次见到她以后，我还不时想起她，想起她的安静、贤淑与低调。她上身穿白色T恤，下身穿黑色短裙，盘起的头发有点乱，有一绺垂在耳边，看上去比上次显得更瘦削。她看见我，略微愣了一下，随即用手掩面跑了出去。我隐约觉得她好像在哭泣，但不能肯定，转瞬她就从旋转门里消失了。

不久，一个女服务员走过来，欠身对我说："您是陈先生吧？周总请您上去。"我跟随她走进电梯，里面光洁如镜，镜子里的我提着一个正方形的扁纸盒，看上去像个蹩脚的钟表推销员。周云办公室铺的地毯太厚，走上去有种陷入感，让人腿发软。他已经洗澡换了衣服，和刚才判若两人，光秃秃的大脑袋恢复了明亮。他坐在老板桌后面泡工夫茶，不是标准的老板桌，是一个巨形根雕，雕成一辆法拉利跑车样式，顶部削平一块当作写字台。我心里暗想，这家伙果真生活在汽车的世界里啊。

我拆开纸盒把斗方拿出来，立在周云的对面。他斜瞟了一眼，立刻来了精神，将煮了一半的茶具扔在一旁，站起来念道："周——公——好——车。"他击起掌来，连声叫好。他从老板桌后面走出来，将斗方放到对面的沙发背上，后退几步细细端详一会儿，又说："好，好，老弟是书法家。"

他从老板桌后面的书柜里找出一盒雪茄，弹出一支递过来。我摇了摇头说："不会吸烟。"他略显扫兴，自己点燃吸了一口。"刚才我看到你的那位？"我说。"哪位？"他不解。我想了想，冒出一句："你的——娇妻。"他一愣神，继而哈哈大笑道："那臭婆娘，欠揍的货！"他挥了一下手："老弟有意思！"

我想起他写的有数学公式的论文，我觉得如果他的文章得以发表，他在汽车界的地位可能会进一步提升。我问他该文章的情况，有没有投给相关的学术刊物。他摆了摆手，说："我的文章无法发表，因为我的理论那些蠢货们根本无法理解。"我不以为然道："不会吧，如果确有价值，一定会得到认可。"

他猛地按灭雪茄，我注意到他没有按在烟灰缸里，而是按在了木头根雕面上，像是受到了刺激而无所顾忌。他身子往前一倾，愤然道："我尝试过，但他们认为我的文章是一个疯子在胡扯。我承认，那只是我个人对汽车的偏执的见解。事实上，我不需要学术界的认可和理解，一帮乌合之众对我的理解没有任何意义，对我毫无价值。我最近正在写一篇新文章，《论城市未来的交通》。你知道未来的城市交通是什么样吗？我说过，如果汽车保有量持续增加，这个城市将变为一个停车场。但这又是不可能的，我们决不能任由一个城市沦为一座停车场。未来的城市将会由数量不同的基站组成，每个基站都如同一座堡垒。基站之间由大型汽车运输通道相连，市民要开车去城市的不同角落，需先驶入附近的基站，然后由汽车运输通道运至目的地附近的基站，最后将汽车开出来后只需在城市里行驶一小段路即完成行程。汽车运输通道是什么样的？它大致像现在的集装箱，我们把汽车开进去。它至少有十层，每层装二十辆汽车的话，一次就可以运送两百辆汽车，当然这是最保守的数字，到时整个城市的交通运转将变得简洁高效。”

“你这相当于陆上集装箱的设计。”我点头说，“有没有想过让汽车在空中飞驰呢？”

“当然，但那几乎是不可完成的任务。”他哈哈大笑，似乎一切早已了然于胸，然后耸了耸肩，“首先汽车制造成本将翻倍，这可不是老百姓能承受得起的。让它们在空中错层飞行，主意不错，但飞行技能很难普及，不可能人人都是飞行员。况且，如何设置红绿灯都会成为困扰我们的问题……”

“你有没有想过，修建这样的基站和汽车运输通道需要巨额的资金，钱从哪里来？”我质疑道。

他微微一笑，说：“你知道上海吗？上海的汽车牌照实行拍卖制度。现在每次竞拍报名人数达十一万人，其中十万人不会中标，每人手续费一百元，就是一千万，而七千五百个中标者，每人将支付七万五千元牌照费，达到五亿六千二百五十万元，共计五亿七千二百五十万元——记住，这只是一个月的拍卖牌照收益。你还为建设费用担忧吗？”

我无语了，但不太甘心。我觉得我像个傻子，在向一个精神病患者问些荒唐透顶的大问题，它们大得仿佛关系到世界的格局和人类的命运，而神经病患者的回答却煞有介事，有理有据。不仅如此，神经病患者像是找到了难得的知音，他变得神采奕奕，双目有神，谈吐之间宛若掌握某个领域艰深知识的顶级专家。他是个预言家。

“中国汽车在国际市场缺乏竞争力，你觉得原因在哪里？”我不解的问题太多了，尤其是面对他这样狡黠的神经病患者。

“这看似是个大问题，其实是由一个小物件决定的——车的标志！”他果断地挥了一下手，继续开始泡工夫茶，侃侃而谈，“汽车品牌的不同，首先表现于车的标志。汽车的构造是大致相同的，而车标浓缩了汽车设计师的全部思想与智慧。我们观察一台汽车，首先会看车标，它如女人身体的敏感部位一般至关重要。但是，中国人在车标的设计方面，缺乏想象力的特点体现得尤为明显。大家都知道宝马车标的设计灵感来自蓝天、白云和旋转不停的螺旋桨，奔驰的三叉星车标寓意公司向海陆空三个方向发展，还知道奥迪四环车标是因为制造商由四个公司合并而成，它们都是久负盛名的伟大车标。民众买汽车很多情况下都是潜意识里喜欢某个车标而做出的决定。日本人制造了三菱汽车，这下坏事了，中国人一下子陷入菱形的泥潭，似乎不用菱形图案就没办法生产汽车，那行，我们加上两个菱形。这样的车，你还指望它能走出国门赢得老外的青睐吗？”

我端起他泡好的茶，小盏的茶杯，外灰陶内白瓷，一汪茶水荡漾其间，煞是好看，只可惜容量太小，一盏还不够一口喝的。我慢慢地品着，涩中带甘，清香扑鼻。

“好，就算我们的汽车不能走向海外，争夺国际市场，但我们要保护好自己国内的市场，对吧？但实际情形恰恰相反，举个例子，韩国现代汽车公司在北京生产的汽车都写着四个大字——‘北京现代’，很遗憾，我们首都的名字后面缀的不是‘红旗’，不是‘一汽’，而是韩国汽车品牌‘现代’。你能想象韩国人某一天会允许韩国汽车上写着‘首尔长城’吗？或者日本人会允许日本汽车在屁股上写着‘东京中华’？想想都觉得无比荒谬，但这确实正在发生着……”

周云越说越激动，似乎进入神经病患者的忘我境界，完全不知疲倦。我陡然明白一个道理，跟某个有资深专业背景的人聊天，一定不要谈他的专业，否则你就死透了，你与他不对等，聊天将因为专业背景的差异而失去起码的公平，你会被那些陌生而驳杂的话题压得透不过气来，简直是被强迫听一次高空轰炸般的演讲。这时，一个年轻姑娘推开了办公室的门，她眼睛明亮，头发乌黑，身材窈窕，只是脸上带着一丝愠怒，叫嚷道："都十一点了，还办不办啦！"

周云立刻满脸堆笑，说："好，马上好。"

我连忙识相地起身离开。

一个星期后的傍晚，周云打来电话，说是请我吃饭，弥补那天的招待不周。我赶到云帆酒店，包厢里已经到了几个人，有的在看电视，有的在吃西瓜，有的在抽烟，有的四仰八叉地躺在沙发上，都很悠然散漫，似乎周云这地方不单能吃饭，更是一个放松身心、休闲娱乐的所在。

周云见到我，立刻眼睛放光。他拉我坐到沙发的一角，说："那天我跟你没讲完，国产汽车的外形设计和制造工艺先不提，更重要的是汽车的名字没有起好。假大空——要人命！"见我糊里糊涂的样子，他掰着手指说："世界名车的名字举重若轻，名副其实。而国产汽车的名字万斤压顶，名不副实。譬如福特皮卡汽车叫猛禽，卖七十万元；通用越野汽车叫悍马，卖两百多万元；兰博基尼跑车叫蝙蝠，卖四百多万元……"

蔡榕涛走过来，举着食指冲周云"嘘"了一下，示意他暂停，然后眨巴着眼睛笑嘻嘻地问我："那天，你见到小嫂了？""谁？"我疑惑地问。但蔡榕涛话音刚落，周云猛捣他一拳，朝门外看了看，起身出去了。

至此，我才知道周云在闹离婚。婚姻是个人私事，别人离婚神不知鬼不觉。周云离婚是真正地"闹"，但不是他"闹"，是她老婆张丽莉在"闹"。

我想起那个女人安静、贤淑的样子，顿时觉得她身上又增添了某种可怜和无辜的味道。

我问："周云说我上次见的那个女孩是他的新欢？"

蔡榕涛点头说："是的，听说张丽莉和她在酒店里遇见了，两人干了一仗。这个周疯子，至今对我们保密。"

那天晚上，周云显得有点怪异。一会儿面带喜色，一会儿眉头紧皱，时而高声招呼大家共同碰杯，时而神思游离独自喝闷酒。有人发现他酒量比平时小许多，很快就显出醉意了，问了他一句："周疯子今晚怎么了？"没有任何预兆，周云竟一下子号哭了起来。大家面面相觑，不知所措。不过他干号了几声，很快就平静了下来，似乎只是需要这一阵号哭来发泄心里的郁结情绪，他的异常反应显然出乎大家的意料。"我终于离婚了。"他长吁了一口气说，"和徐晶扯证了！"

大家先是一愣，继而鼓起掌来。蔡榕涛摇头说："好不容易恢复单身，干吗立即又结婚？"周云摆了摆手，似乎深有感触地说："大家别学我，无论结婚还是离婚，都是一件空虚的事情。"

尽管如此，大家还是觉得值得庆贺，说他老牛吃嫩草。我们纷纷跟他碰酒，直至将他灌醉。临散场的时候，我跟蔡榕涛一起将他扶进酒店的套房。他一直嘟囔着说自己没醉，说酒醉心迷，他很清醒。

直到将他放倒在床上的那一刻，他一下抓住我的胳膊，坐起来说："兄弟，我是假装在玩汽车，其实是为了实现与这个世界彼此忘记……"我说："好，明白。"再次扶他躺下。当我和蔡榕涛准备离开时，我听到他嘴里仍在咕哝："人类……发明并制造了汽车，但汽车终将像垃圾一样将人类埋葬……"

原载于《滇池》2016年第8期

面　膜

云燕和朱敏从酒楼里出来，才发觉外面起了风，竟比空调包厢里更凉爽。路边的法桐树枝叶婆娑，伴随着冷风袭来，让人有种恍若深秋的错觉。“哇噢，下雨了！”朱敏用手遮住额角说，“天气预报说今天有雷阵雨。”

云燕斜睨了她一眼，撇嘴道：“抬头看看，是雨吗？”

朱敏醉眼迷离地抬头往上瞄了瞄，酒楼外墙上的空调外机在小孩滋尿般地滴水，笑着骂了一句：“哈，他奶奶的！”说着话没提防脚下的台阶，身子猛地往前一探，差点儿栽倒。

云燕急忙挽住她的胳膊，她浑身酥软，像一个情欲萌发的小妖精。饭局上的几个老男人太能缠酒，尤其是那个秃顶的曾主席，不依不饶地至少灌了她半斤白酒。

“去画布醒醒酒吧！”云燕说，“你这样子，坐车都不让人放心。”马路对面画布咖啡厅的标牌在夜色里闪着蓝光，看上去野性而神秘。那是她俩逛街时经常光顾歇脚的地方。

云燕扶着朱敏撞开画布咖啡厅的玻璃门，大厅里一个眼尖的服务生几步走过来，他可能想帮忙架住朱敏的胳膊，手最终有点局促地缩了回去。朱敏一个趔趄摔倒在沙发椅上，头发从前额散开，露出那张酒后酡红的脸。服务生拿着饮品单笔直地站在旁边，一手持笔，面带微笑等待云燕的吩咐。“不要咖啡。”云燕摆着手说，“有酸梅汁吗？给她来一杯，再要一壶水果茶。”服务生愣了一下，然后点头离去。

朱敏四仰八叉地瘫在沙发上，想起什么似的，从包里摸出手机，上下看了几眼，忽然没来由地笑了起来，越笑越激烈，最后像岔了气似的浑身乱颤，脚翘起来在空中乱弹。

“发什么神经？”云燕疑惑地问。

“哈哈。”朱敏眼睛盯着手机，脚往地上一跺，“好玩，看我怎样戏耍他！”

云燕侧身靠过去看，原来她在微信聊天，对方是今天饭局上的曾主席，头像上一颗明光闪亮的秃脑袋瓜。可以看出他俩是饭局上才加的好友，曾主席在喝酒的间隙给她发了三条消息，每条消息后面跟一枝玫瑰花：

“朱小姐海量。”

“仰慕朱小姐。”

“你今晚真漂亮。”

饭局上纷乱嘈杂，云燕只喝了点红酒，她丝毫没注意到曾主席发微信的小动作，更想不到他贼胆不小，竟这样骚扰朱敏。要命的是朱敏刚才给他回了一条更加暧昧、更加大胆的消息：

“我知道你心里在想什么。”

云燕觉得她真够绝的，貌似干脆地将曾主席的心思挑明，细品起来却又什么也没说。极尽撩拨，而又极具分寸，攻守兼备，一切尽在掌控之中。她知道这是朱敏对付男人的惯用伎俩，鄙夷道：“你真骚，招惹这样的人做什么？”

那边曾主席很快连珠炮似的回复了两条消息：

“你说我心里在想什么？”

“你说我心里在想什么？”

服务生送来酸梅汁，刚放到桌子上，朱敏伸手端起来喝了一大口，由于动作粗鲁，酸梅汁洒在百褶裙上也不管不顾，身子往后一靠，噘着嘴说：“我可没招惹他，是他自己不识相，犯贱！”

“别再捉弄人家。”云燕笑着说，“听说他是市古琴协会的主席，市领导的座上宾，也算有头有脸的人物。”

朱敏翻了个白眼，然后用手摸了摸脸颊，笑着说："亲爱的，你带面膜了吗？想敷一张，脸好烫。"

服务生送来水果茶，透明的玻璃壶里煮着芒果、雪梨、柠檬、红枣，还有一包立顿红茶，底座点燃一支蜡烛。云燕伸手将立顿红茶的线绳拉了出来，扔进了旁边的垃圾桶，她喝水果茶不习惯里面有红茶的苦味，微笑着说："神经，谁出来吃饭带着那东西。"

"那秃头眼真瞎，他应该看上你才对，你才是淑女一枚！"朱敏笑嘻嘻地说，"可惜呀，只有女人才能分得清哪个是好女人！"她一脸媚态，嗓门极大，引得邻桌客人齐刷刷地看过来。云燕觉得有点难堪，用脚在桌子下面踢了朱敏一下，低声说："死样子，你再胡闹，我把这事告诉吴天坤。"

朱敏从包里掏出一张心相印湿巾，展开像敷面膜一样摊在脸上，眯着眼睛瞅了云燕几下，点点头说："行，你跟吴天坤说去，给你一次和他私通的机会！"

云燕瞪了她一眼，觉得她说话离谱。作为交往十余年的闺蜜，朱敏酒醉后的状态令她惊讶。她平时有点"二"，但从没像今晚这般张扬、放肆，不，是有点放荡。

看到云燕认真的样子，朱敏忽然捂脸哈哈大笑，接着诡秘地低声说："我早发现了，其实吴天坤有点儿喜欢你。"

云燕陷入无言，她和老公周剑波，还有朱敏是大学同学。在学校时她和周剑波也不算真正地热恋，只是平淡地交往，但毕业后竟成了一对。朱敏在电视台做记者，因为广告业务关系，认识了现在的老公吴天坤。他是德茂洋酒行的老板，洋酒的生意做得挺火，给朱敏买了辆宝马 X3，令云燕心里很有几分羡慕。云燕在事业单位混日子，那点薪水几乎可有可无。周剑波在市政府做公务员，说起来好听，其实一直在底层摸爬滚打，到现在只开一辆别克凯越。不过虽然吴天坤做洋酒生意成了暴发户，但对云燕两口子还是比较尊敬的，时时流露出在社会上闯荡的人对机关人员的某种谦卑姿态。吴天坤的确喜欢向云燕示好，但若说他喜欢自己，云燕还是不信。

“他最喜欢请你们吃饭，我每个周末一说出去聚餐，他就提出叫上你们两口子，如果你不去，他对吃饭就提不起兴致了。”朱敏自言自语似的说。云燕心想，她还真是酒醉心明。琢磨起来，吴天坤对她两口子亲近，也似乎有点儿超出朱敏面子之外的含义。两家人一块儿出去玩的时候，吴天坤总喜欢找话题与云燕搭讪，还总喜欢偷看她，或者大声赞美云燕样子好，气质佳，等等。

“凡是你买的衣服，吴天坤都说好看。凡是我买的衣服，他件件都不满意。”朱敏眨巴了一下眼睛，“我上次在嘉悦商场买的韩版裙子，他硬说难看至极，让我拿去退了。我只好扯谎说是跟你一块儿买的，是你挑选的，他才作罢。”

外面的风越刮越大，有一些雨滴啪啪地斜砸在玻璃窗上，真的下雨了。云燕看了看时间，九点一刻。她心里有点焦虑起来，白天晾晒的衣服还在阳台上。不过朱敏的话倒是提醒了她，让她心里微微一动。其实她明白，周剑波对朱敏何尝不是如此。他对朱敏怀有好感，自己早有察觉。只不过他比吴天坤会掩饰，他对朱敏的关照看似平淡，其实细究起来，那种平淡却又像时刻在意。有一次爬隐山，到半山腰时周剑波递给朱敏一瓶矿泉水，云燕问为什么没有她的，周剑波竟然说朱敏中午吃饭时就没喝水。别人可能都没注意到，云燕却感觉其中滋味颇为复杂。虽然没有其他更过分的事情，但周剑波对朱敏肯定比一般朋友要亲切些，比爱人又多些分寸。那种情绪像蚕在作茧，纵横交错层层叠叠，像他某种潜意识的表达，又像是自然而然的流露，反正是一种说不清道不明的东西。只是作为朱敏的闺蜜，云燕努力将周剑波设置成朱敏的“闺公”的角色——那是朱敏自创的一个词，她将闺蜜的老公称为“闺公”。很多事情云燕不愿意细想，而且就算去想也不甚分明，反倒使自己像只茧一样被裹住了。

云燕微笑着说：“我们家老周呢，没事时总喜欢带着我去你们家玩，说是品尝你们家收藏的洋酒，其实他那点儿小心思，还不是喜欢你吗？”

“哈哈！”朱敏跺着脚大笑起来，“是真的吗？是真的吗？真有趣！”

话一说出口，云燕有点后悔了。她感觉自己的立场有点奇怪，好像是故意把周剑波往朱敏那儿推。朱敏是喝醉了，自己可不能也跟着起哄。两家人的关系本该泾渭分明，而不应混作一团，颠三倒四，简直莫名其妙。云燕想起自己是天秤座，据说天秤座的人，总喜欢保持一种微妙的平衡，很会照顾别人的情绪。她觉得自己刚才有片刻的意识混乱，对朱敏说的话是大脑短路的结果。每个人都是极其复杂的综合体，怎能轻易说得清，不该跟着朱敏一块儿胡言乱语。

朱敏忽然从沙发上坐直身子，一把抓住云燕的手，疯癫似的说：“我们来做个试验，怎么样？”

“试什么？随便说说，别较真！”云燕端起茶盅慢慢啜了一小口。

朱敏扯掉脸上盖的湿巾，眉飞色舞地说：“我给周剑波打电话，让他开车来接我。你给吴天坤打电话，让他来接你。他们不知道咱俩在一起，看看他俩各自怎么办。”

云燕一愣，不知如何应答。她觉得朱敏真有点儿疯癫了，她嘴角动了动，笑意一闪，说：“别傻了，你需要一点儿镇静剂。”

朱敏却像被自己的鬼主意所鼓舞，来了兴头儿，拿起自己的手机就拨号。云燕猜想她是给周剑波打电话，就去夺她的手机。偏偏喝了酒之后朱敏手劲儿极大，她夺了几次，怎么都抢不下来。而那边电话已经通了，只听朱敏拿腔捏调，故意嗲里嗲气地说：“……嗯，老周，是我，我喝醉了，在画布咖啡厅，你来接我一下吧！”云燕怕周剑波中了朱敏的圈套，想去打断她，一直被朱敏伸出的另一只手死死推开。“哗啦”一声，桌上的玻璃水杯被云燕的手指碰翻，茶水四溅。服务生疾步走过来，云燕尴尬万分，连声说：“不好意思，不好意思……”朱敏却站起身，一边打电话一边往外面走。服务生用餐巾纸将桌面的水渍擦干净，把跌倒的茶杯扶正，待收拾停当，云燕回头却看不见朱敏的身影。她肯定是躲到外面去了，云燕也懒得再理会，向服务生又点了几样甜点，芒果慕斯、杏仁松饼，还有牛轧糖。饭局上朱敏一直被几个男人围着灌酒，没吃什么东西。

朱敏鬼魅似的站在云燕身后，卷曲的长发上有许多晶莹的雨滴，她木着脸盯着云燕，看了一会儿，将手机往桌上一丢，身子倒在沙发上，刚才的兴头儿全没了，好像出去淋的不是雨，是霜，活像一只霜打的茄子。

“咋样？”云燕心里其实有点生气，觉得她不该这样耍心眼，捉弄秃头曾主席也就罢了，竟又戏弄周剑波。在她这里是玩儿，是寻开心。但男人和女人不一样，看问题天差地别，保不准周剑波会怎样应对，她相信这可能无关品德好坏，但如果周剑波处理得不妥当，落得个被朱敏取笑的难堪境地终究不好。

“真倒霉！”朱敏抖了抖百褶裙上的雨水嘟囔道，“你是故意的吧？”

云燕有点糊涂了，不知道朱敏在捣什么鬼，看她的样子，几绺头发粘在额头上，有点滑稽。

“你们家周剑波不在市里，下乡去了，在隐山，离这儿三十公里呢！他让我给你打电话。”朱敏一脸的不甘心状，“你为什么不告诉我他去了隐山？”

云燕心里暗笑，这是她没想到的变数。她真不知道周剑波下乡去了。他在机关工作没有定性，领导去哪儿，他就跟到哪儿，好话说尽，笑脸赔尽，累得狠了回家倒头就睡，抱怨官场难混。时间一长，云燕也懒得天天打电话追踪，什么时候回家都由他自己。

“你给吴天坤打电话，让他来接你，看他来不来！”朱敏将手机递了过来，不依不饶地说。话音刚落，她的手机发出一声“嘀”的提示音。云燕笑着说：“周剑波发来的短信吧？”朱敏立刻眼睛一亮，手指疾速划过屏幕，云燕也凑过去看，竟是曾主席又发来一条微信：

“我没有看错朱小姐。”

“哇，他说他没看错我！”朱敏故作惊诧地摇着头说，“真不可思议，我自己都看不懂自己，他竟然没有看错！”

云燕也忍不住扑哧一笑，这个曾主席，前面两条信息朱敏还没顾上回复他，隔了这么久，他竟自己找了个台阶下，好像已单方面达成了某种默契，放弃了刚才对朱敏关于他心里想什么的追问。

“不对，用你的手机打！”朱敏醒悟过来，抽回自己的手机，“现在就给吴天坤打。”

云燕不想戏弄吴天坤，但这个游戏朱敏已经起了头，如果不玩，又像是认输了。还在踌躇着，朱敏已拿起她的手机拨通了吴天坤的号码。

几乎来不及组织措辞，她紧紧嗓子，不自觉地说：“吴天坤，我在外面吃饭，现在突然下雨了，你能来接我一下吗？”

云燕讲话的时候，朱敏在旁边一个劲儿地点头挤眼睛，又顽皮又可爱的样子。

吴天坤的声音有点嘶哑：“周剑波呢……”

“哦，他下乡去了。”云燕故作镇静，其实心里怦怦直跳，“在隐山……”她脑子似乎清醒了，又似乎更模糊了。

“你在哪儿？”那边的声音虽然嘶哑，但也足够清晰，“我去接你。”

“我在东风路画布咖啡厅……”云燕话音刚落，没料到朱敏突然从座位上一跃而起，劈手夺去她的手机，冲里面就大喊了一句：“吴天坤，听听老娘是谁！”

云燕去抢自己的手机，而朱敏的动作幅度更大，挥舞着手臂，几乎是吼叫一般："你是不想过了吧！我给周剑波打电话，人家都不来接我，你倒好，屁颠屁颠地要来接云燕……"

那边在电话里说的什么听不清，像是沉默了片刻，就开始低声下气地解释。而朱敏的大嗓门已经超过了咖啡厅客人所能忍受的极限，大家都侧目而视，一个扎领结的服务生走过来，冲云燕说："请让你的朋友小声一点儿。"

云燕觉得十分尴尬，但她已经插不进去话。朱敏重新坐到沙发上，纷乱的头发遮住脸颊，那边一直不停地解释，她沉默了一阵子，突然拖着哭腔说："我跟云燕玩个游戏，为什么我给周剑波打电话，人家不来接我，而你却愿意接云燕，你吴天坤是个什么人，你说！你太让人寒心了……"她头发一甩，云燕发现她眼里竟然含着泪水。

云燕也蒙了，刚才还笑眯眯乐呵呵的朱敏瞬间变了脸，这令她始料不及。跟朱敏闺蜜一场，云燕觉得特别理解她。她张扬、泼辣，做事情没心没肺，却不拖泥带水，敢做敢当，从没见她也有如此脆弱的一面。

"不过了！"朱敏忽然拍着桌面大叫道，"我要跟你离婚！"她站起身从纸巾盒里抽出一张餐巾纸，一边擦眼泪一边往咖啡厅外面跑。

云燕慌忙喊服务生埋单，然后抓起朱敏遗落在沙发上的包追了出去。外面雨不太大，却下得急，在咖啡厅门灯的照射下，雨像一根根银线，斜着落下来。朱敏脚步踉跄，嘴里哭喊道："吴天坤，你若不离婚你是狗！"

说完挂掉电话，脸上分不清是雨水还是泪水。云燕将她拖到廊檐下避雨，又从她的手中掰下自己的手机。

"是你要玩的。"云燕说，"现在还没说几句话，你就炸毛了！"

朱敏面无表情，眼神定定的，似是在发呆。

云燕耐心地劝慰道："你想想，咱们两家是什么关系，吴天坤能不来接我吗？话说回来，周剑波是因为在隐山，如果他在市区，能不来接你吗？"

"你这样闹，别人都看笑话呢！"云燕拉起她的手说，"我送你回家，见到吴天坤，我跟他解释一下，还不知道他怎样气恼我呢！"

朱敏沉默片刻，陡地变了声气："我不回家，我要回南京！"

云燕心里一颤，想起朱敏每年都要回几趟南京的，她父母和妹妹都生活在南京。云燕心里真有点儿生气了，忍不住冲她抢白道："这是多大的事儿，你不要动不动就上纲上线！"

朱敏脸上冷冰冰的，看了看云燕，忽然身体往下一蹲，捂着脸说："我要回南京！太丢脸，我没法过了！"

见她如此，云燕心里生气，可又觉得心疼。朱敏的酒已醒了，但人好像还不能完全思考似的，情绪在半空中飘，恍恍惚惚，可能她自己都不知道自己在干什么。云燕攥着她的手，重新将她拉回画布咖啡厅，在服务生诧异的眼神中坐回原位。云燕冲服务生解释道："我们再坐会儿。"

朱敏的脸偏向一边，好像不仅生着吴天坤的气，也一并气恼着云燕。她不理不睬的神情让云燕明白，女人之间，再亲密的闺蜜，也有着与生俱来的敏感与敌意。她们好的时候，睫毛膏、口红都混着用的，这生分起来，也真让人心冷。再亲密的闺蜜，其实心底也一直暗暗较着劲儿，不是吗？

云燕低声说："吴天坤对你多好，他自己开的破奥迪，给你买的新宝马，行动胜过千言万语，你还要怎样？我都羡慕死了，嫉妒死了。天底下的事情怎能一眼看穿，一两句话说清，如果真那样，这样的人不但愚蠢，而且也不讲道理。"

朱敏冷笑说："你的意思是说我嫁给了钱呗！"

云燕被噎了一下，正想反唇相讥，朱敏包里的手机又发出"嘀"的一声，云燕以为是吴天坤发来的道歉信息，替她掏了出来，是一条微信。云燕拉过朱敏的大拇指解开指纹锁，划开一看，竟然又是曾主席发来的：

“朱小姐真乃知音也，相见恨晚。”

不看则已，朱敏突然一下子火起，按住语音键回复道：“知音你妹！”

云燕惊呆了，没想到她会如此激动，她的举动让人猝不及防，实在太唐突无礼。她像是给自己的悲恸找到了一个宣泄口，瞬间爆发了出来。活该曾主席撞在了枪口上，被朱敏撩拨一番，然后劈头一声臭骂，终于平静了。

扔下电话，朱敏自言自语道：“婚姻就是赌博，生活十年也未必能真正看清一个人。”

云燕忍不住想笑，她和朱敏同岁，但朱敏好像心理年龄更年轻一些，更矫情。难怪她和吴天坤经常为鸡毛蒜皮的事情吵架，但床头吵床尾和，老夫老妻了，还跟年轻人谈恋爱一般。云燕和老公周剑波则从没红过脸，其实更像是人到中年，没了吵架的心情。遇到心里不痛快的事情，忍忍就过去了，吵架都懒得费口舌。

这时候，云燕的手机响了，她低头一看，是周剑波打来的。她皱皱眉头，想了想，站起身走到门口接听。周剑波不知道今晚的这场热闹，云燕将经过跟他讲述了一遍。周剑波在那边哈哈直乐。云燕说：“她现在不愿回家，怎么办？”周剑波说：“我给她发个短信，你不要掺和，装着不知道。”

回到座位上，朱敏静静地坐在那儿，一脸茫然而又无辜的样子。云燕想笑又不敢笑，强压住笑意说：“为这点事儿生气，不是要小孩子脾气嘛！这本来就是一个玩笑，你输不起啊！”

但朱敏沉着脸，丝毫不为所动，仿佛铁了心要执拗到底。云燕不禁有点自责，今晚一切都好好的，就因为自己一个电话，一个整蛊似的恶作剧，弄得不可收拾，其实都是些没头没脑的事，太荒唐。

这时，朱敏的手机又“嘀”地发出一声提示音。云燕坐着没动，装着不在意。朱敏慢慢地用手指划过屏幕,看了一眼,然后轻轻放下手机,过了一会儿,她又拿起来看了一眼,拨弄了几下。云燕猜想可能是周剑波发来的信息,但她只能故作镇定。

也是神奇,看了短信之后,朱敏的脸竟然慢慢变得活泛,甚至有点绯红,人也不安起来。她用脚在地上寻找刚才坐下时甩丢的鞋子,还用手理理纷乱的头发,又从包里找出一根橡皮筋,将头发扎了起来。

“南京,秦淮河、玄武湖嘛,我也想去。”云燕没话找话地说,“过一阵子,你带我一块儿去玩玩吧!”

朱敏忽然站了起来,冲云燕一笑,伸手抓起自己的手包,头一偏说:“回家!”

云燕心里一惊,没想到朱敏变脸如此之快。她劝说半天都不奏效,周剑波发一条信息立刻解决问题。个中神奇,着实难以理解,简直匪夷所思。

云燕怕她回去和吴天坤干仗,追出去说:“等等,我送你吧!”

朱敏回头莞尔一笑,神情笃定地说:“不用。”一转身,朱敏越走越快,渐行渐远。好在外面的雨已经停了,晚风阵阵吹来,凉爽宜人。

云燕想给周剑波打电话,问他施的什么法术,能让头脑一根筋的朱敏那么快回心转意,难不成他俩之间真有那种见不得人的勾当?太邪乎了!这时手机收到一条微信,云燕低头一看,是周剑波发来的他和朱敏的微信截图:

周剑波:等着我,大约二十分钟以后接你。

朱　敏:我已回家。

原载于《长江文艺》2017 年第 9 期

暮色中的陌生人

“死天爷，不怕下塌了吗？”母亲在廊檐下往蛇皮袋里灌沙土，时不时抬头看着远处灰暗的天际咒骂道。

好多天以来，母亲一直喜欢骂这句话。喋喋不休，充满怨气。下雨的时候骂，快要下雨也骂，似乎不骂几句她就无法活下去。雨一直在下，隔两三天就下一场，断断续续连成漫长的雨季，像男孩拖拖拉拉未完成的作业。家里的四块水稻田，全都插好了秧苗，男孩觉得母亲犯不着再为天气发愁。他盼望雨下得大一点儿，最好让水渠里的水漫上来，淹没通往学校的田间道路。

“发一场去年那样的大水才好呢！”男孩将手伸到廊檐外面，探探天空有没有落下雨滴，笑嘻嘻地说，“我就不用上学了。”

母亲灌满三十多只沙袋，用细绳将袋口紧紧扎住，有一句没一句地说：“你天天就想着逃学，长大只能甩牛鞭子。”

男孩晃了几下脑袋瓜，龇着牙说：“我们家没有牛，哼，我想甩牛鞭子也甩不成啊！”

母亲瞪了男孩一眼，说：“小海兽，只能让你爸收拾你，他等会儿就回来了！”

男孩嬉皮笑脸的神情立刻凝固在脸上，有点蔫蔫的。他下意识地透过门楼往村外看了看，宽阔平坦的秧田延伸至远处，无边无际的灰白色，村道上没有任何人影。

去年的雨下得很大，最终酿成了一场大水。男孩喜欢观察水情，用一根细树枝插在屋前水塘的塘埂上。过一会儿察看一下，如果树枝被水面淹住，就说明水位在上升。一根根细树枝插下去，就构成了水位上升的刻度尺。那夜村子后面传来一声巨响，地动山摇，母亲说她也从来没有听到过那样令人心颤的巨大响声。队长郭选平在村外的旷野里大声呼喊："都别睡啦，起来捡檩子啊，檩子都要漂走啦！"郭队长的呼喊近似狂啸，像利刃，像闪电，穿透了整个黑夜。父亲不在家，队长的喊声越大，越急切，母亲在床上将男孩搂得越紧。男孩感觉到队长每喊一句，母亲的身体都要微微颤抖一下，这让他更加害怕。外面的雨哗啦啦下了一夜，男孩在母亲怀里一夜未敢动弹。挨到天亮，男孩走到屋后发现，他头天还上课的教室趴在了一片浑浊的大水里。整个王乡小学五个年级，一溜五间教室，只剩一堆黑黢黢的瓦砾。

"我不是不想上学。"男孩噘着嘴说，"因为我们教室总是跑进一个疯婆子，拿着竹棍打人，她一去同学们都吓得从教室里跑出来。"

"何成英。"母亲将沙袋搬到屋后面，一只只筑于外墙根处，沙袋外面又铺上一层细土，填平缝隙，然后用铁锨一下下拍实，"她原来并不疯，修寨河水库那一年，她儿子掉进了水库里，从此就疯了。"

男孩学着母亲的样子，拿着一只钉锤，一锤一锤地拍打母亲修筑的护坡。男孩知道这个护坡可以防止水淹透墙基，有了它，堂屋就不会像他的学校那样轻易倒掉。

"她真的打你们了吗？"母亲问。

男孩想了想，摇摇头说："没有，但是她拿着棍子撵我们，样子很吓人，嘴里叽里咕噜地说着什么，我们都听不懂。"

母亲说："她可能嫌你们教室占用了他们队的保管室。"

去年王乡小学倒塌之后，停课一个多月。之后学生分成两半，一、二年级搬到了黄乡队，三、四、五年级搬到了李乡队。男孩上三年级，搬到李乡队的保管室上课。课桌是用土坯垒成的，全是灰土，老师让学生和泥巴在土坯上糊一层细泥。男孩子们最高兴，他们本来就喜欢玩泥巴，是天生的泥瓦匠。土坯外面刮好细泥，再用瓦片蹭磨，一遍遍磨下去，桌面就变得平滑闪亮，趴上去写作业又冰又凉。但桌体是实心的，下面没地方伸脚，学生们写字的时候屁股都撅得很远。

“我想转学到爸爸的镇上去。”男孩说。

“别怕，何成英不会打你们，她只是有点儿疯。”母亲站起身，揉了揉后腰说，“李乡有个哑巴，脾气很古怪，你只要不招惹他就好了。”

男孩低头不吭声，他的脚趾缝里沾满了泥，有点发痒，于是在地上使劲儿摩擦了几下。过了一会儿，他冷不丁地冒出一句：“我跟郭启友打了一架。”

母亲并不在意，她用手捶着酸痛的腰，随口说：“小孩子不学好。”

男孩侧脸朝水塘望去，水面慢慢打着漩儿，像是水下面蕴藏着一股巨大的力量。男孩的眼睫毛很长，扑闪几下，眼眶忽然有点儿发潮，声音也变了腔：“郭启友说……郭启友说我不是你们亲生的……”男孩忍不住想哭。

母亲先是一愣，差点脱口骂人，继而轻叹一声，微笑着说：“傻孩子，别听他胡说。郭启友是郭瘸子的儿子吧？他爸是瘸子，他妈跟别人跑了，无天管无地收，浪荡坏了！”

“他说就是的！他说……他说你不能生孩子……所以我家……我家就我一个独苗……还是我爸在外面捡来的。”男孩说着哭出声来，闷在心里的委屈一下子爆发了。

“小畜生，明儿我去撕烂他的嘴！”母亲愤恨地骂道，“你别哭，我还要去找他爹，让他爹用鞭子抽他！”

“好。”男孩的眼泪晶晶亮，他用手抹了几把。

“你看，你爸叫陈修平，你叫陈德安，‘修’字辈之后是‘德’字辈，‘平’字之后是‘安’字，怎么不是亲生的？”母亲脸上笑眯眯的，说话温柔极了。

“郭启友才不是亲生的呢，他爸是瘸子，他怎么不瘸？”男孩抽抽搭搭地止住哭泣，捡了一块土坷垃使劲儿抛往水塘中央。

母亲扑哧笑出声来，笑罢又叹了一口气：“你爸爸在镇政府跟别人共用一间宿舍，他吃饭、洗衣都成问题，你去怎么办？”

“哎呀！”男孩忽然一摸额头，尖叫道，“下雨啦！”

母亲侧脸看看旁边的水塘，水面上果然荡开了雨点，紧接着就听到了雨声。她皱着眉头咒骂道：“死天爷，真的要下塌了吗？再下可真要发大水啦！”

男孩扔下手里的钉锤，找一根楝树枝插到塘埂上。这个村庄只有四户人家，男孩的家在最东边，村外被一个环形水塘包围着，一条狭窄的路坝通往外面的稻场，稻场再连接着乡村道路。男孩看到塘外秧田里的水正漫过田埂，往水塘里倒灌，水面上漂着来历不明的拖鞋、塑料瓶，他尖叫道：“是不是寨河水库放水了？”

母亲提着铁锨走回院子，在厨房门口的洗脸盆里洗手：“水库这几天一直在放水，不放水早就决堤了。”

“他们不知道我们根本不需要水吗？不知道我们快淹了吗？”男孩嘟囔道。

“他们知道。”母亲微笑着说。

男孩懂得很多事情。他知道雨季时寨河水库一放水，村子就会发大水。当水塘里的水和塘外秧田里的水连成一片时，道路就看不见了，外面的田野就成了一片汪洋，成了一片大海。男孩忽然也像母亲一样忧心忡忡起来。

雨下得紧一阵，松一阵，像有一只巨手握着洒水器在天空中左右摇晃。母亲将廊檐下的灰土清扫干净，坐下来择菜。那是自家菜园的青豇豆，要将有虫眼的一截掰下来。德安蹲在旁边帮忙，他想寻找躲藏在虫眼里的白虫，捉出来喂门楼上的黄嘴麻雀。

天色阴沉，其实才下午五点多，看样子却像马上要黑下来似的。母亲打了一下男孩的手说："去把你的脏脚丫洗干净，穿上鞋。"

男孩有点儿不甘心，他刚想站起来。虚掩的院门忽然被推开了，雨雾中闪出一把油布雨伞。男孩尖声叫道："我爸回来了！"

伞慢慢偏过来，母亲和男孩都愣住了。一个四十多岁的陌生男子，皮肤黝黑，身体精瘦，他一手持伞，一手提着一只硕大的黑色皮包。虽然打着伞，陌生人的半个肩膀已经湿透了。他脚上穿着雨靴，但裤腿也湿淋淋的。

"这……这是陈修平的家吧？"陌生人面带微笑，但表情里透出一种迟疑、胆怯。

母亲放下手里的青豇豆，站起身来说："是的，但他不在家。"

"那就对了。"陌生人似乎并不感到意外，他往院里走了几步，来到廊檐下，收起油布雨伞靠在廊檐的立柱上。陌生人的头发、眉毛全湿了，他放下手提包，用袖子擦拭脸上的雨水。

"雨下得真大。"陌生人喃喃地说。

母亲将摊在地上的青豇豆匆匆收进箩筐，递过一张柳条椅说："来的客，请坐吧！"

男孩看了看陌生人，他像是走了很远的路，屁股上有许多雨靴跟甩上去的泥斑，又看了看他的黑色皮包，被雨水浸湿了，油光锃亮的。

"你是哪里的，找陈修平……"母亲欲言又止，犹疑而警惕。

"朋友，他的一个朋友。"陌生人的脸上一直挂着淡淡的微笑，但脸却总侧向一边，时不时斜睨母亲一眼，神色中充满让人琢磨不透的意味。

母亲追着问道："你是他的战友吗？"

"战友？"陌生人眉头略微一皱，摇了摇头，侧过脸去又吐出那句话，"不是，一个朋友。"

男孩心里一动，他特别喜欢爸爸的战友来家里做客。在淮河北岸，就有爸爸一个战友，去年来给他带了许多好吃的，板栗、牛奶软糖，还有果脯，男孩现在还记得果脯酸酸甜甜的味道。带到学校去，同学们都艳羡极了。陌生人的皮包鼓鼓囊囊的，但他似乎没有打开它的意思。男孩猜想他或许是要等到爸爸回来，才会从皮包里掏出好吃好玩的礼物吧。

陌生人四处打量，他的眼珠转动极快，无疑具有敏锐的洞察力，他甚至还透过廊檐下的窗户瞟了一眼西厢房的稻谷堆，好像转眼之间他就对这个家庭的生活状况了如指掌。他头上的雨水虽然擦干了，但看上去仍然黏腻腻的，仿佛好多天没有洗过头发。而且，他不擅于和母亲拉呱，或者他有意不愿多说，克制地与母亲保持某种距离。很快，气氛有点尴尬，有点儿冷场，让人手足无措。

"修平……他去哪儿了？"陌生人主动问道。

母亲的热情慢慢有点儿冷却，像是学着陌生人的语气，含混而淡然地说："在镇上。"

男孩插嘴道："我爸在寨河镇政府上班，他会写材料。"

陌生人微微一笑，说："你有九岁吧？叫什么名字？"

"八岁半，我生日过得晚。"男孩看了母亲一眼说，"我叫陈德安。"

"嗯。"陌生人点点头，若有所思的样子，"你属龙。"

男孩像是被人揭穿了底细，有点羞涩地笑了笑。这时候雨慢慢停了，天色越来越暗，一团乌云在南边的天空翻滚、奔涌，像是酝酿着一场更大的雨。透过敞开的门楼，可以看到村外的塘埂上走过一个老头，他一手打着伞，一手牵着一头黑水牛。母亲走到门口冲他高声问道："王广太！你把牛牵到哪里去？"

"铜盆山。"老头答道，"王乡发水了啊，牛得送到铜盆山上去。"

母亲又问道："水淹到哪儿了？"

老头说："淹到龙王井了，你这儿也快了啊！"

一阵风刮来，老头还说了什么，含含混混的听不太清。水面已经淹没部分塘埂，老头的裤腿高高卷起，在水里摸索着前行。男孩知道龙王井，去年他在王乡上小学时，高年级的同学中午常用绳子吊着酒瓶去龙王井取水喝。龙王井被淹了，看来跟去年一样，又要发大水了。

男孩连忙去厨房后面的水塘边察看他插的楝树枝，然后急匆匆跑回来大声喊道："淹了，楝树枝被淹了两厘米！"

母亲紧蹙着眉头，脸上带着一种焦虑不安的情绪。她回头看了看廊檐下坐着的陌生人，说："陈修平晚上不一定回来。"

陌生人愣怔了一下，觉察到母亲话语里不太欢迎的多重意味，低头琢磨了一会儿，站起身说："我去村外看看……"

男孩追到门口，看到陌生人顺着村子的路坝往西走。雨虽然停了，但路面非常泥泞。陌生人走得不快，深一脚浅一脚的。

母亲去厨房里淘米，准备煮稀饭。炒菜很快，但稀饭需要提前煮开，歇半个小时，再小火冲沸一下。男孩看了看陌生人留下的黑色皮包，忍不住心口怦怦直跳。他用手摸了几下拉链，并不是存心的，拉链像是自动拉开了。男孩屏住呼吸，然而眼前的一切令他很失望。衣服，皮包里全是衣服，像要搬家一样，竟然还塞有毛衣和毛裤。

"妈！"男孩冲着厨房叫嚷道，"你来看！"

母亲闻声走了过来，看到男孩翻弄陌生人的皮包，冲他瞪了一眼，却也忍不住似的往皮包里瞅了瞅，然后低声说："合上！"

男孩不死心，他又朝皮包的底部翻找，在最下面找到一只手电筒，还有一副扑克牌。仅此而已。

母亲阴沉着脸，喝道："合上，别动人家的东西！"

男孩悻悻地拉上皮包拉链，泄气极了。这个人背着如此大的皮包，竟然什么好吃的东西也没有带，让他失望透顶。

"他是干什么的？"男孩问母亲。

母亲一脸不耐烦的表情，撇着嘴说："谁知道呢，你爸的狐朋狗友！"

男孩说："我去外面看看，看他在干什么。"

母亲刚喊一句"回来"，男孩已经跑出了门楼。

男孩在路坝外面迎住了陌生人。他并没有走远，只是围着村外的水塘转了一圈，看看塘里的水，看看远处的水渠。他像是观察水情，而不是迎接父亲。水面上有许多小白鱼在戏水，它们好像跟男孩一样也喜欢大水，在水面上你追我赶，拼命地撒欢，甚至还时不时跳出水面，炫耀它们雪白的肚皮。

陌生人看到男孩，微微一笑说："德安。"

男孩没吭声，心想你喊得怪亲热的，但我并不认识你。

陌生人问："你家的秧田插完秧了吗？"

"插完了。"男孩说。

"请人了吗？"陌生人问。

"没有，都是我妈插的秧。"男孩说，"不过我也干了不少活。"

陌生人摸了摸男孩的头，笑着说："是吗？你插了多少？"

男孩说："水田用秧线分割成一排排的长方形，长方形里面归我妈，长方形之外的边角归我。"

"哦。"陌生人装着吃惊的样子，笑着说，"插秧累不累？"

"累得腰疼。"男孩说，"不过我妈说小孩没有腰。"

陌生人哈哈一笑，他忽然俯下身子，抱住男孩猛地亲了一口。男孩觉得他的胡子非常扎人，像刺一样扎得人脸生疼。陌生人拨弄了一下男孩的头发，低声说："你还有一个名字，叫水生，因为你是在发大水的时候生的。"

男孩觉得陌生人在胡说，但他似乎并不在意男孩的看法，站起身摆摆手说："你记住这个名字，不要告诉别人。"陌生人说完哈哈笑着，一副非常开心的样子。

回到家里，母亲正在厨房烧饭。陌生人在廊檐下顿了顿雨靴上的泥巴，冲厨房里说："我看了一下，你们这个村子应该没事，大水淹不到你们的房子。"

母亲从厨房走出来说："每次发大水我们村都没淹过房子，不过也很危险，最近的一次水面离墙基只有一丈远，让人提心吊胆的。"

陌生人说："我来的时候，见到许多人都去铜盆山躲水去了。如果大水真的淹上来，你们也去吧！"

"铜盆山有好多老坟！"男孩尖声插嘴说，"我才不去，白天我都不敢去，更别说夜晚了。"

陌生人哈哈一笑，说："不碍事，那里搭了许多草棚，躲水的人多得很。"

母亲低声说："也是……看他爸爸什么时候回来……"

陌生人想起什么似的，转身拿起廊檐下自己的皮包和油布雨伞，说："我走了。"

母亲有点吃惊，又似乎有点不好意思，拍打着双手说："天马上就黑了，你到哪里去？"

陌生人脸上一副很轻松的表情，淡淡地说："我到镇上去，到镇上去……"

不待母亲挽留，陌生人已几步走出门楼。母亲和男孩追到门口，陌生人脚步敏捷，走得很决绝。天真的要黑了，灰白的秧田变得一片昏暗。陌生人走到路坝上时，转身挥了挥手里的油布雨伞，接着就消失在茫茫暮色里。

母亲的表情有点迟疑、游离，最终陷入茫然。男孩心里则有点儿说不出的失落。陌生人没有带好东西给他吃，但他觉得陌生人其实挺好的，起码不像爸爸那样严厉，总是令人害怕。

"他说我还有一个名字。"男孩看着他的背影说。

母亲的脸骤然变色，惊叫道："你说什么？"

男孩不知道母亲为什么突然发怒，低声说："他说的，他说我还有一个名字，叫水生，是发大水的时候生的……"

母亲抬手打了男孩一记耳光，痛骂道："小崽子！你听他胡说！"

男孩一言不发，抽泣了几下，把眼泪噙住，没有哭出来。一切没有来由，他不知道母亲为何突然打他。他没有做错什么，而且觉得水生这个名字挺好听的。他以为母亲肯定知道，只是没有告诉他。

母亲像是意识到了自己的失态，过了一会儿，脸色慢慢缓和下来，也像陌生人一样摸了摸他的头。母亲的声音在四处袭来的暮色中响起："别理会他！他就是你爸的一个赌友！皮包里带着扑克牌，跟你爸一样，是个赌棍，赌棍！"

原载于《山花》2017年第9期

折纸游戏

两个孩子吵着要养宠物。皮皮说班上同学都养有宠物，有的养仓鼠，有的养乌龟，还有谁谁养了一只三斤多重的荷兰猪。杨舟和沁月商量一番，觉得养小动物麻烦，而且产生感情以后，最终落下的都是伤心，于是买回一盆金鱼。四条燕尾，红白相间，在鱼缸里游弋。杨舟回到家，两个孩子正在餐桌上玩折纸。苹苹参加了学校的折纸兴趣班，跟同学们一起学习用纸折飞鸟，折房子，折纸塔，她学会了再回来跟弟弟显摆，当他的老师。那盆金鱼皮皮挺喜欢，大概只要是活物他都能接受。苹苹却不太高兴，她想养布偶猫，至少应养一只大白兔，她噘着嘴说："怕伤感情，怎么不养一盆植物呢！"

鱼缸呈鼓凳形，斜口，像被利刃切香肠似的划拉了一刀。杨舟将它放置在餐桌正中间，那儿绘着一朵盛开的紫荆花。小金鱼只有两厘米长，虽说有四条，鱼缸里仍然显得单调、空旷。两个孩子围着餐桌玩耍，苹苹时不时高声嚷嚷："皮皮把手伸进鱼缸！"皮皮辩解道："我没有，不是我！"苹苹说："就是你，还不承认，鱼快被你玩死了！"皮皮说："是你先伸手的！"苹苹说："你胡说……"这个周末恰逢端午节，难得的三天假期。沁月在厨房包粽子，糯米、红枣和花生中午就浸泡在水里。她怕粽叶不干净，用刷子一遍遍刷洗上面可疑的黑斑。两个孩子的争吵让她脑仁生疼，摆着手对苹苹说："你去小区花园拔几枝绿萝吧，放进鱼缸里。"苹苹眼珠一转，领悟似的说："明白，还要捡些鹅卵石！"皮皮说："我也去！"兴冲冲地跟在苹苹身后跑了出去。

茶几上的手机发出“嘀”的一声颤音，在静下来的客厅里显得格外清晰响亮。杨舟走过去拿起手机，只轻轻瞄了一眼，他的意识瞬间模糊了片刻。那是老同学何涛发来的一条信息：“丁小晴家的事情，你知道了吧？”杨舟似乎不太确信，又细看一眼，的确是“丁小晴”三个字。他意识稍稍清醒过来时，走到厨房，看了看正站在洗碗池前包粽子的沁月。她把红枣小心地去核，埋进粽叶里的一团糯米中间，再挤进去几颗花生米，最后淋上清水，用细线绑好。他轻轻退了出来。与丁小晴有关的事情，他不希望由别人告诉他。他与丁小晴之间并无隔膜，不需要别人介入。虽然何涛可能出于好意，却置他于尴尬和难堪之中，他并不欢迎这样的好意。他觉得他与丁小晴之间好像有一门他俩才懂的语言，天然地将他人排斥在外。与丁小晴有关的事情，他理应知道，起码要先于何涛知道。现在何涛这样一条语焉不详带有试探味道的信息，似乎对他与丁小晴之间那门语言存有怀疑。就算事实上那门语言确实不存在，他也不愿意承认，尤其不愿意让何涛验证他的猜测。何涛作为一个局外人，显然冒犯了属于他和丁小晴的某种私密感，让他隐隐感到不快。

杨舟半躺在沙发上看电视，腿翘在茶几沿上，过了许久，才漫不经心似的回复了两个字：“什么？”那边很快回复，好像早已在手机上输入好了，就等着他发问后立刻按下发送键：“她母亲昨天去世了，急性脑出血，后天举行葬礼。”杨舟的小腿一颤，条件反射般地从茶几上跌落下来。他的脑子嗡嗡响，像这条消息在脑子里猛然炸开发出的回声。他怔了怔，回复了一个字：“噢。”似乎为了平复情绪的不安，他走到阳台上，晃晃酸疼的脖颈，下意识地想往远处眺望，想看看城西的白云山，但视线却被小区的高楼遮挡。他的目光只能落到窗沿的两盆植物上，一盆映山红，一盆山楂，都是他在它们开花的时候买的。他想起大约四五天没浇水了，用洒水壶给它们浇了个透。这两盆花从买回来起一直由他浇水，就算他出差在外，沁月也不会照管。她说浇花的事情一个人留心最为妥当，两个人共同插手，花不是旱死就是淹死。杨舟觉得她说的不对，却又无力反驳。

他想起几个月前给丁小晴打电话时，曾聊到她的母亲。整整二十年断绝联系，他连做几个深呼吸，才鼓足勇气拨出她的号码。他装出一种热情似火的语气，滔滔不绝，仿佛他早已忘记了对她的嫉恨，并且一直过着乐观富足、健康向上的生活。他甚至事先用铅笔在白纸上大致列举了六七个话题，从而保证一个话题结束，立刻无缝对接另一个话题。聊天时他问起她母亲的健康状况，因为他的父亲身体不好，使他深受困扰。她说她母亲身体还好，只是有点高血压。因此他并未往深处想，觉得高血压是老年人的常见病，不足为奇，甚至为她感到宽心。

水从花盆底孔漏出，啪啪啪地滴到楼下住户的雨搭上，杨舟才倏地回过神来。他坐在沙发上眼睛盯着电视，心事飘飘忽忽，陷入茫然与混沌之中。过了一会儿，他又重新查看了一遍手机信息，像是下意识地确认那条消息的真实性，然后手指一划，决然地删除了它。

夜里九点多杨舟就躺到卧室的床上去了。其实是半靠着，两只靠枕一横一竖垫在背后。他睡眠不太好，夜里大多数时间是一种半靠着的浅睡眠状态。因为睡姿不当，第二天醒来往往还腰酸背疼。他觉得身心俱乏，想踏踏实实睡一觉。然而当沁月和皮皮熟睡之后，整个夜晚安静下来的时候，他反而不可控制地清醒了。他看了看表，零点一刻，而他好像足足睡了一整夜的感觉。他想重新入睡，就算睡不着，也要假装入睡，躺着不动把时间挨过去，挨到天亮。而这多么荒唐，越假寐他竟越发精神，潜意识里像是包含着一种自我欺骗的心虚。他想要填补这空虚，想到的却总是她。

杨舟和她赌了一口气。直到几个月前，他才发觉那口气赌得不值。他俩是中学同学，上学时闹过许多“纠葛”和“绯闻”，但仍然是同学们羡慕的一对。大学时在两个不同的城市,靠鸿雁传书热恋四年,毕业时却生出一场误会。她提出分手,而他干脆利落地一口答应,就像对那个结果等待已久。当她得知他和新女友沁月在谈婚论嫁时,曾数次打电话约他见面,都被他决然地拒绝了。他心里憋着那口气,想着永不见面才好。所有的恨,其实都包含着爱。这些年他一直很关注她的消息,知道她在老家县城里教书,嫁人生子,一切还算平顺如意。直到几个月前,当年的同学组织了一次同学聚会。能联系上的,都不得以任何理由拒绝参加,他和她才被动地遇到一起。他的心忐忑不安,其实这正是他所期待的。她的五官倒没有多少变化,还是那样漂亮迷人,但脸上的皮肤稍稍松弛了,年轻时那种顽皮、快乐、略带挑衅的天真神情都被岁月磨平了,她显得柔软、和缓,充满了温情,给人一种善解人意、知书达理的舒适感。在聚会酒店的回廊下,他俩终于有机会单独在一起。谈及当初的分手,他说:"我结婚以后,才知当初是一场误会。"她轻轻摇了摇头,轻声问:"她还好吧?听说很漂亮。"杨舟猜想她指的是沁月,说:"还好……过日子嘛……"他俩站在寒夜的回廊下,共同欣赏街市上闪烁的霓虹灯变幻出的迷人光晕。他看着她柔情似水的脸,仿佛酒劲儿发作,他忽然有种想抱住她的冲动,不知羞耻地说:"假如时光能够倒流多好,绝不会放过你……"她低声说:"哪有女的说了一句分手,男的就立刻答应的。"她语气很淡,但平淡的语气之下,仿佛隐藏着无法原谅的抱怨,让他心里突然一紧,他赌了二十年的那口气瞬间泄掉了,差点流出泪来。幸好在那个嘈杂而昏暗的地方,一切都能掩饰过去。他轻声叹息:"那时太年轻……"但是何涛一直偷偷观察他俩的行踪。当初他曾经替他俩传过纸条。他端着一大杯白酒从包厢里出来假意要灌杨舟,大大咧咧地嚷道:"杨舟和丁小晴干什么呢,撇下我们玩私通可不好!"她顿时羞红了脸,跑回包厢再没给他单独相处的机会。他以为这么多年早已把她淡忘了,聚会之后才发觉时间不过是把她隐藏得更深。她仍是美的，那种美似乎比过去更打动人心。

凌晨时分无休无止的城市噪音，连绵不绝。他终于掀开被子，光着脚走下床，想去阳台抽一支烟。经过苹苹房间门口的时候，看到她已经睡熟了，怀里还抱着一只泰迪熊，但床头灯依然亮着，发出有些耀眼的橙色的光。他走进去轻轻关掉台灯。穿过餐厅就是阳台，他忽然浑身一颤，一股冰凉的寒意从脚底渗入，人也差点儿滑倒在地。他低头一看，什么也没有看到，不明白发生了什么事，直到按开壁灯，才发现地上竟有一摊水。他顺着水流的痕迹看到了餐桌上的鱼缸。

早晨杨舟第一个起床，步行去离家不远的菜市场买了一把艾草和菖蒲。在小区门口，又给沁月和孩子买回了几样早餐，鸡蛋煎饼、热干面和豆腐脑。每到周末他最喜欢睡懒觉，因为一般都睡得晚，天亮时分恰恰迎来了酣睡的良机。今天过端午节，中午要带沁月和孩子去父母家吃饭。母亲昨天在电话里叮嘱他早点过去，好给她帮忙。父亲瘫痪在床，母亲一个人忙活准备全家的饭菜，确实够费劲儿的。沁月早晨起来要给两个孩子准备早餐，收拾家里的卫生，出门前要化妆，每一项都很耽误时间。每每都是十一点多才赶到父母家，母亲嘴上不说，心里还是不太高兴。今天杨舟特意早点儿起床，目的是使上午的生活节奏快一点儿，早点儿去父母家吃端午节的家宴。而事实上，他仍处于昨夜暗下决定的兴奋和一夜未眠的疲倦掺杂的状态之中。“苹苹、皮皮！”他一进客厅里就喊两个孩子，“快起床，吃早餐啦！”沁月穿着睡裙在洗脸间刷牙，她对杨舟去买早餐并不意外，但对他买回的艾草和菖蒲有点吃惊，说：“买那玩意儿干什么，有意义吗？”杨舟剪去艾草的根须，将它和菖蒲捆扎在一块儿插在门口，自言自语似的说：“过端午节我们能给孩子留下什么？多年以后孩子们长大了，如果他们还能记得端午节的早晨，他们的爸爸去集市上买回了艾草和菖蒲，这就是意义。”沁月怔了怔，撇嘴道："有点幼稚。"杨舟自嘲道："说明老了，当人开始变老的时候，总是做一些幼稚的事情。"

皮皮先从床上跳下来，光着屁股坐到客厅的沙发上，去找他昨晚没吃完的一盒花生夹心巧克力。忽然想起什么似的，他几步跑向餐厅，嘴里喊道："咦，我们的金鱼呢！"餐桌上的鱼缸里一滴水也没有，只剩下缸底的几块鹅卵石。杨舟虎着脸说："昨天是你把石子投进鱼缸的吧？"皮皮像是有点不明白，忽闪着眼睛说："我的金鱼呢？"杨舟接着说："应该轻轻地放进去，你直接从外面扔进去，缸底被砸裂了！"皮皮并不理会他，一转身发现了放在酒柜上的一只菜盆。那四条燕尾金鱼昨晚被杨舟临时养在菜盆里。"不是我，石头是苹苹放的！"皮皮将菜盆端到餐桌上，大声地辩白说。"去喊你姐姐起床。"杨舟不耐烦地说。他懒得和孩子们较真，犯错的事情问他俩，谁也不会承认。

粽子昨晚被沁月放在电饭煲里用小火煮了一夜，她在厨房里将它们一一捞出来，用凉水浸在搪瓷盆里。她剥开一只，洒上白糖，冲杨舟喊道："粽子好了，过来尝尝，看味道如何？"杨舟咬了一口粽尖，还有点温热，粽子凉下来才好吃，但他故作惊叹道："哇，太好吃了！"这是他多年的一贯风格，对沁月的厨艺总是赞美有加。他的经验是，只有哄着她开心，她才会乐意做饭。几口吃完粽子，杨舟忽然轻描淡写地说："我下午回老家一趟，杨帆早上打来电话，说连生感冒一个多星期，在县医院住院，我得回去看看。"沁月眉梢一挑，疑惑地问："咋回事？"杨舟说："本来是普通感冒，治疗不彻底，发展成了心肌炎。"沁月嘴角鼓了鼓，还想说什么。杨舟补充道："我还想回去搞点老家的野蜂蜜，给两个孩子冲蜂蜜茶喝！"

皮皮跑到苹苹房间，跟她小声嘀咕了一会儿。苹苹很快悄无声息地从房间里溜出来，围着餐桌上的鱼缸看了一会儿，还抱起鱼缸看了看底部的裂纹，又一声不响地放下。像是思考了一会儿，她从自己房间里拿出几张彩纸，在餐桌上折叠起来。杨舟催促说：

“快去洗脸、吃饭，瞎鼓捣什么?”苹苹不吭声，脸上一副郑重其事的神情。“鱼缸。”皮皮回答道，“她要叠一个纸鱼缸。”杨舟哭笑不得，苹苹已经上六年级了，纸鱼缸，亏她想得出来。但是孩子对事物有她自己的理解，她愿意尝试，杨舟也无话可说。他只能眼睁睁地看着苹苹像折纸花瓶一样，折了一个塔状鱼缸。最后她还真往里注入清水，将四条燕尾金鱼挪了进去。

沁月还在化妆的时候，杨舟拿起车钥匙，带着皮皮先行下楼，去车库将车子开到楼下，然后按了下车喇叭，就坐在车上等。只有这样，才能无形中催促沁月动作快一点儿。杨舟掏出手机，想给丁小晴打个电话，又觉得皮皮正在汽车后座上玩耍，保不准他听去什么话，学给沁月听，就忍住了。发信息他又觉得不合适，那边不知乱成什么样，信息说不定会被外人看到也未可知。杨舟忽然觉得时间变得难熬起来，他希望这顿端午节的家宴早点结束，好开始自己的行动计划。打开车窗，空气本是凉爽的，但他心里仿佛燃烧着什么，令他有点儿透不过气。

父亲五年来中风三次，病情一次比一次严重。刚开始半身不遂，杨舟给他买了一根拐棍。但父亲似乎对突然而至的拐棍怀有排斥心理，总将它遗忘。比如人折腾到阳台上坐会儿，想回到床上时才发现拐棍忘在了客厅沙发旁边，急得嗷嗷直叫，稍不小心就匍匐于地。杨舟说：“记住棍不松手，人在棍在。”但父亲依然如此，仿佛拐棍从来没有属于他。杨舟给他买回一张轮椅，然而每中风一次，病体沉重一分。坐到轮椅上，就无法挪到床上去。睡到床上，又无法轻易地回到轮椅上。偏偏抱他的时候，他不知配合使劲儿，总是哈哈大笑。年轻时他是个严肃刻板的人，中风以后不会说话了，竟然动辄就大笑，并且口水常常喷射而出。母亲说是上天惩罚他，让他把前半生欠缺的笑全部补偿回来。直到去年秋天，杨舟给他买回一张护理床。从此他的人生就被限定在了床上，杨舟觉得实在悲凉，却也无奈。每隔三天，他去给父亲刮一次脸。母亲愿意给他喂饭，给他端尿盆，但就是不愿意给他刮脸。

父母原来住在老家的集镇上，家里有一个妹妹杨帆。杨舟觉得父母晚年终究得依靠自己生活，就做主让他们卖掉集镇上的旧宅，在他工作的这个小城买了一套二手房。临街的三层住宅，楼层合适，阳光充足，离杨舟家两公里，生活上互不打扰，而又互相照应，杨舟觉得这样挺好。生活按照惯性往前行进，一切都如同他的预想。只是父亲的病，成为压在他心头的沉重包袱。他夜晚总是半靠在床头浅入睡，想来就与母亲常常深夜打电话给他有关。夜晚手机一响，杨舟就觉得浑身一哆嗦，生怕母亲告诉他，父亲的身体又坏掉了。

杨舟和沁月还在上楼梯，苹苹和皮皮已经冲上三楼，咚咚咚地砸父母家的防盗门。母亲头上搭着一条毛巾跑过来开门，打声招呼又急匆匆转身跑进厨房。锅里正炸着小白鱼，油烟弥漫到客厅，还有炖肉的香味，但却混合着客厅里父亲的尿臊气，令人难以忍受。沁月进来就直捂鼻子，过了好一会儿才适应。“奶奶，有什么好吃的?”皮皮大声喊叫。“有，有!”母亲笑眯眯地从供桌里拿出她买的一包零食放在茶几上，冲杨舟说:“小舟给火锅炉倒上酒精，饭马上好。”等她转身跑进厨房，沁月迅速抢过那包零食，逐一查看点心和糖果都是什么牌子的，冲两个孩子使眼色，哪些能吃，哪些不能吃。

杨舟去小卧室看了看躺在床上的父亲，大声问他:“怎么样?饿不饿?渴不渴?”父亲满脸浓密的胡须，咧嘴一笑算是作答。说来也奇怪，父亲瘫痪以后，浑身不能动弹，唯有胡须长得特别快，三四天不见，如同猿人。杨舟将床靠摇起来，用剃须刀给父亲剃胡子。父亲的右臂缩在胸前，右手常年紧握，仿佛攥着一件前世的珍宝。杨舟把他的手指一根根掰开，在他的尖叫声中给他剪指甲。

走到厨房，母亲正在烧制小龙虾，那是沁月和苹苹喜欢吃的菜。案板上的煎烧小白鱼、炖羊排、腊肉焖鳝鱼、萝卜炖排骨，每一样都勾人食欲。杨舟将菜端到餐桌上,然后掏出手机拍照,留作在微信上晒照片用。沁月用自带的水杯给皮皮倒水喝,低声问杨舟:“你的手洗没洗?”杨舟忍不住心生恼怒,每次他给父亲做护理之后,她都会这样问,毫不遮掩她心里的嫌弃,于是抢白道:“你若在意这个,就该时时盯着我的手,免得我说了你也不信!”沁月眉头一蹙,还想再说什么,母亲又在厨房喊:“哎呀,忘了热牛奶,小舟快把牛奶放到电水壶里温一下。”杨舟从酒柜上拿出几盒特仑苏,又到厨房找电水壶。母亲正在炸土豆饼,那是皮皮最喜欢吃的。这时苹苹从客厅拿着母亲的手机跑进厨房说:“奶奶,你的电话。”母亲一边挥动锅铲一边说:“噢,肯定是杨帆打的,今天过节啊!”

杨舟想减肥,虽然母亲烧的菜比酒店的还可口,但仍然不敢多吃。他属于微胖。但他认为微胖比肥胖更加不可原谅,因为微胖离完美的距离更近,偏偏减去那一点儿异常艰难。父亲在床上吃,他中风以后舌头发硬,鸡鸭鱼等带骨头带刺的都不能吃,母亲给他搛些萝卜炖肉、小葱煎豆腐之类。沁月刚才被杨舟吵了一顿,一直面无表情,翘着手指给皮皮剥小龙虾,每剥一只用餐巾纸擦一下手。杨舟想缓和气氛,问沁月:“你喝红酒吗?”电视柜上放着已经打开的红酒,但杨舟开车不能喝。沁月摇了摇头,低声说:“不喝。”刚吃一会儿,母亲想起什么似的说:“哦,忘了下水饺,昨天包的水饺还在冰箱里!”说着起身又跑去厨房忙活。等沁月和两个孩子放下碗筷,母亲才坐到餐桌旁吃饭,一边吃一边埋怨道:“你们怎么都不吃啊,剩这么多菜怎么办呀!”电视被皮皮调到少儿频道,声音很大,熊大熊二吵得人心烦意乱。杨舟说:“皮皮,将电视声音开小一点儿。”沁月站在阳台上看着窗外的车流,掏出包里的口红对着镜子补妆。母亲吃着饭,忽然面带微笑似的说:“小舟,刚才你妹妹打电话,说了一件事。”杨舟心里一沉,潜意识里怕母亲会说出什么,但已经无法阻挡。沁月从阳台转回身,坐到沙发上。母亲表情很坦荡,毫无遮掩似的说:“丁小晴的母亲前天去世了,睡到半夜突然没的，脑梗死。”杨舟脑子一阵嗡嗡乱响，没有昨天初次听到这个消息那样猛烈，但心里却控制不住微微发颤。他一声不吭地用牙签剔牙，却将牙缝剔出了血。他眼角的余光感觉沁月在冷冷地盯着他，于是低声说：“说那些干啥。”母亲并不以为意，她大概觉得沁月早就知道丁小晴曾是杨舟的女朋友，都是多少年前的事情了，想必沁月也不会在意。母亲最后感叹一句：“丁小晴的母亲，当初她是赞成你们的……”沁月忽然问一句：“连生的感冒好了没有？”母亲眉头一皱，说：“感冒？应该好了吧，没听杨帆说。”沁月似笑非笑地看了看杨舟，头偏向一边，没有再说话。

从父母家回来的路上，杨舟闷声开车。苹苹和皮皮互相争抢从母亲家带的糖果。沁月靠在后座上，表情淡然，一副超然物外的样子。杨舟希望她发火，大骂自己是骗子，是混蛋，好好发泄一通。但她没有，不仅没有甩脸子给他看，相反，脸上还仿佛挂着淡淡的微笑。这令杨舟意外，也有点尴尬。他无法开口跟沁月解释，他和丁小晴之间没有什么，只是想在她母亲去世的时候，能回去磕个头，仅此而已。而且一切解释都是多余的，这种事情好比一副着色失败的画，越描越丑。

一回到家，苹苹就冲进餐厅看她的纸鱼缸。彩纸已经被水浸得湿润，但若不触碰它，一时半会儿还不会倾倒。四条燕尾金鱼仿佛并未觉察出异样，在“鱼缸”里怡然自乐。杨舟也忍不住看了看那纸折的鱼缸，是纸花瓶的改进版，里外三层，嵌入式塔状递进结构保证了它的整体稳定。但无论怎样，它像是一个糊弄人的伪命题，不能承受之重必将使它崩溃。沁月扔下挎包，一脸轻松地拖地，拧开洗衣机洗衣服，时不时地拿着手机刷微信，像是把内心的愤怒化作无形，这一切让杨舟感到些许陌生。他有些不安，感觉像有一种尖锐、危险的东西，被沁月在心里强行按压下去。如果它爆发出来，无疑将更加令人恐惧。杨舟脱掉衣服，换上短裤，然后泡了杯绿茶，坐在书房里翻看一本闲书。他不想跟沁月正面碰撞，也不试图从她的态度里寻找她是否会原谅自己的蛛丝马迹。他觉得自己应该装作什么事也没有的样子，最好去睡上一觉。

“你下午还回老家吗？”沁月站在书房门口，手里杵着拖把，口吻里有种揶揄的味道。

杨舟一怔，瓮声瓮气地说：“不回了。”

一种略显惊愕的表情从沁月脸上一闪而过，继而又浮现出那种似笑非笑的神情：“不是说好的吗？”

杨舟说：“不想回了。”

沁月紧抿着嘴唇，凝神琢磨了一会儿，没再说话，拉着拖把转身去了客厅。杨舟松了一口气，书却无法再读下去。不知道两个孩子在干什么，但家里比平时寂静了许多，仿佛既熟悉又陌生。他脑子里仍然翻腾着母亲中午说的话，心里满是忧伤。

“我觉得你还是该回去。”沁月的声音冷不丁又在门口响起，她的声音异常冷静，而且有点古怪，令杨舟心惊。

杨舟说：“杨帆说连生的病好了许多。”

不知不觉间，两人陷入了尴尬的沉默之中，像是共同面对一个未破的脓包。杨舟希望这个话题就此打住，让那个脓包慢慢消散。但沁月好像也不愿意挑开那个脓包，她已经无限接近，但却只擦了个边。

“皮皮。”沁月忽然问客厅里的皮皮，“你是不是想吃蜂蜜，野生的。”

皮皮大约是从沙发上几步蹿下来，跑到书房门口，冲杨舟笑嘻嘻地作揖：“爸爸，我要吃蜂蜜。”他的门牙生了龋齿，一笑就露出几道黑缝。

杨舟抬眼看了看沁月，她脸上挂着淡淡的微笑，优雅而得体，像是所有的话都是经过思考的，是理性的。杨舟又觉得脑子嗡嗡响，各种纷杂的情绪一齐袭来，几乎令他眩晕。但他无法发怒，他越陷入难堪，沁月似乎越兴奋，像是他内心潜藏的东西被她俘获了。

“你不回的话，实在说不过去，不是吗？”沁月的语气不阴不阳的，让人难以琢磨。

“你希望我回去？”杨舟的声音忽然变得高亢，似乎理直气壮。他一直太心虚，试图靠在记忆里珍藏过去生活的碎片，甚至一段假想的感情，来填补他那枯寂、缺乏温暖的生活，而沁月非常执拗地要揭穿他的可笑伎俩。

“当然。”沁月略微迟滞了一下，头发一甩，“没听到吗，孩子喜欢吃野蜂蜜。”

皮皮在一旁跺脚喊道：“我要吃蜂蜜！我要吃蜂蜜！”

杨舟忽然觉得沁月像是在和他演一场对手戏，不过他的演技实在有点蹩脚，演起来如此生疏而拘束。而沁月则早已洞悉剧情，演起来毫无压力，甚至充满着宣泄和张扬，简直是一种享受了。

“嗯。”他轻叹一声说，“那好吧。”

他起身从衣架上拿起长裤，一边穿一边说：“别抱太大期望，也可能和你想象的不一样。”

像是终于达成了默契，沁月面带夸张的笑，并且装出一副兴趣盎然的表情：“不管怎样，我很期待！”

杨舟开着车驶离小区，顺着沿河道往城郊开去。沿着河边一直朝东开，大约一个小时，就能到达老家的县城。办完事情，晚上赶回来，天色还不会太晚。但他开出五六公里的时候猛地一脚刹车——他看到路边有一片板栗园。板栗树正盛开着乳白色的毛毛虫似的花，空气中飘荡着略微有些刺鼻的香气。板栗园旁边摆放着几十个深灰色的木箱，一群密密麻麻的小蜜蜂来回飞舞。杨舟忍不住想笑，以前路过这儿时随意地看过一眼，竟然真的找到了。

蜂箱不远处有间帆布帐篷，大约就是养蜂人的住所。杨舟往帆布帐篷走过去，迎面碰见一个头戴网罩的中年汉子。他大约就是养蜂人，手持一面网格。杨舟问："有蜂蜜吗？"养蜂人隔着网罩看了看杨舟，点头说："有。"

"是野生的吗？"杨舟又问。

养蜂人一笑，说："咋说呢，它是蜜蜂嘴巴吐的。"

杨舟摇头一笑，他觉得养蜂人说的对，自己的问题很无趣。他尝了尝养蜂人用杯子盛来的蜂蜜样品，很甜，清香之中夹杂着一种生猛的野腥气。他舔着嘴唇说："味道不错，给我来几斤。"

在板栗园逗留了一会儿，临开车回家时，杨舟看了看表，时间尚早，他忽然想起应该绕道去一下花鸟市场。"得买一只金鱼缸。"他心里想。但愿苹苹用纸折叠的那只随时可能崩溃的鱼缸，能撑到他回家的时候。

原载于《江南》2017年第5期

沙

手机铃声急促地响起，他的小腿条件反射般地抽搐了一下，继而从迷糊而混沌的状态中醒来。头脑还有点发沉，但他身子一挺从床上坐了起来。他心里清楚，不能跟平时一样磨蹭，或者关掉铃声再倒头眯一会儿，上班就算晚去半小时也不打紧的，但今天下午两点半要在右岸路社区签到，他午休的时候将手机闹钟定在两点十分，暗自希望路上不会堵车。

胡乱洗了一把脸，又用剃须刀嚓嚓刮了几下胡子，平时他很少在中午刮胡须的。但今天不同。他不仅鬓角有白发，甚至连胡须也白了一簇。他不想让小陌看见自己连胡须都白了。虽然她有时也顽皮地喊他大叔，但胡须都白了的事实显然比大叔的称呼还令人难堪。

他往茶杯里放了一撮茶叶，准备到社区办公室再泡。一脚跨出门时，他猛地想起忘记了一样东西，上午已经想好的。他蹑手蹑脚返回卧室，妻子仍然在侧身酣睡。拉开衣柜，他从最上面的方格里取出一个，装到裤子的后兜里，又转身瞄了妻子一眼，如同做贼。

外面下起了雨。右岸路上一拨路政工人正在浇筑混凝土，像摊煎饼似的修补破损的路面。搞笑的是，竟然还有一台洒水车在慢腾腾地朝路面喷水，一副我行我素的任性姿态，似乎对正在下雨的事实完全熟视无睹。他在路边的柳树下寻了个车位停好车子，握着茶杯走进右岸路社区。办公室里的四个女孩，他已认识其中的三个，唯独不知道最漂亮的那个女孩的名字。上次他看到签到本有一个名字叫苏佳媛，字体也娟秀清丽，就装着随口一问苏佳媛是谁，他以为会是最漂亮的那个，没想到却是最矮的那一个，身高不足1.4米，但行为动作还算机敏。每次他要泡茶时，她总是让他将茶杯放在台案上，示意他扶着茶杯的手松开，微微颤抖地高举着茶瓶，令他心生感动。

“你怎么还来？他们都撤了！”最漂亮的那个女孩莞尔一笑，露出八颗整齐的白牙。

他一怔，正欲签字的手迟疑了一下，皱眉看着她。她今天戴了个黑框眼镜，显得脸上的皮肤比平时更加白皙。

“复检组行程有变化，原计划是明天来，现在延期到下个星期了。”旁边的苏佳媛插嘴解释道。

“噢。”他隐隐觉得尴尬，作为区直机关的干部，下到社区里搞创建执勤，他竟然不如社区职员的消息灵通，不免有点丢脸，“消息准确吗？”

女孩眼睛盯着电脑，微笑着说：“微信工作群里说的。”

他看了看表，在签到簿上注明签到时间是两点二十五分，然后用手机拍照，通过微信发给单位的一把手胡主任，意在告诉他，自己已准时到岗。他往茶杯里冲入开水，又看了那个最漂亮的女孩一眼，转身离开。

在车内坐定，前挡玻璃一会儿就雾蒙蒙一片，他拨动雨刷器刮动几下，挡风玻璃稍显清晰，仍然蒙着一层薄雾。他又掏出侧门储物格的毛巾，从里面将玻璃擦了擦。然后他仔细地调整左右两侧车窗开启的缝隙。一个人坐在车内，窗户不能关死。但如果开太大，雨水又会潲进来。收拾停当，他将座椅放倒，打算闭目休息，或者看会儿书，反正是要将晚上九点钟之前的这段时间慢慢耗完。这时手机“嘀”的一声，他拿起来一看，是胡主任在微信里回复了一个“好”字。这说明胡主任已进入工作状态，他立即拨打他的手机号，同时扶正座椅，将身子坐直，故作精气神十足地说：“听社区的人说国家复检组延期抵达，你接到通知了吗？”胡主任“哦哦”两声，很快语气沉稳起来："我没接到通知，从其他渠道得到的消息一律不算数……不要管别人怎么说，以创建办的口径为准，没得到准确通知之前，你仍然要值班到晚上九点……如果我们私自离岗，被区督导组查到就麻烦了……"他有点后悔打这个电话，其实胡主任的这套词儿，他完全想得到的。

这是谷雨节气，柳树上去年冬天遗存的叶子此刻才在风雨中飘落而下。他像是强迫症发作似的，每隔一会儿就拨动一下雨刷器，既刮去雨水，也刮去玻璃上的落叶。他摆弄手机，试着搜索路边可用的无线网络信号，然而一无所获。反倒是看到某微信公众号新推送的一篇文章，题目叫《不是说你的工作干得不好，而是说你的工作没有价值》，很多微信文章只看题目就可以了，他手指一划将其关闭，那句话像是准确刺中了他的软肋。此时此刻，他应该下去走走看看，路边的杂货店有没有出店经营，马路牙子上停放的汽车有没有压住盲道，或者沿街的电动车是否摆放整齐。然而复检组延期抵达的消息令他泄气。就算没有从胡主任那儿得到确认，他也知道这条消息绝不是空穴来风，何况那个漂亮女孩说是来自创建工作微信群。区创建办的人通知各区直单位下到社区路段执勤时，要求各单位全员上路，活脱脱一副站着说话不腰疼的嘴脸。当复检组延期抵达时，却只通知各个办事处了事，将区直单位统统抛至脑后。

副驾驶座位上有本书，一个以色列历史学家写的《人类简史》，他拿起来翻了几页，历史、宗教、资本等词汇扑面而来，前两天读起来欲罢不能的书，此刻却让他觉得神思游离，无法定神。

昨天傍晚小陌发了一条微信朋友圈状态："突然很想很想去河边看夜景，现在就想去！"他似乎被触动了，一冲动在下面评论道："明晚呗，我明晚在右岸路值班。"小陌又确认似的问道："明晚约不？"他回复："嗯嗯，好啊。"看到小陌的微信，他倏忽想起已经有一年时间没有见到她了。自从她结婚以后，两人像是达成了某种心照不宣的默契，偶尔在微信上互动，却再没有见过面。昨天小陌的微信换了新头像，照片上的她看上去明眸皓齿，光彩照人。她大约是跪在席梦思床垫上，笑容可掬地扶着一面梳妆镜，像是在她工作的家具店里抓拍的。他怀疑她可能戴了美瞳，或者照片后期制作采用了磨皮、瘦脸等美颜技术，但无论怎样，看了她的照片使他生出一种想见她的念头。

小陌的老公是个厨师，在省城大酒店当头灶师傅，长得胖墩墩的，脸上的肉膘比许多女人还白嫩。用小陌的话说，天天闻油烟，喝水也长肉。“我也搞不懂他为什么那么胖？”小陌曾去过他在省会酒店的工作间，“后厨里没有空调，进去跟蒸桑拿似的，他一边掌勺炒菜，一边喝冰镇啤酒降温，每天都喝十多瓶，能不胖吗？”她问他觉得厨师怎么样，婚房已经买好，他们俩准备结婚了，她却总觉得差一口气，决心难下。他笑而不语，敷衍般地打哈哈。他心里有分寸，知道这种事情是不可以胡乱插言的。他觉得自己有时候貌似心胸旷达，其实骨子里胆小如鼠。

婚期终于确定下来，她几次邀请他作为玩伴参加她的婚礼，他却一直推拖，说不太方便。她问有什么不方便的，他又答不上来。问得急了，他说心里不爽，那么漂亮的美娇娘，却被别人抱回了家。她嗔怪他几句，却也不再勉强。他送给她一只精致小巧的保温杯，粉红色，老虎牌的。想跟她说一只茶杯代表一辈子的情分，又觉得太肉麻，没有说出口。在她婚后发的微信自拍照里，他好几次看到过那只放在床头柜上的保温杯。

外面的雨细密如织，然而久坐在车内，渐渐地浑身僵硬。他从车上下来，看到旁边有家琴岛快捷酒店，顿觉尿意被唤醒。他用手搭在眼镜上方疾步走进酒店大堂。找到卫生间，他朝总台瞄了一眼，没有看到价格牌，就问女服务员：“标准间多少钱一间？”女服务员穿一身蓝色西服，身材挺拔，微笑着回答：“一百三十八元。”他又低声追问一句:“钟点房呢?”女服务员似乎觉得他的话不怀好意，脸色瞬间冷下来:“八十。”他有点扫兴，像是干了件见不得人的龌龊事。但是男人到了四十岁的年纪，脸皮越来越厚，尤其是在机关待过的人，丢脸仅仅是一瞬间的错觉，很快就释然了。

酒店大堂的挂钟指向四点一刻，他觉得时间差不多了，就给小陌发微信:“我在右岸路，什么时候过来?”她很快回复:“正在路上，右岸路哪儿?”他索性大大咧咧地回一条:“琴岛快捷酒店。”心里暗想，看她如何反应。他走出酒店，紧跑几步回到车上，刚擦干净挡风玻璃上重新蒙上的雾气，车门忽然被拉开，小陌一边收起雨伞一边侧身坐进车里。她脸上笑意盈盈，未及说话，一股浓烈的香水味儿已弥漫于车内。他不由揉了揉鼻子，他猜想那大概是某种廉价的香水——香水越廉价，香味总是越猛烈。

“哦，好像瘦了耶!”她笑嘻嘻地说。

他将椅背放倒，身子往后一仰，不由得摸了摸略微突起的肚腩，自我解嘲道:“真会说啊，知道我爱听什么。”

“哈哈。”她一甩头上的雨水，“你坐在车里干什么，干吗不去砸路边的水果摊呢? 我想看热闹。”

他摇头说:“那是社区外勤人员的事，再说水果摊早都轰走完了。”

“你在这儿是干什么呢?”她眼神里充满了好奇。

“干什么并不重要……”他身子往后一仰，冲她眨着眼睛说，“区里的督导组来检查的时候，我在这条马路上就行。”

她鄙夷地说:“人生如戏，全靠演技。”

“差不多吧。”他叹了口气，手里摆弄着手机，忽然故作惊叹地说，“你的微信头像好漂亮啊!”

“哈哈。”她捂嘴大笑，“我们老板专门请艺术摄影学会的人拍的。”

“老板对你们咋这么好?”他狐疑地问。

她嘴角一撇，轻叹一声说："怕我们的微信头像太丑，客户看了没好感，不容易加他们的微信。"

"连瑞。"她忽然幽幽地喊他的名字。他禁不住心里一紧，他害怕她喊他的名字，像是有什么大事要说。他不想参与她的任何大事。

"什么？"他看了她一眼，她一身黑色连衣裙，给人一种冰肌玉骨的感觉。

"我准备辞职。"她语调低沉地说，"太累了，这个月，我就今天休息一天，上午和玩伴跑到郊外摘草莓，对了，你要草莓吗？我摘了好多。"

他微微一笑，虽然已为人妇，她有时候仍然跟个小姑娘似的，说话胡乱跳跃，毫无节奏感。他轻声说："干什么工作都累的，比如我，在这里苦等上面来的复检组，突然得知延期了，却仍然不能撤离，心比身更累。"

"不一样。"她摇了摇头，似乎有着别人看不透的重重心思。

"我给你讲件事情。"在他沉默的时候，她的情绪似乎一下子又活跃起来，"我们老板给了我一个卖沙子的人的手机号码，让我去找到他，并且务必加他的微信，你猜怎么着？"

"卖沙子？"他皱着眉头说，"找卖沙子的干什么？你不是卖沙发吗？"

"这你就不懂了。"她故作神秘地说，"如果一个人买沙子，意味着什么？什么人才买沙子？"

他不吭声。她说话总是弯弯绕绕，令他琢磨不透。

"你真笨。买沙子一般用来粉墙、贴地板砖对不对？"她一脸得意，口吻里充满了某种神气，"那就说明他可能要装修房子对不对？装修房子是不是接着就要买家具？买家具是不是就要买沙发？我们的生意不就来了嘛！老板想让卖沙子的人当我们的卧底，谁买了他的沙子，就把对方的手机号、地址告诉我们。我们上门服务，推销沙发去。”

他心里一震，没有想到一个卖沙发的老板，都能将销售策略做到如此极致。他叹服道：“套路好深啊！”

“你以为呢？”她苦着脸说，“可是我找到卖沙子的人，是一个五十多岁的老头，使的是几十元的老人机，根本无法上网，更不会用微信，你说我怎么办？”

“跟老板实话实说啊！”他觉得她总喜欢把简单的问题复杂化。

“呸。”她吃惊地瞪大眼睛，“不能跟老板讲困难的！老板不要听过程，只要结果。老板只以结果评判你的执行力。”

“那怎么办？”他耸耸肩，两手一摊。

“现在是我问你怎么办？”她紧紧揪住这个问题，如同揪住了他的短处。

“我……”他吭哧了一会儿，“给卖沙子的老头买个新手机算了。”

她哈哈大笑起来，笑得浑身乱颤，手指戳着他的头说：“我就知道你会这样说。问题是老板手里可能有几十个、上百个这样的老头，你全部都要给他们买新手机吗？”

他真有点为难了，在政府机关工作，他一向自认为对社会各阶层都有深入了解，并且有处理复杂局面的能力。但是面对这个小小的难题，他还真无计可施。

“你们每个销售员都有任务量吗？完不成会怎么样？”他试图转换话题。

“惩罚。”她沉吟道，“每次惩罚的路数都不一样，上个季度倒数第三被逼着用黄瓜醮芥末吃，吃得眼泪横流。倒数第二被主管从头顶浇一瓶冰镇啤酒，让所有人站成一排围观。至于倒数第一的待遇，你想都想不到。”

“肯定更加变态呗！”他鼻子“哼”了一声。

“主管将啤酒倒进她的鞋子里，让倒数第一的人捧着鞋子当众喝下……”奇怪的是，她的语气似乎变得异常平静。

“你们主管简直是个人渣啊！”他恨恨地骂道，却不好问她的业绩如何，是否有过倒数后三名的情形。他只能假装以为她的业绩还过得去，避免面对她可能遭受过侮辱的事实。

对他的惊讶和愤恨，她反而有点不以为然，无声地摇了摇头：“主管也没办法，老板逼的。我们老板今年扩大了营业面积，新增一千多万的投资，生意不好做，整个人都快要疯了，每天看我们的样子恨不得要杀人！”

她的手机忽然响了起来，瞬间抵消了这个话题带来的压抑与难堪。她按下接通键，语调立刻变得有条不紊，和刚才判若两人：“我跟玩伴在一起吃饭……嗯……知道，大约九点钟回。”

待她挂断电话，他低声问：“你老公？”

“不是。”她睫毛一闪，“我婆婆，一个月就今天不用上班，她说我应该待在家里休息，在她的认知里休息就是睡大觉……”

“你老公呢？”他又问。

“在省城。”她情绪又变得有点低落，声音很轻。

他一冲动差点脱口而出问她要不要去酒店洗个澡，却又觉得气氛不对，话到嘴边又忍住了。看了看时间，快六点钟，他说：“我们找个地方吃饭吧？”他想起前面有家名叫“鱼味香”的餐馆，几道本地菜烧得不错。

“嗯。”她柔声说。

他发动汽车，慢悠悠地往前开。

开出不到一百米就是“鱼味香”餐馆，没想到却关门了。他立刻醒悟，右岸路是复检组必看的线路之一，为了杜绝任何可能扣分的风险，社区让所有存在隐患的餐馆都歇业一周。

他用手砸了下方向盘，说：“这地儿关门了，我们去河那边吧。”

“还往前开。”她的手朝车窗外戳戳点点，“我想找个彩色打印店，打印一个东西。”

他侧回头问："打印什么？"

她将手机递过来，屏幕上是一张市中心医院的B超报告单。"怀孕诊断书。"她蹙着眉头说，"我得拿着这个……去找我的老板……"

他觉得脑袋"嗡"地响了一下，脸上顿时有点僵。不过才一年没有见到她，没想到她变成现在这个样子。他忽然觉得今天所有的筹划与谋略都有点怪异，有点可耻。或许以前他根本就不了解她，不论是以前的小陌，还是现在婚后一年的小陌。她身上或许承载着他永远难以看透的东西。

看到一家打印店，他将车子停稳，她撑着伞走下车。他没有跟过去，而且身体里膨胀的一股气忽然就泄掉了，他连车子都懒得下。刚才在手机上瞄了一眼，看到诊断结论是"怀孕三周"。他对那一切都不感兴趣，觉得那是深渊。

原本想吃本地的特色菜，他忽然胃口全无，兴致顿消。甚至小陌在前面走，他都不愿意和她在同一把雨伞之下。他俩年纪相差大，身高相差也大，看上去不太协调。更重要的是，他心里生出许多难堪和别扭。他让她走在前面，自己不远不近地落在后面，哪怕淋着雨丝。他俩乍一看上去，仿佛两个不相干的路人。

河的左岸是一条回民街，长期以来就以脏乱差著称，实在没有什么像样的餐馆。路过一家名叫"萱美特煲仔饭"的小店，他停下脚步问："这儿行不行？"

她说："行。"

店里没有其他客人。他点了份土豆牛腩饭，问她要什么，她却只要一份海鲜粥。"再来点什么吧，比萨饼，或者意大利面。"

她摇头说："我什么都不要了，夜晚不敢多吃，我肚子最近胖了一圈。"

他心里想，怀孕三周，能不胖一圈吗！然而他也不想劝她。事实上他一点儿也不觉得饿，身材管理对他一直是件艰难的事情，一份土豆牛腩饭，如果全部吃完有点超标。

店员倒了两杯白开水，他俩百无聊赖地喝着。她忽然揶揄道：“你不是需要一直待在右岸路上吗？这会儿跑开不会出岔子吧？”

他笑道：“人总是要吃饭的嘛，何况右岸路的餐馆都被关停了。”

这时，店里走进来几个女孩。待她们收起雨伞，他瞬间有点发蒙，竟是右岸路社区的四个女孩。苏佳媛走在最前面，看到他，她瞪大眼睛“咦”地叫了一声：“你也在这儿吃饭？”说着，眼睛不停地往小陌身上瞟。他有点尴尬，躬身站起来，然后又坐下，说：“右岸路没地方吃饭嘛！”苏佳媛连连点头：“是的是的，我们也是被逼的，跑到河这边来。”另外两个女孩时不时偷偷看他俩几眼，似乎很快就将他和小陌的关系看透，掩面哧哧地笑。唯有最漂亮的那个女孩，一脸冷漠，仿佛什么也没有看见。

四个女孩坐在对角，故意与他俩保持距离。

小陌垂着长长的睫毛，慢腾腾地喝粥，心事重重的样子。

他全然没有了食欲，用勺子拨动着土豆、牛腩，似乎都不想吃，只吃了几片洋葱，一块浸透着油的锅巴。

那四个女孩像是在讲什么笑话，他们之间还隔着一根柱子。他看不清她们的脸，但可以感觉到她们似乎一直在压抑着笑声。不知她们在谈论什么，反正像一件令她们无比兴奋的事情，压抑的笑声里透着无限的欢乐。

他觉得她只喝一碗海鲜粥的确太简陋、太寒酸了。他站起身，冲吧台里的女店员挥了下手，说：“来两杯番茄汁。”

为了掩饰某种尴尬，他站起身去了趟卫生间。小店的卫生间在楼梯下面，只有一个男女共用的便池，墙上还写着“禁止大便”。他并没有尿意，进去解开裤子，很快又提上。他洗了洗手，对着镜子理了理被风吹乱的头发。

从卫生间里出来，小陌已让服务员将番茄汁封装打包，装在手提袋里。“走吧。”她说，“我们去河边看夜景。”

他微微一笑，是啊，才想起今天他俩见面的起因，原本为看河岸的夜景而来。

“可惜今天下雨。”他喃喃地说。

车子沿着河岸缓缓前行，果然不出他所料，横跨河两岸的琴桥上的霓虹灯并未点亮，往日天气好的时候会有五彩灯光秀表演的，然而今天一片黑暗。

“我想给琵琶桥拍照的，前几天在朋友圈看到别人拍的照片，让我想起了在上海打工的时候……”她有点幽怨地说。

“琴桥，不是琵琶桥，已经改名了。”他纠正她说。

“噢，对，琴桥。”她一拍脑袋笑嘻嘻地说。她用吸管吸了几口手里的番茄汁，偏头看向河中央：“如果我说了算，我想将它改个名字，叫它陌桥，陌生的陌，酷吧？”

“那就陌桥喽！”他看了看手机的时间，八点半，然后打趣道，“你现在说了就算，没人管你是叫它琴桥还是陌桥。”

“哈哈，好主意，我乐意，停车。”她一副没心没肺的样子，从车上下来，沿着河岸快速向前奔跑，又张开双臂旋转，仿佛要拥抱整座城市，嘴里大声说：“哪里有烟花？我想放烟花，没有霓虹灯，但如果有烟花在夜空里炸开，无比璀璨，无比绚烂，想来也不错啊！”

她靠在河岸的栏杆上静静地看着缓缓流淌的河水，似乎变得神思缥缈。他站在她身旁，瞬间觉得她娇小可人，想伸手搂住她，却终究没将手从裤兜里掏出来。他想起在她结婚之前，他俩有许多个夜晚就这样站在河边看流水。

“你知道这个季度倒数后三名的将会被怎样惩罚吗？”她看着在黑暗中闪动波光的河面，情绪又低落起来。

他默默思索，然而他觉得她主管那扭曲的心理实在难以猜透。

“必须从这儿往河里跳下去……”她鼻子一酸，忽然啜泣道，

“其他销售员站成一排在旁边观看……”

“他们是一群疯子、魔鬼！”他大声说。当他昂起头时，眼镜很快被细密的雨点打湿了，使他的样子看上去很奇怪。她摘下他的眼镜，用黑裙子的一角擦了擦，又戴在他的鼻梁上。他有点发愣，而她却像是从梦里清醒过来，低声问：“几点了？”

“快九点了。”他说。

她快速走向停在河边的汽车，头也不回地说：“我自己打车，包还在车上呢！”

他紧跟过去，径自发动车子，低声说：“说的什么话。”

车子重新开上琴桥，返回河的左岸。她的家在新城区，他曾经开车送过她一次，依然记得路。市区里的夜晚显得比河岸明亮、喧闹许多，甚至被雨水淋湿的树叶在路灯下都片片闪光。车子外面人声鼎沸，他们却忽然都沉默了。

“连瑞。”她忽然又喊他的名字。

“什么？”他故作平静。

她从包里取出一张纸，说：“我凭这张怀孕诊断书向老板辞职，你说老板会不会批准？这是我托朋友伪造的，我要回家保胎生宝宝，这理由站得住脚吧？”

“你……”他忽然明白了一切，恨得牙根痒痒。他觉得她的脑袋里一定装着许多怪东西，一样样一件件都稀奇古怪，才会生出这种莫名其妙的主意。

“辞职就辞职，有必要搞得这么麻烦吗？”他撇嘴说。

“你不知道，我觉得老板对我太好了，公司规定底薪是两千，他给我开的是三千，让我不能跟别人说，所以咋好意思辞职嘛！”她叹气道。

他忍不住哑然失笑，然后一字一顿地说：“你怎么保证，老板不是对每个销售员都这样讲的。人生如戏，全靠演技，你说的！”

“噢。”她微微一愣。他感觉她在背后盯着自己的侧影，盯了几秒钟，嘿嘿地笑了。

她一笑，他也笑了，两个人好像同时卸下了一层累。

原载于《福建文学》2017 年第 11 期